은해상단 막내아들 26

**초판 1쇄 발행 2025년 7월 23일**

지은이 | 향란
발행인 | 최원영
편집장 | 이호준
편집디자인 | 박민솔
영업 | 김민원 조은걸

펴낸곳 | ㈜ 디앤씨미디어
등록 | 2002년 4월 25일 제20-260호
주소 | 서울시 구로구 디지털로32길 30 코오롱디지털타워빌란트 1301-1308호
전화 | 02-333-2513(대표)
팩시밀리 | 02-333-2514
E-mail | papy_dnc@dncmedia.co.kr
블로그 | blog.naver.com/gnpdl7

ISBN 979-11-364-6315-9 04810
ISBN 979-11-364-4602-2 (SET)

※ 저자와 협의하여 인지는 붙이지 않습니다.
※ 이 책은 ㈜ 디앤씨미디어(파피루스)가 저작권자와의 계약에 따라 발행한 것으로 본사와 저자의 허락 없이는 어떠한 형태나 수단으로도 내용을 이용할 수 없습니다.

26

양란 신무협 장편소설

PAPYRUS ORIENTAL FANTASY

은해상단
막내아들

PAPYRUS
파피루스

128장. 엿 먹이는 방법 ················· 7

129장. 뒷거래 ···················· 67

130장. 선협미랑 ················· 175

131장. 모든 건 이유가 있다 ·········· 233

132장. 황제 좋고 나 좋고 ············ 305

# 128장. 엿 먹이는 방법

## 엿 먹이는 방법

나는 잘 달여진 호웅원체탕을 그릇에 따랐다.
쪼로로록.
그릇에 담기는 검은색의 탕약.
크! 냄새만 맡아도 쓰네.
나는 그것을 가지고 뒷마당으로 향했다.
"구천구백다섯!"
"구천구백여섯!"
이제 슬슬 내가 지시한 만 번의 검식이 끝나 가는군.
 나는 그들이 만 번을 채울 때까지 기다리다가 탕약을 가지고 다가갔다.
"고생하셨습니다. 이거 쭈욱 들이켜십시오."
"헉, 허억, 이게 뭡니까?"
"제가 직접 달인 탕약입니다."

그 말에 그들은 깜짝 놀랐다.

"대협께서 직접 말입니까?"

"네."

나는 빙긋 웃었다.

"이거 비싼 겁니다. 비방을 쓴 탕약으로, 여러분의 부족한 체력을 바짝 끌어 올려 줄 겁니다."

내 말에 그들은 황송해하며 탕약을 쭈욱 들이켰다.

"읍!"

"우욱!"

"아, 엄청 쓸 겁니다. 하지만 입에 쓴 약이 몸에 좋다고 했죠. 그러니까 뱉을 생각은 하지 마시고 쭈욱 들이켜십시오. 쭈욱!"

"……."

"탕약을 남기거나 흘리면 한 방울당 매달려 윗몸일으키기 열 번씩입니다."

내 말에 그들은 울상을 지으면서도 탕약을 남기지 않고 탈탈 털어 마셨다.

"무, 물이라도 좀 마시고 오겠습니다."

"안 됩니다. 이제부터 사흘 동안 탕약 이외에는 그 무엇도 드실 수 없습니다. 드실 수 있는 건 탕약뿐입니다."

"……."

그들은 나라 잃은 표정을 지었지만, 나는 단호했다.

"가볍게 공터를 돌면서 들으십시오."

내 말에 그들은 공터를 돌기 시작했고, 나는 그들에게

탕약에 대해서 설명했다.

"……그러니까 사흘만 참고 견디십시오. 고생 끝에 낙이 오는 법이라고, 사흘만 고생하면 석 달 동안 체력 훈련을 한 것 같은 효과를 보실 수 있습니다."

"헉, 헉헉, 그런데 체력 훈련이 왜 필요한 겁니까?"

"좋은 질문입니다."

나는 고개를 주억거리며 말을 이었다.

"여러분이 익힌 무공은 분노할 때 잠력을 최대한으로 끌어냅니다. 하지만 그 반대급부로 기력이 빨리 소진되더군요. 일전에 제가 맥을 짚으며 분노해 보라고 했을 때를 기억하십니까?"

"네."

"기억합니다."

"당시에 두 분은 흑도 무리 때문에 이미 분노했던 상태였기 때문에 금세 배에서 신호를 보내더군요. 강해진다고 하더라도 그것을 길게 이어 가지 못하면 소용이 없죠."

"맞는 말씀입니다."

"그래서 체력훈련이 필요한 것입니다. 우선 분노를 통해 잠력을 끌어 올리는 지속시간을 길게 하기 위해서고, 동시에 심상과 체력의 불균형을 해소하기 위함입니다."

"후, 후욱, 그렇군요. 그런데……."

대녹 무사가 얼굴을 일그러트리며 물었다.

"온몸을 누가 쥐어짜는 듯한데, 이거 괜찮은 겁니까?"

"아까 말씀드렸죠? 근육통이 심할 거라고요. 그리고

지금 몸을 움직이고 있기 때문에 그 정도인 겁니다. 멈춰 보십시오."

내 말에 그들은 발을 멈추었고, 잠시 후.

"끄으으읍!"

고통에 온몸을 비틀었다.

"몸을 움직이면 그나마 버틸 수 있을 겁니다."

내 말에 그들은 이를 악물고 공터를 달리기 시작했다.

그 모습을 본 명종 무사와 창운 무사가 탕약에 관심이 가는지 그릇에 손가락을 찍어 맛을 보았다.

그리고…….

"으에엑!"

"무, 물!"

부리나케 객잔으로 달려갔다.

.

.

.

친선 비무의 두 번째 날이다.

나는 두 무사에게 훈련을 지시하고는 비무장으로 향했다.

어차피 체력 단련은 스스로 하는 것이니까.

그리고 서향 소저와 팔갑은 꼭 비무를 보러 올 필요가 없기에 감시 겸 객잔에 남았다.

호위무사들은 전부 나를 따라왔고.

다양하고 수준 높은 비무를 견식하다 보면 그들에게 깨

달음이 올지도 모르는 일이니까.

가는 길에 복윤 소단주를 만나 동행하게 되었다.

"요즘 사강 소단주는 아주 좋아 죽더군요."

나는 정련 소저와 알콩달콩하던 그의 모습을 떠올리며 피식 웃었다.

"좋을 때지 않습니까?"

"그렇긴 합니다. 그나저나 은 소단주는 언제 혼인하실 생각입니까?"

"네?"

"혼인을 하지 않을 생각은 아니시지 않습니까?"

"……딱히 그에 대해 생각해 본 적은 없습니다."

나에게 혼인이라는 건 좀 먼 이야기로 느껴졌다.

귀주성의 포정사 대인께서 나에게 자신의 딸과 혼인하라고 말씀하신 것 때문에 좀 고민하기는 했지만…….

내 최우선 목표는 무림맹과 백천상단에 복수하는 것.

이를 위해 부인까지 고난의 길에 끌어들이는 건 솔직히 미안한 일이라서 말이지.

"혹시 주변에 보고 있으면 왠지 모르게 목이 타는 것 같은 기분이 느껴지는 소저가 없으십니까?"

"……."

그 말에 생각나는 사람이 있기는 하지만…….

후, 나도 잘 모르겠다.

그때였다.

"……!"

내 눈에 보이는 익숙한 걸음걸이.

한 남자가 내 쪽으로 걸어오고 있었고, 나를 스쳐 지나갔다.

분명히 외모는 낯선 사람이지만, 낯설지 않은 느낌.

설마, 사부님?

사부님께서도 이곳에 오신 건가?

나는 뒤늦게 그 사실을 깨닫고 얼른 뒤돌아보았지만, 사부님의 모습은 이미 보이지 않았다.

정호 형을 본단에 데려다주고, 이곳에 오신 것인가?

"왜 그러십니까?"

복윤 소단주의 물음에 나는 고개를 저었다.

"아무것도 아닙니다."

어디에 무림맹의 눈이 있을지 모르는 일이니만큼, 행동을 조심해야 했다.

그러니 지금은 그냥 사부님이 오셨다는 것을 알고만 있을 생각이다.

곧 우리는 비무장에 도착했고, 각자의 자리로 향했다.

부모님은 먼저 객잔을 나서신 만큼 이미 자리에 앉아 기다리고 계셨다.

그 옆에는 고일평 외총관과 진호 형이 앉아 있었다.

"어, 왔냐?"

"응."

나는 고개를 끄덕였고, 진호 형에게 물었다.

"떨려?"

"아니. 첫날에는 좀 떨렸는데 지금은 뭐 그다지."

그리 말하는 진호 형의 대답에는 자신감이 묻어났다.

아마 형도 느꼈을 거다.

친선비무에 출전하는 이들의 수준이 생각보다 높지 않다는 것을.

원래는 수준 높은 고수들이 비무를 하며 무공을 겨루고 깨달음을 나누던 친선 비무가 후기지수들의 자존심 싸움으로 변질되었기 때문이다.

그러다 보니 연배가 있는 무인들은 체면상 나가지 않게 된 것.

공식적으로는 나이 제한이 없는데 말이지.

새로운 물이 들어오지 않고 흐르지도 않는 고인물은 썩어 버린다는 말이 있다.

무림맹도, 그리고 이 행사도 오랫동안 고여 있다 보니 변질되어 버린 것이지.

"무림의 동도 여러분!"

어느새 비무대 위에는 홍우검 금연화 대주가 서 있었다.

"지금부터 무림대연회 친선비무의 예선 두 번째 날 비무를 시작하겠습니다!"

"와아아아아!"

사람들이 환호했다.

"두 번째 날 비무를 열어 줄 대진을 공개합니다!"

그 말에 보조원이 대진표에 걸린 나무패의 덮개를 제거했다.

"진주언가의 언승연! 그리고 그 상대는 염씨세가의 염우!"

호명을 받은 언승연 무사와 염우 무사가 비무대 위로 올라왔다.

염씨세가라고 하니 외숙부의 일과 함께 용봉비무회에서의 매승이라는 부정한 승부 조작이 떠올랐다.

하지만 무림대연회의 친선비무는 용봉비무회와 달리 매승을 시도하기 어려웠다.

용봉비무회는 워낙 서로의 실력이 천차만별이고 그렇게까지 중요한 비무는 아니므로 매승이 가능하지만, 친선비무는 그렇지 않다.

출전자 대부분 실력이 비등하고, 소속된 세가나 문파의 자존심이 걸린 비무니까.

이런 데서 매승을 시도했다가는…….

음, 더 이상의 설명은 생략한다.

둥-!

북 소리와 함께 언승연 무사와 염우 무사가 기수식을 취했다.

그리고 곧 그 둘은 서로 가까워졌고, 언승연 무사의 철갑과 염우 무사의 검이 부딪치며 불꽃이 튀었다.

챙! 챙챙! 챙!

원래 싸움은 무기의 길이가 긴 쪽이 주도권을 잡는 편이다.

그래서 주먹보다는 검이, 그리고 검보다는 창이 주도권을 잡기 쉽다.

그러나 진주언가는 권법으로 유명한 가문.

그 정도 상식은 뒤집을 수 있을 만한 무공을 가지고 있지.

그 무공 중에 하나가 바로 저거다.

강체술.

강시술이라고도 하는데, 언젠가부터 강시술이라는 말 대신 강체술이라 부르고 있지.

자신의 몸을 쇳덩이처럼 단단하게 만들어 길이가 긴 날붙이의 공격을 막는 방법이다.

언승연 무사의 몸이 염우 무사를 향해 파고들었다.

끼이이잇!

염우 무사의 검이 언승연 무사의 몸을 스쳤지만, 피륙이 베이는 소리가 아닌 쇠 긁는 소리가 울려 퍼졌다.

역시 친선비무에 나오는 사람은 다르군.

용봉비무회에서 제갈유아 소가주와 겨뤘던 자의 강체술은 저렇게까지 뛰어나지는 못했는데 말이지.

"으윽!"

염우 무사가 다급히 거리를 벌리려고 했지만, 언승연 무사는 그것조차 예상한 듯 빠르게 파고들었다.

길이가 긴 무기는 역설적으로 서로 간의 거리가 가까워지면 오히려 불리해진다.

하지만 염씨세가 역시 명문 무가. 그러니 그에 대한 대비도 해 놨을 터.

빠악!

그중 하나가 보조로 익히는 권각법이다.

염우 무사의 발차기에 언승연 무사의 배에 붙어 있던 표식이 바닥에 떨어졌다.

그렇게 엎치락뒤치락하며 손에 땀을 쥐게 했던 첫 비무는 결국 언승연 무사의 승리로 끝났다.

"와아아아아!"

"장하다!"

"강체권웅! 강체권웅!"

강한 몸을 가진 권법의 영웅이라…… 잘 어울리는 명호네.

보조원들이 나와 비무장 바닥을 청소했다.

꽤 치열한 비무였던 탓에 피가 제법 많이 흘렀기 때문이다.

이번에도 금창약이 잘 팔리겠군.

"그럼 두 번째 대진을 공개합니다!"

보조원들이 이름패의 덮개를 제거했다.

"종남파의 제자 조운! 이에 맞서는 출전자는 은해상단의 은진호!"

이에 진호 형이 자리에서 일어났다.

드디어 진호 형의 차례로군.

형은 입고 있던 장포를 벗고 청룡무를 들고 아버지와 어머니에게 정중히 인사했다.

"말씀드리지 않아 송구합니다. 꾸중은 나중에 듣겠습니다."

어머니는 대답 대신 한숨을 내쉬셨고, 아버지께서 쓴웃음을 지으며 말씀하셨다.

"허허허, 이왕 나가는 거 반드시 이기도록 해라."

"네!"

"그렇다고 다치지는 말고. 져도 다치지 않으면 혼내지 않겠지만, 이겨도 다치면 잔뜩 혼을 내 줄 거다."

"명심하겠습니다."

진호 형은 그렇게 약속하고는 내게 고개를 돌렸다.

나는 씩 웃으며 말했다.

"형."

"응."

"멋있는 척하지 말고 빨리 나가. 관객들이 기다리는 거 안 보여?"

"큼, 큼큼."

진호 형은 내 말에 멋쩍은 표정으로 비무대에 올라갔다.

진호 형 주제에 어디서 멋진 척이야.

두 사람은 각자 몸에 일곱 개의 표식을 달았다.

둥—!

북 소리와 함께 비무가 시작되었다.

선공은 종남파의 제자였다.

"혹시 아시는 분입니까?"

내 물음에 창운 무사가 고개를 끄덕였다.

"네. 제 사형입니다. 저희 중에서 군계일학의 실력이었고, 어른들께서 종남의 미래라고 부르셨던 분입니다."

창운 무사의 얼굴에는 자부심이 가득해 보였다.
"그렇군요."
나는 고개를 끄덕였다.
"저분의 특기가 무엇입니까?"
"네? 혹시…… 전음이라도 보내실 생각입니까?"
그 물음에 나는 피식 웃었다.
"그게 불가능하다는 건 창운 무사가 더 잘 알고 있지 않습니까?"
비무장은 진법이 펼쳐져 있어 전음을 보낼 수 없기 때문이다.
전음으로 훈수를 두거나 비무를 방해하는 일을 차단하기 위함이지.
그는 그것을 깨달은 듯 고개를 숙였다.
"깜박하고 있었습니다. 송구합니다."
"괜찮습니다. 그렇게 생각할 수도 있는 상황이니까요."
"예. 간단히 설명을 드리자면 조운 사형의 특기는 천성쾌검입니다."
종남의 대표적인 무공인 천성검 중에서도 속도를 극대화한 검법이다.
그러다 보니 하나하나의 위력은 그리 강하지 않지만, 종횡무진 이어지는 공격이 일품이지.
그 무차별적인 공격에 정신을 차리지 못하고 어리벙벙하게 막기만 하다 보면 패배하고 만다.
"아마, 둘째 소단주님께 버거운 상대일 수도 있습니다."

"그런가요?"

나는 피식 웃었다.

하긴, 창운 무사가 진호 형에 대해 잘 알지 못하니 저런 말을 하는 거다.

진호 형이 작정하고 무공을 펼치는 것을 본 적이 없으니까.

타앗!

조운 무사의 선공이다.

평범한 천성검이다. 간을 보겠다는 건가?

타앗-!

챙!

채챙!

형은 그 공격을 가볍게 막고, 곧바로 반격을 가했다.

"하앗!"

청룡무가 춤을 추기 시작하며 순식간에 여섯 합을 주고받았다.

챙! 챙챙챙챙챙!

"후, 인정하겠습니다."

조운 무사가 말했다.

"상단 사람이라는 생각에 얕본 것을 사과드립니다. 이제 제대로 가도록 하죠."

사샥!

그의 경고가 끝나기 무섭게 조운 무사의 신형이 사라졌다.

아니, 천성쾌검이다.

역시 종남의 미래라고 할 만하다.

웬만한 절정 무사들은 그 속도를 따라가지 못할 거다.

하지만.

까강!

진호 형의 청룡무가 그 공격을 막았다. 조운 무사의 놀란 표정이 볼 만하군.

진호 형의 최대 장점 중 하나가 시야가 넓고 반응 속도가 빠르다는 거다.

그래서 창술에 최적인 것이지.

툭.

진호 형의 활약은 단순히 조운 무사의 공격을 막은 것에 그치지 않았다.

그 공격을 막고 곧바로 반격해 어깨의 표식을 파괴한 것.

"와아아아아!"

"역시 참호창웅이다!"

우리 상단 사람들이 진호 형의 명호를 부르며 진호 형을 응원하고 있었다.

"아직입니다!"

"오십시오! 저도 아직이니!"

진호 형의 말에 조운 무사는 입술을 깨물었고, 재차 천성쾌검으로 공격해 왔다.

속이 좀 탈 거다.

나름 작정한 공격인데 너무 손쉽게 막히고 역공까지 허용한 셈이니까.

사실 진호 형이 저렇게 침착하고 정확하게 쾌검에 대응하지는 못했었는데…….

나와 대련을 하면서 내 속도와 움직임에 적응하게 되고, 저렇게 실력이 상승했지.

아, 조운 무사가 지면 그건 나 때문이려나……?

나는 슬쩍 창운 무사를 살펴보았다.

점점 굳어지는 표정.

음, 그냥 가만히 있어야겠다.

진호 형과 조운 무사와의 비무는 제법 오래 이어졌고, 결국 반 시진 정도의 치열한 승부 끝에 승패가 결정됐다.

"승자는, 은해상단의 은진호 무사!"

"우와아아악!"

진호 형이 승리의 괴성을 질렀고, 그런 형을 향해 사람들은 아낌없는 환호를 보냈다.

"참호창웅! 참호창웅!"

나는 그런 그들을 보며 조금 어처구니가 없었다.

저들은 내가 맹주님께 추천을 받았을 때, 내가 상인의 신분이라는 것을 비아냥거리지 않았던가?

그런 자들이 진호 형을 향해 환호하다니.

웃음이 나왔다.

음, 이번에는 봐줄까?

그때 진호 형이 비무대 위에서 내려왔고, 나에게 다가

엿 먹이는 방법 〈23〉

왔다.

"봤냐?"

"응. 잘했어."

놀랍게도 진호 형의 몸에는 상처 하나 없었다.

다치지 않기 위해서 상당히 많이 애를 썼거든.

그래서 비무가 오래 걸린 것이기도 했다.

하긴, 부모님 앞에서 다치는 모습을 보여 주는 것만큼 큰 불효는 없을 테니까.

나는 고개를 돌려 창운 무사를 보았다.

그의 사형인 조운 무사가 질 줄은 몰랐다는 듯 충격에서 헤어 나오지 못하고 있었다.

"괜찮으십니까?"

"아, 네……."

안 괜찮아 보이는데…….

\* \* \*

그 시각.

연풍객잔의 뒷마당에서는 대녹 무사와 수암 무사가 수련 중이었다.

은서호가 명한 훈련은 간단했다.

기본 검식 수련.

그리고 삼대 기초 수련이라는 것이었다.

그건 은풍대의 무사들이 매일 해야 하는 수련이다.

달리기, 팔굽혀펴기, 기마 자세로 오래 버티기.

그리고 매달려 윗몸일으키기.

은풍대의 무사들은 정해진 시간을 할애해서 규칙적으로 수련하는 것이지만, 그들은 아니었다.

온종일 수련을 해야 했다.

하기 싫어서 농땡이를 부리고 싶어도 그럴 수 없는 것이, 몸을 움직이지 않으면 참을 수 없는 근육통으로 인해 무척 괴로웠기 때문이다.

또 하나 그들을 힘들게 하는 건 바로…….

"무사님들. 약 드실 시간입니다요."

팔갑이 들고 오는 호웅원체탕이다.

좋은 약은 입에 쓰다고 하지만, 호웅원체탕은 쓴 정도를 넘어섰다.

꼭 먹어야 하는 게 아니라면 토하고 싶을 정도였는데, 비싸고 좋은 약이라는 게 사실인지 몸에 쪽쪽 흡수되었다.

그래서 수련하다 힘들어 헛구역질을 해도 약은 한 방울도 토해 내지지 않았다.

"정말 이걸 사흘 내내 마셔야 하는 것이오?"

대녹 무사의 말에 팔갑이 고개를 끄덕였다.

"네. 그렇습니다요."

"후…… 그렇다면 제발 물이라도 마시게 해 주시오."

"목이 마르십니까요? 목도 마르지 않고 배도 고프지 않으실 텐데 말입니다요."

"……."

팔갑의 말대로다.

사흘 내내 그 탕약만 마시면서 힘든 체력 훈련을 이어 간다는 것이 말도 안 된다고 생각했다.

하지만, 슬프게도 목도 마르지 않았고 배도 고프지 않았다.

"어서 쭈욱 들이켜시면 됩니다요. 도련님께서 한 방울이라도 흘리거나 남기면 매달려 윗몸일으키기 열 번 추가라고 하셨습니다요."

"……."

"에휴, 이거 진짜 비싼 겁니다요. 도련님께서 큰맘 먹고 투자하시는 건데, 이러시면 되겠습니까요? 그래서 복수를 하실 수 있을 거라고 생각하십니까요?"

"알겠소. 알겠으니 탕약을 주시오."

"마시면 될 것 아니오."

그들은 고통스러운 얼굴로 팔갑이 건넨 탕약을 마셨다.

벌써 몇 번이나 마시는 것이지만, 이 쓴맛은 도저히 적응되지 않았다.

그리고 잠시 후 다시 시작되는 참을 수 없는 근육통.

그들은 다시 수련을 시작했다.

한참 검을 휘두르다가 결국 지쳐서 바닥에 드러눕고 말았다.

대녹은 숨을 몰아쉬며 수암을 불렀다.

"사형."

"왜 부르느냐?"

"우리가 대체 무슨 부귀영화를 누리자고 이런 고생을 하는지 모르겠소."

"네가 당한 것에 대한 복수와 본문의 명예를 위해서가 아니냐?"

"상대는 남궁세가입니다. 우리가 제아무리 날고 기어도 복수하기 힘든 상대죠. 그리고 명예는 이미 본선에 진출한 것으로 충분하지 않습니까."

"무슨 말을 하고 싶은 것이냐?"

"도망칩시다."

"뭐?"

"나는 솔직히 지금 가학적인 이 수련에 무슨 의미가 있는지 모르겠소."

"하지만 우리는 이미 계약했다. 계약을 이행하지 않을 셈이냐?"

"제 기억에 의하면, 저희가 맺은 계약은 복수를 도와주면 은해상단에 힘이 되어 주는 것입니다. 그러니까 저희가 싫다고 하면 이 계약은 무효가 되는 거 아닙니까?"

수암은 솔깃해졌다.

"그, 그런가?"

"솔직히 사형도 힘들지 않습니까?"

"……."

"도망칩시다."

"우리가 도망칠 수 있겠느냐?"

"제가 알기로 대다수의 사람들이 비무를 관전하기 위

해 출타했습니다. 남은 자는 시종과 보좌관 정도입니다."
"……."
"사형. 도망치려면 지금이 기회입니다."
잠시 고민하던 수암이 고개를 끄덕였다.
"좋다."
그렇게 그들을 객잔을 살피고는 슬그머니 도망쳤다.
하지만 그들은 모르고 있었다.
은서호가 팔갑과 곽서향 이외에도 남기고 간 존재가 있었다는 것을.
"꾸이?"

\* \* \*

오전 비무가 끝나고 한 시진의 점심시간이 주어졌다.
나는 밥을 먹는 대신 임시 상점으로 향했다.
오전 동안의 매출을 파악하고 별다른 일이 없는지 살펴봐야 했으니까.
진호 형은 외총관과 다른 곳으로 향했고, 부모님은 상단주 내외분들의 모임을 가셨다.
"둘째 소단주님께서 예선을 통과하셨다지요?"
"축하드립니다."
임시 상점을 맡고 있던 행수들은 나를 보며 진호 형의 예선 통과를 축하해 주었다.
"감사합니다. 진호 형에게 전해 드리겠습니다. 그나저

나 매출 추이는 어떻습니까?"

"아주 좋습니다."

나는 자세한 설명을 들었다.

확실히 무림인들이 좋아할 만한 금창약이나 무기에 다는 장신구 같은 것들이 많이 팔리는군.

아무래도 이런 행사에 참가하게 되면 평소보다는 씀씀이가 커지게 마련이니까.

상단들도 평소보다 저렴한 가격에 팔기도 하고.

나는 근처에 열린 백천상단의 임시 상점을 살펴봤다.

그들 역시 꽤나 성업 중이었다.

용봉비무회 때 남궁강 전 상단주의 욕심 탓에 인심을 잃었지만, 제법 시간이 지난 데다가 가격도 다른 상단에 비해 비교적 싸게 팔고 있으니까.

저 싼 가격은 아마도 인심을 회복하기 위한 방법이지만...... 질이 좋지 않은 것을 싸게 팔면 뭐 하냐고.

지금은 잘 팔릴지 몰라도 나중에 그 업보가 본인들에게 되돌아올 텐데 말이지.

후, 백천상단은 좋겠네.

저렇게 배짱을 부리며 장사를 해도 되고 말이지.

그들이 독점으로 판매하는 것 중에 하나가 숫돌이다.

무기의 날을 날카롭게 유지하기 위해서 숫돌은 무림인에게 필수품이다.

게다가 무기를 제작하는 이들에게도 필수품인지라, 홍련상단도 무림맹과 계약을 맺어 숫돌을 납품받고 있다고 들었다.

"계속해서 수고해 주세요."

"걱정 마십시오."

그렇게 상단을 둘러보고 식사를 하려고 할 때 내 소매 안에서 내 팔을 톡톡 건드리는 느낌이 들었다.

슬그머니 소매 안에 손을 넣어 보자 토실토실한 게 느껴졌다.

- 어? 금령아? 너 언제 왔어?

- 꾸이! 꾸! 꾸이!

응? 방금 왔다고? 그리고…… 도망간 대녹 무사와 수암 무사가 어디에 있는지 안다고?

잠깐, 그 말은…….

허, 도망갔네.

나는 한숨을 내쉬었고, 금령에게 전음을 보냈다.

- 금령아. 안내해.

- 꾸이!


잠시 후.

나는 낙양 남문으로 향했다.

섬서와 더 가까운 서문이 아니라 남문으로 도망친 것을 보니, 나름 머리를 쓴 듯하다.

쯧쯧, 애 쓰네.

- 꾸이!

금령도 지금 혀를 차고 있잖아.

"근성이 없는 자들입니다. 저 같으면 주군께서 주신 이 기회를 놓치지 않을 터인데 말입니다."

명종 무사의 말에 창운 무사도 고개를 끄덕여 동의했다.

"저도 그리 생각합니다. 그 탕약이 무척 쓰긴 하지만 단 사흘 만에 석 달 훈련한 만큼 효과를 낼 수 있다면, 그 정도는 감수할 만합니다."

나는 피식 웃었다.

"그들도 그렇게 생각했으면 이런 일이 벌어지지 않았겠죠."

그렇게 우리는 경공을 사용하여 달렸고, 곧 숭산을 향해 달려가는 대녹 무사와 수암 무사를 보았다.

생각보다 멀리 왔네.

그만큼 필사적으로 달렸다는 말인데, 그렇게도 수련이 힘들었나?

"서우 무사님, 여응암 무사님. 가시죠. 다른 분들은 지금 이 속도로 저를 따라오세요."

"네!"

나와 두 무사는 속도를 내어 앞서 나갔다.

그리고 우리는 열심히 달리는 대녹 무사와 수암 무사의 앞쪽에 멈추어 섰다.

"헉헉, 헉······."

"후욱, 후욱······."

숨을 헐떡이며 달려오는 연결문의 두 무사.

나를 발견한 그들은 깜짝 놀란 표정을 지었다. 그들에

게 있어서 나는 이곳에 있어서는 안 되는 인물이니까.

"대, 대협…… 그게……."

"저, 그, 그러니까……."

우물쭈물하는 그들에게 나는 웃으며 말했다.

"객잔의 뒷마당이 수련하기에 좁았나 봅니다."

"……."

"여러분들의 애로(隘路)를 미처 알아차리지 못해서 미안합니다."

내 말에 그들은 결국 우리 앞에 무릎을 꿇었다.

"죄, 죄송합니다."

"송구합니다!"

"죄송하고 송구할 것이 뭐가 있습니까? 열심히 수련하기 위해 이곳까지 오신 거 아닙니까?"

"……."

나는 말을 이었다.

"여러분들이 힘들고 괴로운 거 압니다. 그러나 두 분도 살아오면서 깨달으셨겠지만, 세상에 쉬운 길은 없습니다. 더군다나 그게 강한 상대에 대한 복수라면요."

"……."

"복수가 간절하신 거 맞습니까?"

나는 말을 이었다.

"남궁온 무사가 뇌옥에 갇히지 않은 건 아실 겁니다. 그런데 집에 가택연금 중인 그가 자신의 잘못을 뉘우칠까요?"

그럴 리 없지.

"듣기로 친우들과 기녀들을 불러 유흥을 즐기고 있다고 합니다."

"……"

"그리고 비무에서 비겁한 수에 당해서 자신이 진 것이라 한다더군요."

이는 사실이다.

은해상단 정보대의 도움을 받아 얻어 낸 정보니까.

"비겁한 수라니요! 아닙니다! 저는 정정당당하게 싸웠고 승리했습니다!"

"그러니까 드리는 말씀입니다."

나는 말을 이었다.

"훈련을 그만두는 건 두 분의 선택입니다. 하지만 이대로 돌아가면 대녹 무사는 비겁한 수로 비무회에서 예선 통과한 사람이 될 것입니다. 또한 후원이 끊기는 것을 막을 수도 없겠죠. 비겁한 무사를 후원할 장주가 있을 것 같습니까?"

"……!"

"그런데도 그만둘 생각입니까?"

"아닙니다!"

대녹 무사의 눈은 분노로 타올랐다.

"그만두지 않을 것입니다!"

나는 수암 무사에게 고개를 돌렸다.

"이대로 돌아가면, 후원이 끊기는 것은 물론이고 주변

에서 비웃음을 당할 겁니다. 그러면 사문은 더더욱 어려워질 텐데, 사제들이 배를 곯고 사는 모습을 보시겠습니까?"

생각만 해도 끔찍하다는 듯이, 그는 입술을 짓이기며 대답했다.

"그건 결코 있어서는 안 될 일입니다."

"아까 말씀드렸죠? 복수라는 것은 결코 쉬운 일이 아닙니다."

나 역시도 복수를 위해 그 누구보다 치열하고 열심히 살고 있기에 잘 안다.

"와신상담이라고 했습니다. 복수를 잊지 않기 위해 장작더미에서 자고 쓸개를 핥아 맛본다고 했죠. 여러분이 맛보는 탕약의 쓴맛을 떠올릴 때마다, 그리고 근육통이 느껴질 때마다 분노하십시오. 그것이 여러분의 힘이 될 것입니다."

내 말에 그들은 무릎을 꿇은 채 엎드렸다.

"대협의 말 잊지 않겠습니다."

"저희가 경솔했습니다. 대협의 말을 명심하겠습니다."

"좋습니다. 혹시라도 다시 이런 일이 벌어지면 안 되니, 지금 말씀드리는 게 좋겠군요."

나는 소매에서 계약서를 꺼냈다.

"여러분이 작성한 이 계약서 말입니다. 자세하게 읽어 보셨습니까?"

"물론입니다."

"그럼 이 조항, 기억하십니까?"
나는 계약서를 펼쳤고, 밑부분을 가리켰다.

[이 계약을 중도 포기하기 위해서는 포기하는 자 측에서 배상금으로 금자 오십 냥을 지급한다]

금자 오십 냥은 그들로서는 감당하기 힘든 거금이다.
이 낙양에서 기와집 한 채를 거뜬히 살 만한 금액.
"……!"
"……!"
두 사람의 부릅떠진 눈을 보니, 기억에서 지우고 있었던 것이 분명하다.
돌돌돌.
나는 다시 계약서를 말아 소매에 넣으며 말했다.
"금자 오십 냥 있으십니까?"
"……. "
대답을 못 하는군. 있을 리가 만무하지.
"제가 각오하라는 말을 헛들으신 듯하군요. 하하하. 괜찮습니다. 지금부터 잘하면 됩니다."
나는 씨익 웃었다.
"자, 이제 일어나서, 연풍객잔까지 전속력으로 달리면 되겠습니다."
"으아아아악!"
"으아아악!"

두 무사는 꽁지가 빠지도록 연풍객잔을 향해 달렸다.

좋아, 아주 좋아.

이제 정신이 바짝 들었군.

내가 생각하고 있는 그림이 명확해지고 있었다.

"꾸이?"

금령이 소매에서 고개를 내밀었다.

왜 은자 안 주냐고?

걱정하지 마. 줄 테니까. 내가 언제 줘야 하는 은자 떼먹은 적 있니?

잊어버린 적은 있어도 떼먹은 적은 없다고.

.

.

.

그렇게 두 무사를 데리고 돌아온 다음 날, 천조의 예선이 마무리되었다.

곧바로 지조의 예선이 이어졌는데, 향옥 누님이 첫날 출전했다.

그리고 누님은 자신을 조롱하는 상대방을 말로 철저히 조져 버렸다.

향옥 누님이 건드리지만 않으면 얌전한데 꼭 그렇게 건드리지 못해서 안달이란 말이야.

"큭! 크흑! 기권하겠습니다!"

누님이 말로 패 버린 상대는 결국 검 한번 휘두르지 못하고 기권했고 그렇게 누님은 싸우지도 않고 본선에 진출했다.

내가 그래서 누님을 무서워하는 것도 있다.

누님이 사실만 콕콕 짚어서 패는데, 거기 맞으면 진짜 아프거든.

덕분에 누님의 설겁여협이라는 명성이 한층 더 높아졌지.

며칠 후 예선이 마무리되었고 본선이 시작되었다.

예선과 달리 천조의 본선이 마무리 되고 마지막 승자가 남았을 때 지조의 본선이 시작된다.

그 말은 즉, 내 차례가 한참 남았다는 의미지.

그러니까 대녹 무사에게 집중할 수 있는 것이다. 이제 그 훈련의 성과를 보여 줄 때가 되었군.

나는 객잔의 뒷마당에서 훈련 중인 두 무사에게 다가갔다.

호웅원체탕을 사흘 내내 먹여 가며 키운 체력 덕분인지 딱 봐도 호랑이와 곰의 기운이 느껴지고 있었다.

그 둘은 내가 만들어 놓은 철제 구조물에 매달려 윗몸 일으키기를 하고 있었다.

"백스물넷! 백스물다섯!"

"백스물여섯!"

이제 백 번은 거뜬하게 하는군.

나는 코를 쓱 문질렀다.

"왜 그러십니까요?"

"그냥, 저 모습을 보니 뿌듯해서 말이지."

내 말에 팔갑은 하고 싶은 말이 있지만 하지 않겠다는

듯한 표정을 지었다.

"뭐냐? 그 불손한 눈빛은?"

"오해입니다요. 저는 지금 존경스러운 눈으로 도련님을 보고 있습니다요."

"……그래."

왜 기분이 떨떠름해지는 걸까?

그렇게 이백 번의 매달려 윗몸일으키기를 끝낸 두 무사에게 다가갔다.

"내일부터 본선이 시작됩니다."

"아, 이제 시작이군요."

"네. 기분이 어떠십니까?"

내 물음에 그들은 서로를 바라보았고, 말했다.

"드디어 복수도 하고 저희 문파의 명예도 높일 수 있겠군요."

"아주, 아주 기대되는군요."

두 무사의 눈빛은 이전의 그 순둥순둥했던 느낌이 아니다.

생사가 왔다 갔다 하는 전쟁터에서 몇십 년은 구른 듯한 눈빛.

내가 뭘 잘못한 건 아니지?

나는 객잔을 나섰다.

그리고 근처 공터의 바위에 걸터앉아 있을 때 좌판을 어깨에 멘 누군가가 다가왔다.

"월병 사세요! 월병! 맛있는 월병입니다!"
월병을 파는 사람이구나.
월병은 일반적으로 중추절에 만들어 먹는 과자.
이제 슬슬 중추절이 다가오니 벌써 월병을 파는 건가?
그리 생각하며 대수롭지 않게 넘기려다가 움찔했다.
 그 월병을 파는 장사꾼에게서 익숙한 기운이 느껴졌기 때문이다.
 춘일이군.
 우리 은해상단 정보대의 중심이라고 할 수 있는 인물이다.
"여기 월병 하나 주십시오!"
"아, 네!"
부리나케 달려오는 그에게 물었다.
"장사 잘되십니까?"
"무림대연회 아닙니까? 하하하!"
나는 목소리를 낮춰 그에게 물었다.
"그래서, 남궁온은 여전히 대녹 무사가 비겁한 수를 사용해서 자신이 졌다고 떠들고 다닙니까?"
"네."
 남궁온의 가택연금은 고작 이틀 만에 풀렸고, 그는 그날 밤부터 기루에서 기녀를 불러 유흥을 즐기며 사람들에게 그리 말하고 다닌다고 한다.
"좋습니다. 그럼 제 지시대로 하셨습니까?"
"물론입니다."

내가 춘일에게 지시한 건, 우리 정보대 쪽 인물들을 풀어 소문을 내라고 한 것이다.

남궁온이 자신의 실력이 부족한 것이 아니라 비겁한 수에 당해서 졌다고 말하는 것을 들었다고 하는 식으로.

별로 어렵지 않은 일이다.

남궁온이 한 말을 바꾸는 것도 아니고, 그대로 퍼뜨리는 것뿐이니.

"수고하셨습니다."

나는 넉넉하게 수고비를 챙겨 주었다.

"남은 돈은 활동비로 사용하십시오."

"아이고, 감사합니다."

춘일은 내게 월병을 파는 것처럼 건넸고, 우리는 월병을 하나씩 손에 쥐었다.

그리고 춘일은 자리를 떴고, 우리는 월병을 먹으며 하늘의 달을 바라보았다.

달 참 밝네.

.

.

.

다음 날.

나는 가족들과 함께 비무장으로 향했다.

우리와 함께 움직이는 이들 중에는 대녹 무사와 수암 무사도 있었다.

우리는 비무장에 도착해 각자의 자리에 앉았다.

곧 금연화 대주가 단상 위로 올라왔고, 본선의 시작을 알렸다.

"지금부터 본선 일차전 비무를 시작하겠습니다. 첫 번째 대련 상대는 연결문의 대녹 무사와 단목세가의 단목일!"

단목세가는 절강성에 위치한 가문으로, 낙성검법이 유명하다.

그리고 예선에서 본 단목일 공자의 실력은 제법이었지.

자리에서 일어나는 대녹 무사에게 조용히 당부했다.

"제가 한 말, 기억하시죠?"

"네. 기억합니다."

"그거면 됩니다. 그러면 무운을 빕니다."

대녹 무사는 고개를 끄덕이고는 비무대 위로 올라갔다.

"우우우! 비겁한 녀석!"

"비겁한 수를 써서 남궁온 공자를 이기니 좋더냐!"

내 예상대로, 사람들은 대녹 무사를 향해 비난을 퍼붓기 시작했다.

남궁온이 자신은 비겁한 수에 당했다라고 말했다는 것을 듣고 이에 선동된 이들이지.

하지만 그날 가까이에서 비무를 봤던 자들은 그런 반응에 어이없어했다.

"뭐지? 아무리 생각해 봐도 그때 비겁한 수는 없었던 것 같은데……."

"만약 비겁한 수가 있었다면 심판이나 무림맹의 고수

들이 가만히 있었겠어?"

"그냥 남궁온 공자가 대녹 무사를 농락하며 방심하다가 당한 것 같은데 말이지."

나는 그렇게 엇갈리는 반응을 보며 피식 웃었다.

그리고 비무대 위의 대녹 무사를 보았다.

사람들의 비난에도 그는 꿋꿋하게 상대방을 바라보며 서 있을 뿐.

나는 지난밤에 그에게 했던 말을 떠올렸다.

"대녹 무사님이 비무대 위에 올라가면, 사람들은 무사님에게 야유를 퍼부을 것입니다."

"네? 제게 왜……."

"말했잖습니까? 남궁온 공자가 자신이 진 것은 대녹 무사님이 비겁한 수를 썼기 때문이라고 말하고 다닌다고 말입니다."

"……."

"그러나 그것이, 남궁온 공자의 자승자박이 될 것입니다. 그러니 그 야유를 즐기십시오."

"네? 야유를 즐기라니요?"

"무사님이 승리한다면, 그 야유는 경악으로 바뀔 테니 말입니다."

어느새 두 무사의 몸에 일곱 개의 표식을 다는 일이 끝났다.

둥-!

북 소리와 함께 비무가 시작되었다.

단목일 공자가 먼저 입을 열었다.

"예선은 나 역시 잘 봤습니다. 미안하지만 이번에는 그런 우연은 없을 겁니다."

"공자도 내가 본선에 진출한 것이 운이 좋아서라고 생각하는 겁니까?"

"그게 아니라면, 일류 무사가 절정 무사를 어찌 이깁니까?"

"……."

대녹 무사는 대답 대신 기수식을 취했고, 단목일 공자 역시 기수식을 취하며 서로 빈틈을 노렸다.

선공은 단목일 공자의 몫이었다.

쐐애애액!

눈 깜짝할 사이에 그 앞에까지 다가온 그는 대녹 무사의 왼쪽 허리의 패를 부수었다.

퍽!

상대를 얕보지 않은, 신중한 한 수.

말로는 대녹 무사가 운이 좋아서 본선에 진출했다고 했지만, 본능적으로 느낀 거겠지.

한 수, 한 수, 신중하지 않으면 질 수도 있음을.

그리고 이어지는 공격.

역시 낙성검법이다.

무척이나 빠르게 대녹 무사를 몰아가는 것을 보면 말이지.

파직-!

팍!

순식간에 두 개의 패가 더 부서졌고, 남은 패는 네 개.

그렇게 속수무책으로 대녹 무사의 패 세 개가 파괴당하자, 단목일 공자의 얼굴에는 점점 여유가 생기기 시작했다.

무슨 생각을 하는지 알겠다.

뭔가 만만치 않은 직감을 받았는데, 이렇게 쉽게 승기를 잡아가니 단지 직감은 직감일 뿐이라고 생각하겠지.

하지만, 직감이라는 건 무시할 것이 못 된다.

나 역시 그 직감 덕분에 위기를 벗어난 적이 몇 번이나 있으니까.

\* \* \*

대녹은 자신의 몸에 남은 패를 세어 보았다.

왼쪽 어깨에 하나, 오른쪽 허리에 하나, 가슴에 하나, 그리고 오른쪽 다리에 하나.

'네 개가 남았군.'

그는 은서호의 말을 떠올렸다.

"패가 네 개쯤 남으면 아마 상대방은 긴장을 풀 겁니다. 혹은 가소롭다는 표정을 지을지도 모르지요."

"……."

"그때가 승부를 볼 때입니다."

지금까지 해 온 훈련의 성과를 보일 때이기도 했다.
"너무 그리 긴장하지 않아도 됩니다. 너무 일찍 끝나면 싱거우니 천천히 상대해 드리지요."
단목일의 말에 대녹이 말했다.
"그럴 필요 없습니다."
"호오. 실력은 없어도 자존심은 있다는 겁니까?"
"그건 직접 확인해 보십시오."
그리 말하며 대녹 무사는 다시 기수식을 취했다.
그리고 남궁온에 대한 생각을 떠올렸다.
비무장에서 자신을 농락했던 일.
그리고 자신이 장외패를 당한 것에 앙심을 품고 흑도 왈패들을 보내서 자신과 사형에게 해코지를 하려고 했던 일.
그래 놓고 자신이 비겁한 수를 썼다고 헛소문을 퍼트린 일까지.
그걸 생각하니 분노가 치밀어 올랐다.
그는 그 분노를 담아 검을 휘둘렀다.
순식간에 그의 검이 단목일의 왼쪽 어깨에 달린 패를 베어 버렸다.
서걱!
단목일은 깜짝 놀랐다.
바로 전에까지만 해도 자신의 공격에 제대로 대응하지도 못했는데…… 이 속도는 뭐란 말인가?
쐐액! 사악!

대녹의 검이 거침없이 휘둘러졌고, 단목일은 그 공격을 방어하는 데 급급했다.

검의 속도는 이전에 비해 훨씬 빨라졌고, 그 위력 역시 천지차이였다.

콰직!

퍼억!

순식간에 두 개의 패가 부서져 떨어졌고 그에게 남은 패는 네 개밖에 되지 않았다.

단목일은 진땀을 흘리며 힘겹게 그의 공격을 받아쳤다.

챙!

챙챙챙챙챙!

순식간에 주고받는 합들은 보통 사람의 눈으로는 제대로 볼 수도 없을 정도.

그렇게 대녹이 우세한 비무가 이어졌다.

어느새 단목일의 패는 두 개밖에 남지 않았고, 대녹의 패는 네 개나 남았다.

하지만 대녹은 입술을 깨물 수밖에 없었다.

분노를 폭발시켜 잠력을 끌어 올리는 것은 한 식경 정도.

그런데 어느새 한 식경이 지나가 버린 것.

급속도로 힘이 빠져나가는 것이 느껴졌다.

'두 개만! 두 개만 더 부수면 내 승리인데! 젠장!'

대녹의 이상을 가장 먼저 알아차린 자는 상대인 단목일이다.

단목일은 기회가 왔다는 것을 느꼈고, 적극적으로 공세를 퍼부었다.
까앙! 깡!
대녹이 반격했지만, 왼쪽 어깨의 패가 부서지는 것을 막을 수는 없었다.
남은 패는 세 개.
콰직!
오른쪽 다리의 패까지 부서지며 남은 패는 단 두 개뿐.
이대로는 안 돼! 이대로는! 젠장!
그때 그의 눈에 은서호가 보였다.
그 순간 뇌리에 떠오르는 기억들.

"아, 엄청 쓸 겁니다. 하지만 입에 쓴 약이 몸에 좋다고 했죠. 그러니까 뱉을 생각은 하지 마시고 쭈욱 들이켜십시오. 쭈욱!"
"……."
"탕약을 남기거나 흘리면 한 방울당 매달려 윗몸일으키기 열 번씩입니다."

그리고.

"여러분이 작성한 이 계약서 말입니다. 자세하게 읽어 보셨습니까?"
"물론입니다."

"그럼 이 조항, 기억하십니까?"

"……!"

"금자 오십 냥 있으십니까?"

"…….."

"제가 각오하라는 말을 헛들으신 듯하군요. 하하하. 괜찮습니다. 지금부터 잘하면 됩니다."

그동안 사흘 동안 헛구역질하며 마셨던 호응원체탕의 극악한 맛과 정말 사흘 내내 이렇게 굴러도 내가 왜 죽지 않는 건가 싶었던 훈련들.

그리고 살살 성질을 긁던 은서호의 말까지.

그걸 떠올리자 갑자기 분노가 치솟았다.

원래 분노를 통해 잠력을 끌어 올리는 것은 한 시진에 한 번 정도였지만, 그걸 뛰어넘는 분노가 그 제약을 깨트린 것이다.

"으아아아악!"

그는 괴성을 지르며 단목일을 향해 검을 휘둘렀다.

깡! 깡!

퍽!

챙챙챙챙챙챙!

퍼억!

정신없이 이어지는 공격에 단목일은 얼이 빠진 채 속수무책으로 당할 수밖에 없었다.

지금까지의 공격과는 차원이 다른 공격이었기 때문.

그 와중에 남아 있던 두 개의 패도 부서지거나 베어져 떨어졌다.

"그, 그만! 내가 졌소! 내 패는 이미 사라졌단 말이오."

단목일의 외침에 그제야 대녹은 정신을 차리고 검을 멈췄다.

"……."

"그대의 승리입니다. 그대의 승리는 결코 우연이 아니었소. 내 처음의 언행을 사과드리리다."

"……어, 네."

그때 금연화 대주가 단상 위로 올라오더니, 대녹의 승리를 선언했다.

"본선 일차전의 첫 번째 비무는 연결문의 대녹 무사의 승리입니다!"

"와아아아아!"

사람들의 환호성이 들렸다.

\* \* \*

나는 사람들의 환호성을 들으며 피식 웃었다.

생각보다 잘 싸웠다.

하지만 패가 두 개 남은 시점에서 졌다 싶었다.

그만큼 상대방이 잘 버텼고, 대녹 무사의 힘은 빠져 가고 있었으니까.

하지만 놀랍게도 마지막에 다시 잠력을 폭발시켰고, 덕

분에 이길 수 있었다.

수련하면서 알아낸 바로는 잠력을 폭발시키는 건 한 시진에 한 식경밖에 쓸 수 없는데, 어떻게 다시 잠력을 폭발시킬 수 있었던 것이지?

궁금하긴 하지만 그건 나중에 물어보면 될 일.

지금은 승리를 축하해 줘야지.

주변에서는 사람들의 수군거림이 들려왔다.

"아무리 봐도 비겁한 수는 보이지 않았는데?"

"정정당당하게 잘 싸웠잖아."

"그러게."

"그러면 비겁한 수에 당해서 졌다는 남궁온 공자의 말은 뭐야?"

"뭐긴 뭐야. 져서 쪽팔리니까 그렇게 둘러댄 것이지."

"아하!"

나는 씨익 웃었다.

그나저나 저 모습을 보면 남궁온 공자, 꽤나 속이 쓰릴 거다.

그런데, 과연 그뿐일까?

남궁세가에서는 세가의 일원이 사람을 써서 분풀이하는 것 정도는 신경도 쓰지 않는다.

그러나 이렇게 공개적인 자리에서 가문을 망신시키는 자는 가만두지 않지.

<u>흐흐흐</u>.

그것이 나의 노림수이다.

남궁세가가 싼 똥이다. 그러니 남궁세가에서 직접 치워야지.

나는 자리에서 일어났다.

오늘의 승리자를 맞이해야지.

"고생 많으셨습니다."

"모두 대협 덕분입니다. 오늘의 승리는 대협에게 돌리겠습니다."

"그러지 않으셔도 됩니다. 힘든 훈련을 견딘 덕분에 얻은 승리이니, 본인에게 온전히 돌리셔도 됩니다."

"감사합니다."

그때 팔갑이 그에게 만두를 건넸다.

미리 준비한 것으로, 분노의 힘을 끌어내어 비무를 하고 나면 무척 허기질 것이 분명했으니까.

"드십시오."

"잘 먹겠습니다."

그는 허겁지겁 만두를 먹기 시작했다.

엄청 배가 고팠던 모양이다. 하긴, 두 번이나 분노를 통해 잠력을 폭발시켰으니까.

"그런데 말입니다."

"네?"

"마지막에 잠력을 폭발시켰을 때, 대체 어떻게 하신 겁니까?"

"컥! 쿨럭! 쿨럭!"

만두를 먹다가 사례가 들렸는지 차를 벌컥벌컥 마시는

대녹 무사를 보며 나는 고개를 갸웃했다.
뭐지?
뭔가 해서는 안 될 질문을 한 것 같은 이 기분은?

\* \* \*

오전에 열린 두 번의 비무가 끝나고 점심시간이 되었다.
한편, 비무를 관전한 남궁세가의 가주는 심기가 상당히 불편했다.
그의 못난 손자 남궁온 때문이다.
식사를 위해 자리를 옮기는 동안, 그의 셋째 아들이 민망한 표정으로 졸졸 따라왔다.
그때 남궁세가주가 발을 멈추었다.
"뭐 하고 있느냐?"
"네?"
"그렇게 내 뒤를 따라오면 있던 일이 없던 일이 되느냐?"
"……."
"솔직히 온이가 밖에서 뭘 하고 다니든 상관하지 않았다. 사내라면 여자를 좋아하는 것이 당연한 것이며, 그 정도는 남궁세가의 이름에 흠이 되지 않으니까."
"……."
"연결문이라는 이름도 모르는 문파의 제자에게 방심해서 진 것도 어느 정도는 봐줄 수 있다. 무인으로서 큰 배움을 얻을 수 있는 기회니까. 하지만……."

그는 고개를 돌려 자신의 셋째 아들을 보았다.

"비겁한 수에 당해서 졌다고 떠들고 다니다니! 게다가 오늘의 비무로 인해 그 말은 새빨간 거짓말이 되지 않았느냐? 본인의 명예뿐만 아니라 본가의 명예에도 먹칠을 한 셈이다!"

"……."

남궁세가주의 셋째 아들은 입술을 깨물었다.

그 역시 철저하게 남궁세가의 사람인 만큼, 그 역시 남궁세가의 철칙이 뭔지 안다.

어떻게 살든 무슨 일을 하든 상관없지만, 남궁세가의 명예를 실추시키지 말아야 한다는 것.

그게 남궁세가가 뒷공작에 능숙하게 된 이유기도 했다.

남궁세가주의 입에서 단호한 결정이 나왔다.

"온이를 뇌옥에 가둬라."

"네?"

"뭘 그리 놀라느냐?"

"그곳은 온이에게 너무 가혹한 곳입니다."

"그럴수록 좋지. 자신이 누리던 것이 당연한 것이 아니라, 가문의 구성원으로 제 역할을 해야만 누릴 수 있다는 것을 깨닫게 될 터이니."

"……."

"오늘 비무가 끝나고 내가 저택에 돌아갔을 때, 온이가 뇌옥에 없다면 네 모든 가족이 뇌옥에 갇힐 것이다."

"……!"

그는 아버지의 명을 거역할 수 없다는 것을 깨달았다.

남궁세가주는 더 할 말 없다는 듯 먼저 휘적휘적 걸어 나갔다.

셋째는 멀어져 가는 아버지의 등을 바라보았다. 그리고 이내 한숨을 내쉬었다.

'후, 이 정도 했으니 둘째 부인이 징징거리진 않겠지. 온이 대신에 뇌옥에 들어갈 여자는 아니니까.'

그는 자신의 호위무사 중 하나에게 명했다.

"무사들을 데리고 가서 온이를 저택 뇌옥에 가두거라."

"네. 그런데……."

호위무사는 머뭇거리며 말끝을 흐렸다.

"강하게 반발할 것 같습니다만……."

"기절시키든, 강제로 묶어서 제압하든 알아서 해."

"네!"

\* \* \*

나는 대녹 무사와 수암 무사를 데리고 인근 주루로 향했다.

대녹 무사의 승리를 축하해 주기 위해, 주루를 예약해 놨다.

식사 자리가 위로의 자리가 아닌 축하의 자리가 되어서 다행이네.

나는 그리 생각하며 내 일행과 이동했다.

그나저나 사부님께서도 이곳에 계실 텐데, 왜 그 뒤로는 한 번도 안 보이시는 거지?

그런 의문을 가지며 주루를 향해 가고 있는데, 뒤에서 누군가가 시비를 걸어 왔다.

"대체 무슨 비겁한 수를 쓴 것이냐!"

고개를 돌려보니 남궁온이다.

여긴 왜 온 거지?

표정을 보니, 딱 봐도 좋은 목적으로 온 건 아니었다.

나는 대녹 무사의 앞을 막으며 물었다.

"실례지만 무슨 일이십니까?"

"상관없는 자는 빠져라! 나는 저자에게 볼일이 있으니!"

"그러면 더더욱 빠질 수가 없습니다. 저희 은해상단에서 대녹 무사님을 후원하고 있기 때문입니다."

"후원?"

"네."

나는 웃으며 말했다.

"가능성이 있는 무사를 상인이 후원하는 것이 이상한 일은 아니지 않습니까?"

"하! 돈이 아깝지 않나 보군. 비겁한 수를 사용하여 본선에 진출한 자를 후원하다니!"

나는 빙그레 웃었다.

"비무를 관전한 무림맹의 중진들의 눈은 나무 옹이입니까?"

"……뭐?"

"정말 문제가 있었다면 그분들이 먼저 나서서 이의를 제기했을 겁니다."

"홋! 그런 건 가까이에서 직접 검을 맞댄 자가 가장 잘 아는 법이지!"

그렇다면 반박할 말이 또 있지.

"오늘 비무의 상대인 단목일 공자께서는 그런 말씀 한마디 없이 깔끔하게 승부에 승복하셨습니다."

"홋! 단목세가의 안목이 본가에 비해 떨어지니 그럴 만하지."

와, 생각보다 더 망나니였네.

세간의 시선이 두렵지도 않나?

하긴 그러니까 이러는 게 본인을 망신시키고, 남궁세가도 망신시킨다는 걸 모르는 거겠지.

"그러니까, 공자께서는 공자의 실력이 무림맹 중진들보다 더 뛰어나다고 말씀하시는 겁니까?"

"……."

"그곳에는 맹주님도 계셨으며 남궁세가의 가주님도 계셨으며 화경에 든 원로 고수분들도 여럿 계셨습니다. 그런데도 그런 주장을 고수하시는 건, 그런 의미로밖에 생각되지 않습니다."

나는 미소 지으며 말했다.

"그러니 억지는 그만 부리시고, 저희를 보내 주셨으면 합니다."

"이익……!"

그는 말문이 막혔는지 씩씩거리다가 결국 검을 뽑아 들었다.

"흥! 말로 하는 건 의미가 없지. 무림인이라면 모름지기 무공으로 이야기하는 법! 이번에야말로 내가 실력으로 진 게 아니었음을 증명할 거다! 검을 뽑아라!"

남궁온은 검으로 대녹을 겨누며 외쳤다.

나는 대녹 무사에게 얼른 전음을 보냈다.

- 절대 검을 뽑지 마십시오.

그는 고개를 끄덕이고는 침착하게 대답했다.

"이미 끝난 승부입니다! 또한, 사사로이 검을 섞을 수는 없습니다!"

"그럼 죽어!"

그리고 대녹 무사를 향해 날아오는 검.

나는 그 검을 막을 수 있었지만, 그러지 않았다. 이미 뒤쪽에서 누군가가 다급히 달려오고 있거든.

챙-!

그자의 검이 남궁온의 검을 쳐 냈다.

"여기서 이러시면 안 됩니다."

"윽! 누가 감히…… 창파?"

남궁온은 그를 알아본 듯 미간을 찌푸렸다.

"주군께서 보내셨습니다. 그만 저택으로 돌아가시지요."

"싫습니다!"

"가주님과 주군께서 단단히 화가 나셨습니다. 그만 돌

아가시지요."

"됐습니다. 더럽혀진 명예를 씻기 전에는 돌아갈 수 없습니다!"

하…… 점입가경이네.

지금 그러시는 게 더 명예를 더럽히는 건데요?

그 말에 창파라 불린 무사는 한숨을 내쉬었다. 그 마음이 이해가 되었다.

퍼억!

그는 남궁온을 발로 찼고, 남궁온은 그대로 바닥에 나동그라졌다.

"커억!"

"포박해라!"

"네!"

그를 따라온 무사들이 달려들어 그의 온몸을 하얀 천으로 꽁꽁 묶었다.

그는 순식간에 고치처럼 변해 버렸다.

거기에 재갈까지 물리니 완벽히 제압된 모습이다.

그나저나…… 저거 천잠사인데?

하긴 절정의 무사를 깔끔하게 제압하려면 천잠사 정도는 되어야지.

그리고 남궁세가의 무공은 극양의 무공.

천잠사와는 상극이다.

창파라 불린 자는 나와 대녹 무사에게 정중하게 포권하여 고개를 숙였다.

"본가의 도련님이 큰 폐를 끼쳤습니다. 이건 사죄의 의미로 드리는 것입니다."

그는 봉투 하나를 내밀었다.

"약소하지만 마음이 풀리시길 바랍니다. 앞으로 이런 일은 절대 없을 것입니다."

대녹 무사는 흘깃 나를 보았고, 나는 작게 고개를 끄덕였다.

그냥 공돈도 아니고, 피해 보상인데 당연히 받아야지.

"사과 받아들이겠습니다."

"감사합니다."

"그리고 오늘 비무를 보며 감탄했습니다. 참으로 멋진 모습이었습니다. 다음에는 좋은 일로 만나 뵙길 바라겠습니다."

"네."

깔끔하고 정중한 모습.

저 모습을 보고 사람들이 남궁세가를 공명정대한 가문이라고 하는 거겠지.

그렇게 폭풍같이 나타난 남궁온은 폭풍같이 나타난 자들에 의해 수거되어 갔다.

저런 꼴로 수거되는 것을 보니, 꽤 중벌을 받을 터.

"그럼, 밥 먹으러 갑시다."

·
·
·

점심 식사는 아주 만족스러웠다.

특히나 무척 배가 고팠는지 대녹 무사는 보는 내가 흐뭇할 정도로 아주 잘 먹었다.

수암 무사도 마찬가지.

"사실, 이렇게 배 터지게 먹어도 되는 건 처음인 듯합니다."

"그렇습니까?"

"말씀드렸듯이 사문이 그리 넉넉하지 않아서…… 이렇게 많이 먹을 수가 없습니다."

"아…… 그러셨군요."

그는 품 안에서 전표를 꺼내며 말했다.

"네. 하지만 이거라면 당분간 식량 걱정 없이 지낼 수 있겠습니다."

행복해 보이는 얼굴.

"아, 이걸 말하는 것을 잊었군요. 저희 은해상단에서도 매년 후원금을 지원해 드릴 겁니다."

"네?"

"아까 말씀드리지 않았습니까? 저희 은해상단에서 연결문을 후원한다고 말입니다."

"제가 본선 일차전에서 이기게 해 주시는 것에 대한 후원이 아니었습니까?"

이에 나는 고개를 저었다.

"저희 은해상단이 그렇게 쩨쩨하지는 않습니다. 장래가 유망한 곳에 대한 후원입니다. 이왕이면 계속해서 이어질 수 있는 끈을 만들어 놔야지요."
 수암 무사가 물었다.
 "그 끈이, 매년 지원해 주시는 돈입니까?"
 "네. 그렇습니다."
 나는 씩 웃었다.
 "그러니 앞으로 식량 걱정으로 이렇게 위험을 감수하고 비무에 나서실 필요는 없습니다. 대신 조건이 하나 있습니다."
 "그게 무엇입니까?"
 "실력을 키우고, 명성을 높이십시오."
 "네?"
 나는 두 무사에게 전음을 보냈다.
 - 훗날, 남궁세가에서 쉽게 딴지를 걸지 못할 정도로 말입니다.
 그들은 무슨 의미인지 알겠다는 듯 결의에 찬 얼굴로 고개를 끄덕였다.

.
.
.

 점심시간이 끝나고 우리는 다시 비무장으로 돌아갔다.
 아까 본선 일차전의 모습 때문인지, 대녹 무사를 보는 사람들의 눈빛은 완전히 달라져 있었다.
 진정한 실력자에 대한 존경의 눈빛이랄까?
 그리고 어느새 그에 대한 명호도 생겼다.

"어! 폭풍검이다!"
"어디어디?"
"폭풍검은 역시 진짜 실력자였던 거지!"
폭풍검(暴風劍).
폭풍처럼 휘몰아치는 검법을 구사하는 대녹 무사에게 딱 맞는 명호다.
"명호도 생기셨군요. 축하드립니다."
"하하하. 뭔가 쑥스럽습니다."
그렇게 화기애애하게 이야기를 나누는 사이 오후의 비무가 시작되었다.
"다음 비무는, 제갈세가의 제갈유아! 그리고 이에 맞서는 자는 진주언가의 언승연!"
어느새 제갈유아 소가주의 순서가 되었다.
오전에는 비무가 두 개밖에 없었는데 그건 그만큼 비무가 길어졌기 때문이다.
본선 일차전의 첫째 날, 오늘의 중요한 비무는 제갈유아 소저의 비무라고 할 수 있었다.
그녀는 다름 아닌 제갈세가의 소가주니까.
사실 이번 친선비무에 팽강운 소가주도 출전하려 했지만, 가주가 허락하지 않았다고 했다.
무림대연회 친선비무에 참가하면 팽강운 소가주는 높은 성적을 거둘 것이 분명했다.
그러면 하북팽가의 위상도 높아질 텐데, 어째서 허락하지 않은 거지?

그는 그저 가주 옆에서 도란도란 이야기를 나눌 뿐이었다.

그 얼굴에는 아쉬움도 엿보이지 않았는데, 가주가 허락하지 않은 이유를 납득했기 때문인가?

아니면 원래 비무에 관심이 없는 걸까?

비무에 나가겠다고 말은 했지만, 사실 용봉비무회도 소가주의 자리 때문에 마지못해 나간 것이니 사실은 비무에 나가고 싶지 않았던 것이 아닐까?

그러니 가주가 허락하지 않음에 속으로는 쾌재를 불렀을지도 모른다.

뭐, 그건 나중에 알게 되겠지.

나는 고개를 돌려 비무대를 보았다.

두 사람의 몸에 일곱 개의 표식이 달렸고, 그들은 서로를 바라보았다.

"지난번에 내 동생이 신세를 졌습니다. 덕분에 많은 것을 배웠다고 하더군요."

그러고 보니 용봉비무회 때 제갈유아 소가주의 상대가 진주언가의 자제였지.

이번에 나온 언승연 공자가 그의 형인가 보군.

이에 제갈유아 소가주가 포권하며 말했다.

"저야말로 많은 것을 배울 수 있던 비무였습니다. 소협의 무공은 뛰어났으니까요."

"그 녀석에게 소가주께서 칭찬을 해 주었다고 하면 좋아하겠군요."

"그럼 다행이고요."

둥!

북소리가 울리고, 곧 그 둘의 비무가 시작되었다.

제갈유아 소가주의 검과 언승연 공자의 철권이 부딪혔다.

두 사람은 뛰어난 무인답게 순식간에 수십 합을 주고받았지만, 상황은 매우 팽팽했다.

서로 표식이 하나도 부서지지 않았으니까.

그러나 합을 주고받으면서 균형이 서서히 무너지기 시작했다.

두 사람 다 지친 기색이 드러나기 시작했는데, 거기서 제갈유아 소가주의 노림수가 느껴졌다.

저 정도에 제갈유아 소저가 지칠 리가 없지.

다른 이들은 몰라도 나는 안다.

저거 연기다.

그렇게 시간은 흐르고 언승연 공자의 움직임이 점점 느려질 때.

슈욱!

기회를 포착한 제갈유아 소저가 전광석화처럼 움직였다.

탁! 탁탁! 탓!

순식간에 네 개의 표식이 파괴되자, 언승연 공자는 화들짝 놀라며 물러났다.

"어, 어떻게? 지친 것이 아니었습니까?"

"이 정도로 지치면, 안 되지요."

그녀는 말을 이었다.

"어디의 누구 덕분에 체력 훈련만큼은 누구에게도 뒤지지 않을 정도로 했습니다."

그러면서 흘깃 내 쪽으로 향하는 시선.

"그럼 이제 끝을 보죠."

언승연 공자가 기를 쓰며 상황을 뒤집으려 했지만, 제갈유아 소가주의 체력은 넉넉했다.

그리고 그녀의 수법을 지나치게 경계한 나머지 언승연 공자는 과감하게 손을 쓰지 못했다.

결국 승부는 결정되었다.

"이번 비무의 승자는, 제갈유아!"

"와아아아!"

"백략냉검! 백략냉검!"

사람들이 그녀의 명호를 연호하며 환호했다.

이렇게 제갈유아 소가주도 십육인 안에 들게 되었다.

무척 좋아하는군.


객잔에 돌아온 나는 객실에 앉아 오늘 일을 복기해 보았다.

덜컹.

그때 창문이 열리는 소리가 들렸다.

"누구냐!"

이에 명종 무사가 얼른 외쳤지만, 나는 손을 저었다.

"내버려두세요."

"네?"

춘일의 기운이 다가오는 게 느껴졌으니까.
곧 창문이 열리며 춘일이 모습을 드러냈다.
"남궁온은 어찌 되었습니까?"
"지금 뇌옥에 갇혔다고 합니다."
"뇌옥에요?"
"예. 남궁세가주가 화가 단단히 났나 봅니다. 흐흐흐."
남궁세가의 뇌옥은 절대 안락한 곳이 아니다.
처벌이 아주 만족스럽군.
남궁세가가 싼 똥을 스스로 치우게 한 전략이 이렇게 마무리되니 속이 시원하네.
내 전략, 대성공이다.

129장. 뒷거래

뒷거래

다음 날 아침.

은진호는 자신의 방 안에서 차분히 심호흡했다.

드디어 오늘 그의 본선 일차전 비무가 있는 날이다.

딱히 긴장되거나 떨리지는 않았다.

다만, 자신이 고일평 외총관과 은해상단의 명예에 누를 끼치지 않을까 걱정될 뿐.

그리고 만약 자신이 다치기라도 한다면, 부모님께서 심히 걱정하실 것이 분명하니 그것도 걱정이다.

당연히 막냇동생인 은서호도 가만히 있지 않을 터.

'그냥, 참가하지 말 것을 그랬나?'

하지만 이번 일은 그가 수십 번을 고민하고 또 고민한 끝에 결정한 일이다.

은해상단이 더 성장하면 견제하거나 시기하는 자들이

많아질 터.

 그들에게 경고를 하기 위해서든, 되갚아 주기 위해서든 자신이 명성을 얻어야 했다.

 세빈상단주의 호위무사인 거암진검처럼 고강한 무위를 가지고 있다면 사람들이 알아서 물러나겠지만, 아직 자신은 그 정도가 아니다.

 그러니 이런 자리를 통해서 실력을 보여 주고 명성을 높여야 했다.

 은해상단을 지키기 위해서.

 "형, 나야."

 그때 문밖에서 그를 부르는 소리가 들렸다.

 "어, 들어와."

 곧 문이 열리고 은서호가 들어왔다.

 "무슨 일이야?"

 "나갈 준비는 다 된 거야?"

 "아직, 저고리만 입으면 된다."

 "잘 맞춰 왔네."

 은서호는 자신이 들고 온 보자기를 탁자 위에 놓고 풀었다.

 그 안에 들어 있는 건…….

 "흉갑?"

 "맞아. 내가 어렵게 구한 거야. 무려 만련정강으로 만든 거라고."

 만 번이나 담금질해서 만들었다는 강철로써, 그 단단함

과 질김이 상당한 수준이었다.

반면에 매우 가볍고 착용감이 편해서 흉갑같이 받쳐 입는 데 많이 쓰이곤 했다.

물론 구하기 쉬운 것은 아니다.

만 번이나 담금질할 수 있는 질 좋은 철도 필요하고, 그것을 해낼 수 있는 기술도 필요하니까.

그런 만큼 만련정강의 기술은 극히 일부에게만 전승되고 있다.

"친선비무의 규정상 전신 갑옷은 입을 수 없지만, 이렇게 몸의 일부를 보호하는 갑옷은 착용이 가능하지. 기본적으로 목 보호구는 주어지지만, 다른 보호구는 주어지지 않으니까. 그래서 준비한 거야."

이왕 보호구를 지급하려면 가슴을 보호하는 것까지 지급해야 마땅하지만, 그러지 않는 건 이유가 있다.

무공 특성상 흉갑을 입으면 오히려 제약을 받는 경우도 있으니까.

하여 이에 대해 의견이 분분했고, 결국은 목을 보호하는 보호구만 지급하고 나머지는 자율에 맡기게 된 것.

은진호는 이것을 자신에게 주는 은서호의 마음을 알 것 같았다.

그 마음이 느껴져서 은진호는 머쓱하게 웃었다.

"고맙다."

그는 흉갑을 들며 말했다.

"온 김에 입는 거 좀 도와줘."

"형."

"왜?"

"나 바빠."

"……."

"그래도 꼭 착용해. 이따가 주먹으로 쳐 볼 테니까."

\* \* \*

나는 진호 형의 객실에서 나와 뺨을 긁적였다.

형이 흉갑을 입는 것은 도와줄 수 있지만, 영 쑥스러워서 핑계를 대고 나온 것이다.

그리고 형에게 말하지는 않았지만, 이렇게 따로 어렵게 흉갑을 구해서 챙겨 준 데는 이유가 있다.

이번에 진호 형과 붙게 될 상대 때문.

어제, 비무가 끝나고 잠시 쉬고 있을 때 얼굴이 새파랗게 질린 서향 소저가 나를 찾아왔다.

그리고 나에게 말했다.

"은진호 소단주님이 위험합니다."

나는 그녀에게 자초지종을 들었고, 내 기억을 조합해 보았다.

이번에 진호 형과 겨루게 될 상대는 지씨세가의 지경화.

철편이 박힌 채찍을 주무기로 쓰는데, 그 철편이 너무

나 위험한 무기다.

그래서인지 이전 삶에서도 그의 비무 상대가 죽은 일이 있었다.

바로 창운 무사의 사형인 조운 무사.

내가 서향 소저의 말을 듣고 나서야 그 사실을 떠올린 이유는, 이전 삶에서는 내가 여기에 없었기 때문이다.

그 사실을 형들에게 듣기는 했지만, 사람이 죽은 일을 떠벌릴 형들도 아니고 나 또한 중요한 사실이라 여기지 않았으니까.

그래서 그냥 흘러가듯 넘겼었다.

어쨌든 무림대연회의 친선비무 도중 벌어지는 결과에 대해 아무런 책임이 없기 때문에 지경화 공자는 아무 처벌도 받지 않았다.

하지만 죽은 당사자가 종남파의 미래였다.

그래서 종남파와 지씨세가의 사이가 험악해졌는데, 하필 두 세력은 같은 지역에 자리잡고 있었다.

이는 훗날, 좋지 않은 결과를 불러일으켰다.

하지만 지금 그의 상대는 조운 무사가 아니라 내 형이다.

그렇다면 나로서는 최선을 다해 막을 수밖에 없다.

일단 당시 지경화 공자가 왜 살수를 썼는지, 어떤 식으로 상대를 죽였는지 모른다.

하지만 서향 소저의 말에 의하면 가슴에서 피를 흘리며 쓰러진다고 했으니 가슴에 공격을 당했다는 뜻이겠지.

그래서 진호 형에게 흉갑을 선물한 것이다.

나는 뒷마당에서 참선 중인 창운 무사를 보았다.

조운 무사가 진호 형에게 지고, 충격을 받은 것인지 요즘 수련에 매진하고 있었다.

창운 무사님, 존경하는 사형이 예선에서 탈락했다고 너무 충격받지는 마시죠.

오히려 목숨을 구한 셈입니다.

물론 그런 말을 했다가는 나를 이상한 눈으로 바라보겠지.

나는 그런 생각을 넣어 두고, 창운 무사를 불렀다.

"창운 무사님."

"네!"

그는 눈을 뜨며 자리에서 일어났고, 나는 몸을 돌리며 말했다.

"비무장으로 갈 시간입니다."

.

.

.

나와 일행은 비무장에 도착했다.

"내가 준 흉갑은 입었어?"

"그래. 만이에게 부탁했지."

만이는 진호 형의 시종이다. 만이 소이에게 부탁했다면 아주 꼼꼼하게 잘 입었다는 거지.

"잘했어."

그렇게 우리는 각자 자리에 앉았다.

잠시 기다리고 있자, 금연화 대주가 비무대 위로 올라왔다.

"지금부터 본선 일차전의 두 번째 날 비무를 시작하도록 하겠습니다."

"와아아아!"

"오늘의 첫 번째 비무는 은해상단의 은진호! 이에 맞서는 상대는 지씨세가의 지경화!"

"참호창웅! 참호창웅!"

"홍천선편! 홍천선편!"

홍천선편은 지경화 공자의 명호다.

붉은색의 채찍을 휘두르는 것이 마치 천 개의 선이 그어지는 것 같다고 해서 붙여진 명호지.

"조심하거라!"

"부디 몸조심하도록 해라."

부모님의 걱정 가득한 당부에 진호 형은 씩씩하게 고개를 끄덕였다.

"네. 최선을 다하겠습니다."

그리고 고개를 돌려 나를 보는 진호 형에게, 나는 씨익 웃어 주었다.

진호 형과 지경화 공자가 비무대 위로 올라갔다.

각자의 몸에 일곱 개의 표식을 달고 준비를 마치자, 북소리가 울려 퍼졌다.

둥!

비무의 시작이다.

서로 가벼운 탐색을 끝내자마자 선공을 취한 쪽은 진호 형.

타앗!

바닥을 박차고 앞으로 튀어 나가며 창을 휘둘렀다.

휘릭!

이에 맞서 지경화 공자는 채찍을 휘둘렀고, 진호 형은 잽싸게 채찍을 피했다.

채찍에 창이 휘감기면 주도권을 빼앗길 수밖에 없다.

그렇기에 무기가 채찍에 감기지 않도록 신경 써야 했다.

이를 잘 아는 듯 지경화 공자는 진호 형을 노리기보다는 진호 형의 무기를 노렸다.

그 와중에 진호 형은 상대의 패를 두 개나 부수는 데 성공했다.

그건 진호 형의 기술 중 하나인 쳐 내기 기술 덕분이다.

시야가 넓고 반응 속도가 빠른 형이다.

그렇기에 창으로 채찍의 끝을 쳐 내어 틈을 만들어 공격할 수 있는 것이다.

형이 저런 기술도 사용할 수 있었어?

아!

나는 문득 떠오르는 게 있어서 고개를 돌렸다.

어머니께서 흐뭇하게 비무를 보고 계셨다.

그러고 보니 정호 형이 그랬지.

종종 어머니께서 대련 상대를 해 주신다고.

어머니의 주무기는 채찍과 비슷한 형태의 연검.

어머니께서 연검이나 채찍에 대응할 방법을 알려 주신 모양이다.

아무리 그 방법을 배웠다고 해도, 그걸 저렇게 자유자재로 실전에서 써먹다니!

놀라운데?

콰직!

점점 지경화 공자의 몸에서 사라지는 패의 숫자가 늘어가고 있었다.

남은 건 세 개.

진호 형은 아직 한 개의 패만을 잃었으니 진호 형이 승기를 잡아 가고 있었다.

그때 갑자기 지경화 공자가 이를 악물더니, 진호 형의 무기를 향해 채찍을 휘둘렀다.

그런데 그 채찍의 길이가 좀 더 길어진 듯했다.

뭐지? 무슨 방법을 쓴 거지?

아, 손잡이!

자세히 관찰하자, 지경화 공자가 쥐고 있는 채찍의 손잡이가 아까보다 훨씬 길어진 상태였다.

숨겨진 부분이 있었던 것이다.

그게 무슨 비장의 수냐고 할 수도 있겠지만, 지금까지의 채찍의 사정거리에 익숙해진 상황에서 한 뼘만 더 길어져도 치명상을 입힐 수 있었다.

그리고 창대를 노리기에는 채찍의 길이가 좀 긴 듯했다. 저거 위험한데?

내 예상대로였다.

그대로 진호 형의 가슴을 후려치는 철편.

까앙!

"헉!"

"지, 진호야!"

부모님이 놀라 자리에서 벌떡 일어났고, 나 역시 자리에서 일어났다.

"으윽……."

진호 형이 신음을 흘리며 몸을 비틀거렸다.

다행이네.

나는 안도의 한숨을 내쉬었다.

서향 소저가 알려 주지 않았다면 정말 큰일 날 뻔했네.

진호 형의 왼쪽 가슴 부분이 찢어지면서 보이는 그 안에서 반짝이는 철판.

그리고 방금 들은 쇠 부딪히는 소리.

"……."

고개를 갸웃하는 부모님에게 말했다.

"제가 오늘 아침에 진호 형에게 흉갑을 선물했습니다. 다행히 그걸 입고 출전했고요."

그제야 부모님은 가슴을 쓸어내리셨다.

"그런데 어찌하여 오늘 흉갑을 선물할 생각을 한 것이냐?"

"그냥, 그러고 싶었거든요."

"직감이라는 것이냐?"

"뭐, 그런 셈이지요."

나는 그렇게 둘러대고는 고개를 돌려 비무대 위의 지경화 공자를 보았다.

순간이지만, 그 얼굴에 스쳐 간 감정은 분명 아쉬움.

아쉽다고?

진호 형을 죽이지 못한 것이 아쉽다는 거야? 설마?

이거 뭔가 있다.

다시금 두 사람의 무기가 움직였다.

진호 형은 이 상황을 어떻게 타개할까······.

어?

진호 형은 갑자기 창대를 순순히 내밀면서 그 창에 채찍이 감기도록 했다.

하지만 그 얼굴에는 옅은 미소가 걸려 있었다.

형의 노림수라는 의미.

진호 형이 창을 당기면서 지경화 공자가 앞으로 끌려왔고, 진호 형은 오히려 앞으로 달려들면서 상대의 다리를 걷어찼다.

퍽!

콰직!

남은 패는 두 개!

지경화 공자는 간신히 채찍을 풀면서 뒤로 물러났지만, 진호 형은 놓치지 않겠다는 듯 달려들었다.

퍽! 퍽!

방금 전에 있었던 일 때문에 머리가 혼란스러운지, 지

경화 공자는 제대로 대응하지 못했다.

 그렇게 이번 비무는 진호 형의 승리로 끝났다.

"이번 비무의 승자는, 은진호!"

"우와아악!"

 진호 형은 승리의 함성을 질렀다.

"참호창웅! 참호창웅!"

 그리고 사람들은 진호 형의 명호를 연호하며 환호해 주었다.

 진호 형이 기분 좋은 얼굴로 비무대에서 내려와 우리 쪽에 합류했다.

"진호야!"

"괜찮으냐? 진호야?"

 부모님의 물음에 진호 형은 머리를 긁적이며 말했다.

"놀라게 해 드려 송구합니다. 하지만 소자는 괜찮습니다. 서호가 제법 좋은 것을 선물로 준 덕분입니다."

"그래, 들었다. 서호가 흉갑을 선물했다고."

"네."

"서호의 직감이 너를 살렸구나."

"안 그래도 지금 엄청 고마워하고 있습니다."

.

.

.

 오전 비무가 끝나고, 진호 형은 곧바로 객잔으로 향했다. 의원에게 치료를 받기 위함이다.

저고리를 벗고, 흉갑을 벗은 진호 형의 왼쪽 가슴 부분이 시커멓게 멍이 들어 있었다.
"괜찮습니까?"
"네."
의원은 형의 가슴을 건드렸다.
"으악!"
형이 비명을 질렀고, 의원은 고개를 주억이며 말했다.
"흉골이 부러진 듯합니다."
"그렇군요."
"소식 들었습니다. 이 흉갑 덕분에 이 정도에서 끝난 것이지, 자칫했다가는 초상 치를 뻔했습니다."
그리 말한 의원이 말을 이었다.
"그나저나 이런 상태로 나머지 비무를 했다니! 하아……."
의원이 한숨을 내쉬었다.
나 역시 한숨이 나왔고.
"그렇다고 꼴사납게 기권합니까? 승기를 잡아가고 있는데요."
"그러면, 다음 비무에도 나가실 생각이십니까?"
"물론입니다."
"기권하십시오."
"네?"
"지금 괜찮아 보이지만, 전혀 괜찮지 않습니다. 다음 비무에서 더 충격을 받기라도 했다가는 평생 무기를 잡을 수 없을지도 모릅니다."

"아닙니다. 저는 괜찮습니다! 저는 비무에 나갈 겁니다!"
진호 형은 단호하게 선언했다.
그리고 저 고집을 말리는 건 쉽지 않지.

.

.

.

오후 비무까지 끝나고 객잔에 돌아오신 부모님께서 진호 형의 객실에 들어가셨지만, 이내 무거운 얼굴로 나오셨다.
진호 형을 설득하는 것에 실패하셨군.
"에잉! 저놈의 자식이!"
"후우……."
옆의 고일평 외총관도 이미 설득에 실패했고.
"대체 저놈의 고집은 어찌해야 꺾을 수 있는 것인지……."
나는 미소를 지으며 부모님에게 다가갔다.
"아버지. 저에게 좋은 생각이 있습니다."
"그래, 뭐냐?"
나는 아버지에게 전음을 보냈고, 아버지는 고개를 끄덕이셨다.
"그렇게 하도록 해라."

나는 서우 무사와 여응암 무사를 데리고 객잔을 나섰다.
"어디로 가시는 겁니까?"
서우 무사의 말에 내가 대답했다.

"유월객잔이요."

"그곳은 아미파 제자들이 묵고 있는 곳 아닙니까?"

"맞습니다. 향옥 누님을 모시고 올 생각입니다."

향옥 누님에게 탈탈 털릴 진호 형이 걱정되었지만, 지금은 그게 문제가 아니다.

진호 형이 승승장구하여 명성을 높이면 나야 좋지.

하지만 그보다 진호 형의 건강과 생명이 더 중요하다.

영약을 써서 몸을 치료해 주는 것도 하나의 방법이지만, 진호 형의 성격이라면 오히려 그걸 믿고 몸을 막 쓸 터.

그래서는 안 된다.

아무리 천고의 영약이라고 해도, 그게 능사는 아니니까.

"어인 일로 오셨습니까?"

유월객잔 앞에 서 있던 제자가 그리 물었고, 나는 공손하게 대답했다.

"향옥 누님의 사촌 동생입니다. 안에 계십니까?"

"잠시만 기다리십시오."

다행히 향옥 누님은 객잔에 있었는지, 곧 제자와 같이 나왔다.

"무슨 일이니?"

"저, 누님. 한 가지 부탁이 있습니다."

내 말에 향옥 누님이 물었다.

"대체 무슨 일이기에 표정이 좋지 않은 거니? 혹시 진호 오라버니에게 무슨 일이라도 생긴 거니?"

오늘 비무에서 진호 형이 부상을 입은 것을 향옥 누님

도 봤으니 그리 묻는 거다.

"후, 그게 말이죠……."

나는 자초지종을 설명했다.

이내 향옥 누님이 이마를 짚으며 깊게 탄식했다.

"하아, 이 바보 같은……."

"제 말이 그 말입니다."

"알았어. 잠깐만 기다려. 사부님께 말씀드리고 나올 테니까."

"네."

잠시 후 향옥 누님이 나왔다. 하지만 혼자는 아니었고 다른 제자들과 함께였다.

사인 일조로 움직여야 했기 때문이다.

잠시 후, 우리는 연풍객잔에 도착했다.

"오! 향옥이 왔구나!"

"어서 오너라."

"백부님과 백모님을 뵙습니다."

향옥 누님이 공손하게 인사를 하고는 진지하게 말했다.

"서호에게 이야기 들었습니다. 진호 오라버니가 고집을 부리고 계시다고요."

"그래."

"걱정하지 마세요. 제가 한번 잘 말해 보겠습니다."

"부탁한다."

어머니의 말에 아버지가 얼른 말을 이었다.

"그렇다고 너무 몰아붙이지는 말고."

"걱정 마세요. 저도 이것저것 경험을 많이 해서 정도를 압니다."
"그, 그래."
향옥 누님이 나를 보았다.
"그럼, 안내 부탁해."
"아, 네!"
나는 얼른 향옥 누님을 데리고 진호 형의 객실로 향했다.
"형, 나야."
내 말에 객실 안에서 까칠한 진호 형의 목소리가 들려왔다.
"너도 그냥 포기해. 나는 누가 뭐라고 해도 다음 비무에 나갈 거니까."
"설득은 할 건데, 내가 하는 건 아니야."
"응?"
나는 문을 열어젖혔다.
객실 가운데에는 가슴에 붕대를 두른 진호 형이 서 있었다.
그새를 못 참고 수련을 한 모양이네.
진짜, 독하다 독해.
갈비뼈가 부러졌는데 말이야.
아니, 저건 독한 것이 아니라 바보 같은 거지.
에휴.
진호 형은 내 옆에 서 있는 향옥 누님을 보더니 움찔했다.

"하아, 진호 오라버니."

"햐, 향옥아."

진호 형은 향옥 누님보다 한 살이 더 많다.

하지만 향옥 누님을 무서워하는 건 나와 다를 바가 없지.

"지금 뭐 하시는 거죠? 서호에게 이야기 들었어요. 오늘 비무를 하다가 갈비뼈를 다치셨다고요."

"그, 그렇긴 한데……."

"그런데도 다음 비무에 나가시겠다고요?"

"그래! 이 기회를 놓칠 순 없거든! 내 명호가 우리 은해상단을 지킬 수 있는 이름이 되어야 한다고."

"그리고, 진호 오라버니는 불구가 되고요?"

"응?"

"허울뿐인, 과거의 영광만 바라보고 살겠다는 거군요. 뭔가 착각하고 계시는 것 같은데, 그렇게 이름을 날린다고 해도 진호 오라버니가 불구가 되었다는 소문이 안 날 것 같아요?"

"어……."

"은해상단을 노리는 이들이, '야, 은진호라는 병신이 있는데, 그 자식이 옛날에 끗발 좀 날렸대. 그러니까 건드리지 말자.'라고 할까요? 아니면 '은진호라는 병신이 있는데 그 자식이 옛날에 끗발 좀 날렸대. 지금은 별거 없으니까 마음 놓고 건드려도 될 것 같아.'라고 할까요?"

"……."

"왜 그런 간단한 것도 생각을 못 하시는 건가요, 오라버니? 훈련을 너무 열심히 해서 뇌도 근육이 된 건가요?"

"그, 그건 아니······."

"아니긴, 뭐가 아닌가요? 그리고 그렇게 이름을 날리면 백부님과 백모님께서 '아이고, 우리 아들 장하네! 그래, 몸은 불구가 되어도 이름만 날리면 됐지'라고 하실까요?"

"······."

"왜 피눈물 흘리실 백부님과 백모님의 마음은 헤아리지 못하시는 건가요? 그리고 멀쩡한 제자가 사지로 걸어 들어간다는데 그걸 지켜봐야 하는 외총관님의 마음은 왜 헤아리지 못하시는 건데요?"

"······."

"그리고, 언니랑 태어날 아이는요? 불구가 되어서 언니랑 잠자리도 더 못하고, 태어날 아이를 안아 주지도 못하면 참 행복하겠어요. 그렇죠?"

"으, 그, 그건······."

"왜 미래가 아닌 지금만 보는 건데요? 그게 싫으면 그러지 말아야 할 거 아닌가요?"

"······."

진호 형은 연달아 말로 얻어맞은 탓에 너덜너덜해졌고, 나를 보며 간절한 표정을 지었다.

구해 달라는 눈빛.

하지만 형, 이미 늦었어.

그러니까 내가 향옥 누님을 데려오는 선택을 하지 않도

록 미리 마음을 고쳐먹었어야지.

나는 향옥 누님에게 말했다.

"그럼, 저는 내려가 있겠습니다. 사촌 남매끼리 오붓하게 이야기 나누시지요."

"서, 서호야! 나만 두고 가지 마!"

진호 형이 나를 향해 애타게 손을 내밀었지만…….

틱.

향옥 누님이 그런 진호 형의 손을 잡으며 말했다.

"오라버니, 바쁜 사람 붙잡는 거 아니에요. 서호는 어서 가서 볼일 보렴."

"네. 누님."

나는 빙긋 웃고는 문을 닫았다.

탁.

"해결은 됐는데, 진호 도련님이 괜찮으실까 걱정이 됩니다요."

팔갑의 말에 나는 고개를 끄덕였다.

"괜찮아. 그 마음의 상처를 회복하는 데 시간은 좀 걸리겠지만…… 그래도 비무에 나가서 상처가 도져서 큰일이 되는 것보다는 낫잖아."

"그건 그렇습니다요."

일단 진호 형 쪽은 마무리가 됐고, 또 해야 할 일이 있었다.

아까 비무에서 진호 형이 죽지 않았다는 것을 알아차린 지경화 공자가 아쉬워하는 표정을 지은 것이 마음에 걸

렸기 때문이다.

"팔갑아. 나 잠시 나갔다 올게."

.

.

.

잠시 후.

나는 내 호위무사들과 함께 객잔을 나왔다.

본선 일차전이 한창 진행 중인 지금, 무림대연회의 열기는 무척이나 뜨거웠다.

그렇기에 괜한 시비를 거는 이들도 있지.

예전에는 술을 마셔서 그런다고 생각했지만, 금주령이 몇 년째 이어지는 덕분에 알게 된 것이 하나 있다.

세상에는 맨정신으로도 무모한 짓을 하는 이들이 제법 많다는 것을.

물론 딱 봐도 자신에게 불리할 것 같은 상황에서는 그러지 않지.

그러면 진짜 미친놈이니까.

이를테면, 선택적 분노 장애 같은 것이지.

내가 볼 땐 두 경우 모두 미친 건 마찬가지지만.

아무튼, 그래서 호위무사는 대동하는 게 좋다.

여섯 명 모두 데리고 나가지 않아도 되지만, 내가 지금 객잔을 나서는 목적이 목적인 만큼, 게다가 언제 무슨 일이 생길지 모른다.

하여 여섯 명을 모두 데리고 나갔다.

내 목적지는 지씨세가의 저택.

무언가 실마리를 발견할 가능성이 가장 높은 곳이다.

우리는 곧 지씨세가의 저택에 도착했다.

명문세가로 꼽히기는 하지만 남궁세가만큼은 아니다 보니 그 규모 역시 남궁세가보다 작았다.

뭐, 남궁세가가 말도 안 되게 큰 거지만.

그렇게 잠시 저택을 지켜보고 있을 때 저택 안에서 누군가 나왔다.

마침 내가 노리던 지경화 공자였다.

호위무사들이 당당하게 나서는 것이 아니라 주변을 둘러보는 것이 영 수상쩍었다.

- 저자를 따라갑시다.
- 네!

우리는 기척을 숨기고 조용히 그의 뒤를 따랐다.

그가 향한 곳은 낙양 변두리에 위치한 작은 장원.

버려진 장원 같은데?

그 안에는 몇 사람의 기척이 느껴졌다.

나는 다른 호위무사들은 멀리서 지켜보게 한 후, 진유 무사만 데리고 은밀히 안으로 잠입했다.

초절정에 오른 데다가 이런 은신과 잠입에 특화된 건 그가 유일하니까.

그렇게 장원으로 잠입한 우리는 지붕을 타고 지경화 공자의 기척을 찾았다.

그의 근처로 가서 청각에 공력을 집중하자, 사람들의

목소리가 들려왔다.

"이거 아쉽게 되었소이다."
"제, 제발 한 번만 더 기회를 주십시오!"
"이미 탈락했는데, 기회라니? 그런 것이 있을 것 같소?"
"……."
"약속은 약속이오. 그쪽이 우리의 지시를 이행하지 못했으니 우리 역시 채무를 변제해 주지 못하게 되었소이다. 안타깝지만 어쩌겠소?"
"채무를 변제하지 못하면 가문이 망합니다!"
"그건 지씨세가 사정이고."
"제발 부탁입니다! 제발!"
"그럼 더 이상 볼일이 없었으면 하오."

그자가 매몰차게 지경화 공자를 뿌리치고 나가는 소리가 들렸다.

이내 지경화 공자도 무겁게 한숨을 내쉬고 장원을 나섰다.

기회다.

나는 진유 무사에게 전음을 보냈다.

- 서우 무사와 여응암 무사를 데리고 방금 나간 자들을 추적하세요.
- 네!

진유 무사가 사라졌고, 나는 지경화 공자의 뒤를 은밀히 쫓으며 나머지 무사들에게 나를 따르라 했다.

우리는 그들의 뒤를 따랐고, 인적이 드문 곳에서 그들의 앞을 가로막았다.

"또 뵙는군요."

"누구?"

"묻고 싶은 것이 있는데, 잠시 시간 좀 내주시겠습니까?"

내 말에 지경화 공자는 고개를 저었다.

"그럴 시간 없소. 길을 비키시오."

"제 형님을 죽일 뻔한 거. 일부러 그러신 거죠?"

"……!"

움찔거리는 지경화 공자.

정곡을 찔린 그는 예상대로 발뺌했다.

"그게 무슨 소리요? 나 역시 당황했는데! 그나저나 형님이라니, 혹시 은해상단의 사람이오?"

"네."

"그나저나 참으로 무례하군! 아무리 내가 자네 형님을 다치게 했다고 해도 이렇게 찾아와서 행패라니!"

"그리 말씀하시면 제가 서운합니다. 솔직히 말씀해 보시죠. 빚을 얼마나 진 것입니까?"

"……!"

"빚이 얼마나 되기에 그런 협박을 당하신 겁니까?"

그의 눈이 더 커질 수 없을 정도로 커졌다.

"그, 그걸 어떻게?"

"얼마냐고 물었습니다만? 어설프게 머리 굴리지 마시고요. 돈에 관해서는 저를 따라올 자가 드뭅니다."

그가 주먹을 꽉 쥐었다가 겨우 입을 열었다.

"은자 삼만 냥."

"말도 안 되는 소리 마십시오. 고작 그거 가지고 지씨세가가 이렇게 협박을 당한다고요? 제가 말씀드렸잖습니까. 어설프게 머리 굴리지 말라고요."

"……은자 삼백만 냥."

"그 정도면 이해할 만하군요. 물론 그것보다 더 많을 것 같지만 말입니다."

내 말에 그는 다시 움찔했다.

지씨세가의 세력은 대충 파악하고 있으니, 빚의 규모를 짐작하는 것은 어렵지 않지.

지난 삶에서의 교훈을 바탕으로 주요 세가나 문파의 세력은 꾸준히 파악하고 있으니까.

"그나저나 대체 어쩌다가 그 거금을 빚지신 겁니까?"

"……."

그는 입술을 깨물 뿐 대답하지 않았다.

"아무리 사치를 부려도 그 정도의 돈을 빚질 수는 없죠. 투자입니까? 도박입니까?"

흔들리는 눈빛.

"아…… 투자해서 돈을 잃었고, 그거 만회하려고 도박을 하신 겁니까?"

다시 움찔했다.

이것 참 읽기 쉬운 사람이네.

"주군! 더 이상 휘말리지 마십시오!"

그의 호위무사의 경고에 나는 싸늘하게 말했다.

"그 충심은 이해합니다만, 지금 저는 그쪽의 주군에게 도움이 될 수 있는 말을 하는 중이니까 가만히 계시죠. 그쪽이 그 빚을 다 변제할 능력이 됩니까?"

"……."

내 말에 호위무사가 민망한 표정으로 물러났고, 지경화 공자가 눈을 빛내며 말했다.

"그 말은, 그대가 우리 가문의 빚을 변제해 줄 수 있다는 말이오?"

"저희 은해상단은 이미 백대 상단 중에 이십 위고, 올해에는 더 올라갈 거라는 평가를 받고 있죠. 이거면 대답이 되겠습니까?"

"……."

그는 털썩 내 앞에 무릎을 꿇었다.

"아무 대가 없이 그 거액을 변제해 주지는 않을 터! 무엇이든 할 터이니 제발 우리 지씨세가를 살려 주십시오."

"주군……."

이전 삶에서는 조운 무사를 죽이는 데 성공해서 그 지원을 받은 덕인지 지씨세가는 몰락하지 않았다.

하지만 그런 뒷거래는 한 번 받아들이면 평생 목줄이 잡힐 수밖에 없다.

생각해 보면 이전 삶에서 지씨세가의 행보가 이해되지 않았을 때가 종종 있었지.

그 이유가 바로 이것이었다.

그렇다면 이번에는 그 목줄을 내가 잡도록 하지.

"우선, 거래에 대해서 들어야겠습니다. 왜 제 형을 죽이려고 했는지 말입니다."

"……."

"그리고 우리 은해상단의 조력자가 되어 주셔야겠습니다. 이 조건을 받아들인다면 그 채무, 제가 변제해 드리지요."

그는 고민도 없이 대답했다.

"알겠소."

사실 고민할 것도 없지. 내 제안을 거절하면 지씨세가는 그대로 망해 버리니까.

"우선 그에 대해 알고 있는 건 별로 없소. 얼마 전에 우리 사정을 어찌 알았는지, 본가를 찾아와서 그런 제안을 했을 뿐이오."

"그런데 그 말을 어찌 믿으신 겁니까?"

"신뢰할 수 있는 증거를 보였소."

그가 가져온 증거는 그들에게 사기를 쳐서 투자하게끔 한 자들을 잡아 온 것이라든가, 도박장을 박살 내주는 것 등이었다.

"허……."

"왜 그러시오?"

"처음부터 그들의 수작이었군요."

"그게 무슨 소리요?"

"그러니까 그렇게 쉽게 투자 사기꾼을 잡아 오고, 도박장을 박살 내는 것 아니겠습니까?"

나는 말을 이었다.

"그리고 투자 사기꾼을 남겨 두거나, 도박장을 남겨 두면 자신들이 관여했다는 것을 들킬 수 있으니 스스로 나선 거지요."

"……."

뭐 이런 단순한 수법에 속나 싶지만, 지씨세가의 특성을 고려하면 그럴 만하다.

그들은 다른 세가와 달리 철저히 무공에 전념하던 무림세가다.

게다가 지씨세가를 노릴 정도의 놈들이라면, 이 일을 꾸미면서 지씨세가의 머리가 될 만한 자들은 다 제거했겠지.

즉, 눈과 귀를 막아 버리는 것.

귀에 계속 감언이설을 속삭이는데 이에 넘어가지 않을 자가 없다.

무공에만 전념하던 자들이 사업에 대해 제대로 알 리도 없으니 쉽게 사기를 당한 것이다.

정신을 차려 봤자 이미 때는 늦었겠지.

그나저나 무공만 파던 가문이 왜 갑자기 사업에 관심을 보였을까?

그건 나중에 알아봐야겠군.

"……으득."

이를 가는 지경화 공자.

그는 나에게 그들에 대해 말해 주었다.

"그가 말하길, 본선에 올라가면 반드시 상대방을 죽이라고 했소. 이번 친선비무에서 사망자가 나와야 한다고."

"이유가 뭡니까?"

내 물음에 그가 대답했다.

"그건 나도 모르오. 나도 궁금해서 물어봤지만 닥치고 시킨 일이나 하라고 할 뿐이었소."

"그렇군요."

"어쨌든, 그대에게 전적으로 협조하겠소."

"좋습니다. 바람직한 자세입니다."

그 이유를 그리 쉽게 알 수 있을 거라고는 기대도 안 했다.

"그 이유는 방금 이곳을 나간 자에게 물어보죠."

내 말에 지경화 공자가 눈을 깜박이며 말했다.

"그게 무슨 말입니까? 먼저 나간 자라니…… 헉!"

이내 무슨 의미인지 알아차린 그가 나에게 물었다.

"그들이 어디에 있는지 아시는 겁니까?"

지금 내가 그자들이 어디에 있는지를 아는 것은 아니다. 내 호위무사들이 미행 중이니까.

나는 그 질문에 대답하는 대신 돌아갈 것을 권했다.

"우선은 그들의 눈이 있을 수도 있으니 댁으로 돌아가 계십시오. 그러면 제가 찾아갈 테니, 그때 계약서를 작성하죠."

그렇게 그를 돌려보낸 나는 곧바로 금령에게 진유 무사

를 쫓아가라고 부탁했다.

"그런데 주군."

명종 무사가 나에게 물었다.

"저렇게 그냥 보내도 되는 겁니까?"

"괜찮습니다. 이미 눈과 귀를 가리던 모든 것이 벗겨진 상황이니 더 이상 그들의 말에 휘둘리지 않을 겁니다. 그리고 제가 채무를 변제해 주기로 하지 않았습니까?"

나는 미소 지었다.

"이제 제가 저들의 동아줄입니다."

곧 나는 진유 무사가 있는 곳에 당도했다.

"오셨습니까?"

"네. 그자는 어디에 있습니까?"

내 물음에 진유 무사가 앞을 가리켰다.

"저 동굴 안으로 들어갔습니다."

진유 무사가 가리킨 곳을 본 나는 고개를 갸웃했다.

"동굴이요?"

"저기 저쪽을 보시면······."

그냥 볼 땐 몰랐는데, 진짜 있네. 저렇게 교묘하게 입구가 숨겨져 있으니 몰랐지.

"어떻게 하시겠습니까?"

여기서 망설일 이유는 없다.

"들어가죠."

혹시 모르니 명종 무사와 이필 무사가 밖에 남기로 했다.

우리는 인기척을 최대한 내지 않으며 조용히 안으로 들어갔다.

안에는 박쥐는 물론이고 아무런 동물들도 없었다.

이는 그들에게 두려움을 줄 만한 존재가 안에 있다는 의미다.

그렇게 얼마나 동굴 안을 걸었을까?

나는 손을 들었다.

내 수신호에 호위무사들이 발을 멈추었다.

나는 모두에게 전음을 보냈다.

- 앞에서 기운이 느껴집니다. 더욱더 기척을 죽이십시오.

우리는 조심스럽게 전진했고, 앞쪽이 밝아지는 게 느껴졌다.

나는 몸을 최대한 벽에 가린 채 앞을 살폈다.

공동의 한가운데에 모닥불이 타오르고 있었고, 그 주위에 여러 명이 보였다.

그리고 저들의 대화가 들려왔다.

"지씨세가에서 실패했으니, 어찌해야 합니까?"
"어찌하긴, 그들에게 다시 한번 기회를 준다고 해야지."
"아까 다시 기회를 주지 않겠다고 하시지 않았습니까?"
"그랬지. 그건 그냥 놈들을 다급하게 만들기 위함이다. 이제 와서 다른 조력자를 찾는 것도 귀찮고, 손도 많이 가니까."

"그렇긴 합니다."

"지금쯤 애가 타서 어찌할 바를 모르고 있겠지. 그러니 우리가 다시 한번 기회를 준다는 말을 덥석 받아들일 터. 아무리 위험한 조건이라고 해도."

"하지만 이미 친선비무에서 탈락했는데 그들이 할 수 있는 게 있겠습니까?"

"그건 걱정하지 않아도 된다. 그들을 활용할 방법이야 얼마든지 있으니까. 막말로 다른 출전자에게 독이 든 차를 먹여서 대체로 출전시킬 수도 있으니까.

그 대화에서 저들은 자신들의 목적을 이루기 전에는 멈추지 않을 것을 알 수 있었다.

즉, 진호 형에게 흉갑을 입혀서 구한 걸로 안심하고 넘어갔다면 이어질 사고는 막지 못했을 터.

생각만 해도 식은땀이 흘렀다.

나도 내가 세상의 모든 사고를 막을 수 없음은 안다. 하지만 이왕이면 내 눈앞에서 벌어지는 사고만큼은 막고 싶다.

그들이 일으키는 문제에 휘말릴 자들이 내 주변의 소중한 이들이니까.

나는 그들의 기운을 살폈다.

모두 다섯 명이고 그중에 절정에 이른 자가 셋이나 되지만, 우리 정도면 충분히 제압할 수 있다.

그나저나 저들에게서 느껴지는 역겨운 기운 속에 혈향

이 섞여 있다.

그 말은 즉, 저들이 혈교도의 잔당이라는 의미일 터.

벌써 몇 번이나 혈교도를 만나다 보니 혈교가 멸문했다는 것 자체에 의문이 들었다.

하지만 저들을 제압하는 것이 우선이다.

그래야 저들의 정체와 목적을 알 수 있을 테니까.

나는 호위무사들에게 작전을 지시했고, 다들 일사불란하게 움직였다.

슉!

푸쉬쉬.

가장 먼저 불을 껐다.

"누, 누구냐?"

"불, 불을 켜!"

순간적으로 시야가 어두워지면 당황하게 되고, 위기 대처 능력이 떨어지니까.

그들은 예상대로 혼란에 빠졌다.

우리는 각자 목표한 적들을 향해 달려들었다.

챙!

채챙!

서걱-!

스윽!

저들은 다급히 무기를 들어 우리에게 대항했지만, 얼마 가지 못했다.

그들과 우리의 전력 차이는 상당했으니까.

챙-!

"크윽!"

우리는 순식간에 그들을 모두 제압했다.

나는 야명주를 하나 꺼냈고, 순식간에 주변이 밝아졌다.

"그대들이 지씨세가를 협박하여 비무대 위에서 피를 보려고 했음을 알고 있습니다."

"풋! 피라니? 무슨 피를 말하는 거지? 이미 비무대 위에는 뿌려진 피가 많지 않나?"

여응암 무사의 주먹이 시치미를 떼는 그자의 얼굴을 강하게 후려쳤다.

퍼억!

헛소리 말라는 경고의 의미다.

나는 싸늘하게 말했다.

"제가 말하는 피가 그 피가 아님을 알지 않습니까? 그리고 이미 당신들이 나누는 대화도 다 들었는데, 계속 발뺌할 생각입니까?"

"……."

"그래서, 비무대 위에서 왜 누군가를 죽이려 한 것입니까?"

"……."

여전히 묵묵부답.

뭐, 예상은 했다.

이런 자들에게 뭔가를 물어봤을 때, 순순히 대답한 경우는 손에 꼽으니까.

내가 고개를 끄덕이자, 여응암 무사가 검을 들어 그자의 허벅지를 찔렀고 그대로 비틀었다.

푹!

"끄아아아악!"

비명을 지르던 그가 숨을 헐떡이며 말했다.

"후윽, 후윽, 그런다고 내가 말할 것 같으냐?"

"그렇단 말이죠······."

나는 피식 웃고는 주변을 둘러보았다.

흔적을 보니 이곳에서 제법 오래 머무른 듯한데······.

내 오랜 경험상 흑도에서 오랫동안 몸담은 이들은 서로를 믿지 못한다.

그럴 수밖에 없는 게, 각자의 목적이나 이익을 위해 모이다 보니 필요에 따라 배신하는 게 흔한 곳이니까.

아마 자신이 빠져나갈 구멍을 만들어 놓았을 텐데, 그게 어디에 있으려나?

잠시 주변을 둘러보던 나는 이내 씨익 웃었다.

저기 있군.

나는 그곳으로 다가가 위쪽의 바위틈 사이로 손을 집어넣었다.

이내 내 손에 쥐어져 나오는 서신 하나.

그걸 본 다섯 흑도 무리의 눈빛이 흔들렸다.

나는 그것을 펼쳐 보았다.

[반드시 비무 중 비무대 위에서 죽음에 이르는 사고가

일어나야 한다. 이를 통해 우리는 친선비무의 존치에 대해 논쟁을 유도할 것이다.]

나는 서신을 다시 접으며 물었다.

"친선비무를 없앨 생각인가 봅니다."
"흐흐흐흐흐."
내 말에 그들 중 하나가 말했다.
"비무대 위에서 수많은 이들이 죽는다고 해서, 친선비무가 사라지겠냐? 생각을 해 봐라."
흐음, 말이 짧네.
하지만 상관없지.
나는 곰곰이 생각해 보았다.
친선 비무의 존치를 두고 논쟁을 유도한다?
대체 무엇을 위해서?
이전 삶에서 지경화 공자가 조운 무사를 죽임으로써 지씨세가와 종남파는 반목하는 사이가 되었다.
종남파 입장에서 매우 분노할 일이었지만, 비무 과정에서 벌어지는 사고에 대해서는 처벌하지 않는다는 전례에 따라 지경화 공자는 아무 처벌도 받지 않았다.
하지만 그 일로 인해 문파와 세가들 사이의 관계가 나빠졌다고 들었다.
거기까지 생각하니 이번 일의 목적이 보였다.
"아……."

알겠다. 이번 일의 목적이 무엇인지.

제국의 문파들과 세가들이 반목하게 만들기 위함이다.

이런 일로 인해 격렬한 논쟁이 벌어진다면, 서로 감정이 상할 것이며 자존심을 건드리는 일도 생길 터.

그러다 보면 결국은 서로 원수가 되는 거지.

이게 생각해 보면 큰 문제다.

그렇게 관계에 금이 가게 된다면, 뭔가 일이 터지더라도 힘을 합치기 쉽지 않을 테니까.

어찌어찌 힘을 합치게 된다고 해도 그 과정에서 잡음이 끊이지 않고, 제대로 된 힘을 발휘하지 못하겠지.

지금까지의 일들 역시 그 선상에서 생각한다면 그 목적은 하나로 귀결된다.

여러 문파와 세가의 세력을 약화시키고, 그들 간의 관계를 악화시킨다면 훗날 무림에 큰일이 생겼을 때 제대로 대처할 수 없게 된다.

그 말은 즉, 혈교에서 무언가 심상치 않은 일을 꾸미고 있다는 의미인데?

나는 미간을 찌푸리며 그들을 노려보았다.

"후, 무림의 각 세력들이 힘을 합치지 못하게 하려는 것 같은데, 그렇게 해서 무엇을 하고 싶은 겁니까?"

"그건 말할 수 없다."

"나는 당신들이 혈교의 인물이라는 것을 압니다."

"……!"

"혈교의 본거지는 어디에 있습니까?"

그들은 이내 표정을 관리하고 침착하게 대답했다.

"그건 우리도 모른다."

그 말에 여응암 무사가 다른 자의 허벅지에 칼침을 놓았다.

"끄아아아악! 모른다. 으하하하하! 내가 어찌 아나! 끄으윽! 가 본 적도 없는데."

가 본 적이 없다고?

이에 옆의 흑도가 말했다.

"우리가 혈교에 투신한 건 우리가 찾아간 것이 아닌, 그분들께서 찾아오셨기 때문이다. 그리고 훗날 진정한 혈교천하가 오는 날 우리는 본거지가 어디인지 알게 될 것이고 그때 찾아가면 그에 따른 보상을 받게 되지."

"그럼, 이 서신을 보낸 자는 누구죠?"

"그것 역시 모른다."

"후, 그렇군."

나는 고개를 절레절레 저으며 한숨을 내쉬었다.

제대로 아는 게 하나도 없네.

하긴 이런 일을 꾸민 자들이라면 말단 무사에게 자세한 사정을 알려 줄 리가 없지.

그러니까 여기까지 알아낸 것으로 만족할까?

나는 다시 동굴 곳곳을 둘러보다가 금령이에게 몰래 전음을 보냈다.

아까 전부터 조금씩 소매가 축축해지고 있는 걸 보니 이곳에 뭔가 비싼 것이나 많은 돈이 있는 모양이다.

- 금령아.
- 꾸이!
- 여기 돈이 많이 있지?
- 꾸이!
- 어디에 있는지 알고 있니?
- 꾸, 꾸이!

금령이는 옷소매 바깥으로 꼬리만 슬쩍 내밀었고, 그 꼬리로 한 방향을 가리켰다.

나는 그 방향으로 천천히 이동했고, 벽에 도착했다.

그러자 금령이는 꼬리를 슬쩍 집어넣었다.

여기라는 뜻이군. 그렇다면······.

툭툭.

나는 발로 벽을 차 보았다.

일반적인 돌벽과 달리, 안쪽이 비어 있는 듯한 소리.

내 행동에 지금까지 밑도 끝도 없는 굳건한 믿음으로 소신을 보이며 나를 은근히 조롱했던 다섯 흑도의 이들의 얼굴이 사색이 되었다.

역시 금령이야.

나는 옷소매에서 비수를 꺼냈고, 직접 그 벽의 바위를 파 보았다.

퍽! 퍽!

비수에 씌운 검기 덕분에 바위는 쉽게 부서졌다.

그리고 잠시 후.

쨍그랑.

쫘르르르르르.

오우!

바위 속 구멍을 통해 쏟아져 내리는 돈.

이게 다 얼마야?

이 정도 금액이라면 아마도 지씨세가가 사기를 당하고 도박으로 잃은 돈이겠네.

도박장도 탈탈 털고 나서 부쉈을 테니까.

이 정도면 은자 사오백만 냥쯤 되겠는데?

딱 예상했던 금액이다.

내가 지경화 공자에게 세가의 채무를 변제해 주겠다고는 했지만, 누구의 돈으로 채무를 변제해 주는지에 대해서는 한 마디도 말하지 않았다.

그건, 아직 그 돈이 이 낙양에 남아 있을 가능성이 컸기 때문이다.

이런 일을 벌이는 자들이 그 돈을 전장에 맡겼을 리는 없다.

이 정도 금액이라면 전장에 맡기는 과정에서 알려지는 것을 피할 수 없고, 출처에 대해 의심 받을 수도 있으니까.

그런 이유들로 인해서 이자들이 그 돈을 아직 가지고 있을 거라 예상했다.

아우! 좋네! 아주 좋아!

그럼 이 돈으로 생색은 생색대로 내면서 지씨세가의 협조를 얻을 수 있겠군.

나는 서우 무사에게 전음을 보냈고, 그는 제압해 둔 흑도들의 천령개를 내리쳤다.
 순식간에 절명한 다섯 명.
 그들에게 자비를 베풀지 않은 이유는 간단하다.
 우리의 정체를 알리는 것은 곤란하고, 그렇다고 그들을 살려 둘 필요도 느끼지 못했으니까.
 저 정도로 혈향이 강하다는 것은 제법 많은 사람들을 죽였다는 의미.
 "금령아! 돈 깡그리 챙겨!"
 "꾸이!"
 .

 .

 .

 잠시 후.
 우리는 동굴을 나와 바깥에 대기하고 있던 두 무사와 합류했다.
 "혹시 이 근처로 접근한 자가 있습니까?"
 "없습니다."
 "좋습니다. 그럼 이제 갈까요?"
 우리는 나오기 전에 그 흑도들의 시신을 불태웠고, 나와서 그 동굴을 무너뜨렸다.
 우리의 흔적을 완전히 지우기 위해서.
 .

 .

 .

잠시 후.

우리는 빠르게 연풍객잔으로 복귀했다.

"다녀왔습니다."

"그래, 왔느냐?"

부모님과 외총관의 밝은 표정을 보니, 향옥 누님이 진호 형을 설득하는 데 성공한 모양이군.

하긴, 그 독설을 듣고도 고집을 부릴 수는 없지.

"향옥 누님은요?"

"방금 돌아갔다."

"진호 형은요?"

"객실에 있지."

"잠시 형을 보고 오겠습니다."

"그러려무나."

나는 진호 형의 객실로 향했다.

"진호 형, 괜찮아?"

나는 객실 문을 열고 들어가려다가 나도 모르게 뒷걸음질 쳤다.

침상 위에 널브러져 있는 진호 형이 고개를 들었는데, 완전 넋이 나가 있었기 때문이다.

나를 본 진호 형의 넋이 돌아왔고, 이내 두 눈에 서러움의 눈물이 차올랐다.

대체 무슨 일이 있었기에…….

"꼭……."

"응?"

"꼭 그래야만 했니? 아니, 설득하는 방법이 여러 가지인데 왜…… 왜…… 향옥이를…… 크윽!"

그리고 눈물을 뚝뚝 흘리며 말을 이었다.

"내가, 향옥이에게 그런 말을 듣고, 크흥!"

나는 진호 형에게 다가갔고, 그 어깨를 두들겨 위로해 주었다.

"형, 그런다고 울어?"

"네가 향옥이에게 혼나 보지 않아서 몰라."

"그러니까 왜 혼날 짓을 했어?"

"……."

"진작에 기권한다고 했으면 이런 일도 없었을 거잖아? 그렇지?"

"……."

내 말에 진호 형은 눈을 흘겼다.

"서호야."

"왜?"

"이럴 땐 그냥 위로만 해 주면 안 되냐?"

형의 투덜거림에 나는 멋쩍게 웃었다.

진호 형도 참…… 위로해 줄 만한 사람에게 위로해 달라고 해야지.

향옥 누님을 데리고 온 사람이 나라고.

.
.
.

날이 밝았다.

오늘은 천조의 최종 승자가 결정되는 날이다.

그 최종 승자가 지조의 최종 승자와 우승을 겨루게 되는 거지.

나는 아침 일찍 연풍객잔을 나섰고 지씨세가의 저택으로 향했다.

내가 정문으로 다가가자 문지기가 물었다.

"어떻게 오셨습니까?"

"지경화 공자를 만나러 왔습니다. 은해상단의 은서호가 왔다고 전해 주시면 됩니다."

"알겠습니다."

문지기는 하인을 불러 전갈을 보냈고, 곧 하인이 달려와 말했다.

"도련님께서 안으로 뫼시라고 합니다."

나는 일행과 같이 안으로 들어갔다.

오늘 데려온 이들은 서향 소저와 진유 무사, 그리고 이필 무사다.

서향 소저를 데려온 이유는 오늘 이곳에서 계약서를 작성해야 하기 때문이지.

지금 내 계약서를 관리해 주고 있는 자가 서향 소저니까.

물론 오늘의 계약은 비밀 계약이지만, 서향 소저는 믿을 수 있는 사람이다.

그런데 내가 안내받은 곳은 접빈실이 아니었다.

이곳은······.
문이 열리고 지경화 공자가 나왔다.
"어서 오십시오."
"제가 너무 늦은 건 아니겠지요?"
"아닙니다. 어서 들어오시지요."
내가 안내받은 곳은 회의실이었다.
안에는 지경화 공자뿐만 아니라 그의 조부와 아버지로 보이는 이들이 있었다.
"지씨세가의 가주 지중이네."
"소가주 지현철이네."
내 예상대로다.
나는 당황하지 않고 그들에게 포권하며 마주 인사했다.
"은해상단의 은서호가 인사드립니다."
내 인사가 끝나자 지경화 공자가 입을 열었다.
"어제 저희가 한 거래에 대해 조부님과 아버지께 말씀드렸습니다. 이 일은 제 선에서만 처리할 수 있는 게 아니기 때문입니다."
"그러셨겠지요."
"혹여라도, 제가 대협의 허락 없이 윗분들께 아뢰었다고 기분이 언짢으시지 않으셨으면 합니다."
"그럴 리가 있겠습니까."
이 정도는 예상했던 바다.
내가 방문한 이후에 하느냐, 그 이전에 미리 말하느냐의 차이만 있을 뿐.

가주의 손자라고는 하나 세가의 중대사를 결정할 수는 없으니까.

그래서 내가 직접 저택으로 찾아간다고 말했던 것이기도 했다.

그런데 이렇게 미리 말해 주다니, 내 수고를 덜었군.

나는 고개를 돌려 가주와 소가주 쪽을 보며 물었다.

"지 공자가 다 말씀드렸다고 하니 더 설명할 필요는 없겠군요. 그러면 결정하셨습니까?"

"결정했네. 우리는 자네의 제안을 받아들일 생각이 없네."

가주의 단호한 대답.

와, 이건 예상치 못한 건 아니지만 가능성을 높게 보진 않았는데.

"그렇군요. 그 이유를 여쭤봐도 되겠습니까?"

"본가는 섬서의 전통 있는 가문일세. 금전적으로 급하다고 해서 천한 장사치의 손에 휘둘리고 싶지는 않네."

"솔직하시네요. 체면 때문에라도 돌려서 핑계를 대실 거라고 생각했는데 말이죠."

"알아들었으면 이제 나가 보게."

그 단호한 축객령에 지경화 공자가 간절히 외쳤다.

"조부님! 다시 한번 생각해 주십시오!"

"시끄럽다."

가주는 지경화 공자에게 호통을 치고는 나를 보며 퉁명스럽게 말했다.

"나가지 않고 뭐 하나?"
"나가기 전에 두 가지만 여쭈어도 되겠습니까?"
"그 정도쯤이야. 말해 보게."
"혹시 그들이 또 다른 제안을 해 왔습니까?"
"아니네."
"그건 다행입니다. 제가 그들의 행방을 쫓았을 때 이미 그들은 죽어 있었고 또한 그들이 있던 동굴은 무너져 있더군요. 아마도 꼬리를 자르기 위해서였을 겁니다."

내 말에 그들의 표정이 이상해졌다. 지금 대체 무슨 말을 하는 건가 싶은 표정이다.

나는 말을 이었다.

"그런데 돌아오는 길에 문득 궁금해지더군요. 무공에만 몰두하던 지씨세가에서 왜 갑자기 사업에 손을 대기 시작했는지 말입니다."

"……."

"뭐 그래야 할 사정이 있다고 해도, 보통 그런 사업에 손을 댈 때면 평소 알고 지내던 상인의 조언을 받아 보기 마련입니다. 그런데 지금 보니 전혀 그러시지 않았겠군요. 상인이 천하다고 가까이하지 않으시니, 좋은 상인을 보는 눈도 없으신 것 같고요."

내 말에 그가 나를 노려보았다.

"지금 나를 모욕하는 것인가?"
"그럴 리가 있겠습니까?"

나는 태연하게 말을 이었다.

"그저 참으로 묘하다는 생각이 들었을 뿐입니다. 상인은 천해서 상종하고 싶지 않지만, 돈은 벌고 싶어서 사업을 시작하셨으니 말입니다. 그 사업을 하는 게 상인 아닙니까? 사업을 벌인 가문이 상인을 멀리한다라…… 이상하지 않습니까?"

"그, 그건……."

스스로 생각해도 이치에 맞지 않음을 알고 있겠지.

"게다가 상인과는 손을 잡기 싫지만, 흑도와는 손을 잡아도 된다는 것도 이상하고요."

내 말에 가주는 당혹스러운 표정을 지었다.

"그게 무슨 소린가? 갑자기 흑도라니……?"

"그럼 그들이 누구라고 알고 계신 겁니까?"

"그들은 하남성에 사는 장주의 수하들이네. 우리의 사정을 듣고 돕기 위해서 찾아온 이들이지."

"평범한 장주가 친선비무에서 사람을 죽이라고 지시합니까?"

"……그게 무슨 소리인가? 그냥 승리를 조건으로 걸었을 뿐인데?"

진심으로 의아해하는 가주의 모습.

나는 고개를 돌려 지경화 공자를 지그시 바라보았다.

마찬가지로 이상함을 느낀 가주와 소가주도 그에게 고개를 돌렸다.

그 시선을 견디지 못한 지경화 공자는 자리에 무릎을 꿇었다.

"죄송합니다! 조부님! 아버지!"

그는 고개를 숙이며 외쳤다.

"사실 두 분께서 모르고 계시는 것이 있습니다. 그들은 저를 몰래 낙양 변두리의 버려진 장원으로 불러 협박했습니다. 비무대 위에서 상대방을 죽이라고 했습니다."

"뭐라고?"

"그게 무슨 소리냐? 경화야?"

"그들은 자신들의 지시를 따르지 않으면, 채무의 변제는 없다고 했습니다."

"그걸 왜 말하지 않았느냐?"

"그 사실을 철저히 함구하라고 했기 때문입니다. 다른 사람에게 그 사실을 밝혀도 채무를 변제해 주겠다는 것을 철회하겠다고 말입니다."

"……."

"미리 말씀드리지 못해서 죄송합니다."

그런 사정이 있었군.

내가 저들의 최후에 대해 말했을 때 그들의 표정이 이상했던 이유가 있었다.

"공자의 비무가 끝난 후에 제가 그들을 미행했고, 그들이 흑도라는 것을 알게 되었습니다. 그러니 명문 정파 가문이 흑도와 손을 잡고 그들의 손발이 되어 준 것입니다."

내 말에 가주는 당혹스러운 표정으로 손을 저었다.

"우, 우리는 전혀 몰랐네!"

뭐, 모르셨으니까 그리 당당하셨겠지요.

나는 품에서 서신 하나를 꺼내어 탁자 위에 올려놓았다.
"제가 그들이 있던 곳에서 발견한 것입니다."
소가주가 먼저 다가와 그것을 집어 들었다.
그리고 서신을 읽더니 눈을 질끈 감았다.
"무슨 내용이길래 그러느냐?"
소가주는 대답 대신 서신을 가주에게 건넸다.
가주는 그것을 읽어 보더니 탄식했다.
"하! 이럴 수가!"
그리고 이내 의문스러운 표정으로 물었다.
"그런데 어째서 이것을 우리에게 주는 것인가?"
"물론 그걸 무림맹에 제출할 수도 있습니다."
그러면 지씨세가는 그날로 사라진다.
흑도와 손을 잡고 무림대연회를 망치려고 한 곳을 다른 세력들이 용서할 리가 없지.
그걸 알기에 가주나 소가주 모두 저런 반응인 거지.
"하지만 저는 그 서신을 지씨세가에 넘기겠습니다."
"어째서인가?"
"글쎄요? 그냥 그러고 싶었습니다."
"이걸 빌미로 우리에게 자네의 제안을 받아들이라고 할 셈인가?"
가주의 말에 나는 피식 웃으며 되물었다.
"그건 협박 아닙니까? 그래서는 지씨세가를 협박한 그 흑도 무리와 다를 게 없지요."
"……."

"이해가 가지 않으시면 그냥 제가 상인이기 때문이라고 생각하십시오. 그리고 대상인은 결코 눈앞의 이득만을 보지 않습니다."

나는 말을 이었다.

"그리고 두 번째 질문을 하겠습니다. 제 제안을 받아들이지 않고 채무를 해결할 방법이 있습니까?"

가주는 잠시 침묵하다가 어렵게 입을 열었다.

"사실…… 그들에게 한 번 더 매달려 볼 생각이었네. 그런데 진실을 알게 되니 그게 얼마나 어처구니없는 생각이었는지 알 것 같군."

"그렇군요."

나는 자리에서 일어나 포권했다.

"그럼 안녕히 계십시오."

"어디 가는 건가?"

그들의 말에 나는 미소 지었다.

"천한 상인인 저와 상종하지 않으신다고 하지 않으셨습니까? 그리고 이만 나가 보라고 하셨죠. 제 두 가지 질문에 대한 답을 들었으니 이만 나가 봐야지요."

그리고 아무 미련 없다는 듯 몸을 돌려 회의실을 나왔다.

"갑시다."

나는 일행을 데리고 지씨세가를 나왔다.

그리고 진유 무사에게 물었다.

"좀 둘러보셨습니까? 아는 분이 있던가요?"

내 말은 맹주의 사람이 지씨세가에 있었냐는 뜻이었다.

그 때문에 진유 무사를 데려온 것이니까.

진유 무사는 고개를 저었다.

"없었습니다."

"수고를 덜었군요."

그때 이필 무사가 말했다.

"그나저나 빈손으로 돌아가게 될 줄은 몰랐습니다."

"빈손이요?"

나는 피식 웃었다.

"걱정하지 않으셔도 됩니다. 이런 상황도 예상하지 못한 건 아닙니다. 그리고 손해는 전혀 없습니다."

지씨세가의 목줄을 잡지 못한다고 해도 내게 손해 될 건 없다.

대신 그들이 원래 돌려받았어야 할 오백만 냥의 은자를 내가 가지는 셈인데.

그들이 연락할지는 잘 모르겠지만, 확실한 건 그들이 겁나 똥줄 타고 있을 거라는 거다.

.
.
.

우리는 곧바로 비무장으로 향했고, 그곳에서 나머지 호위들과 합류했다.

"오셨습니까요?"

"응."
"일은 어찌 되셨습니까요?"
"진행 중이야."
그렇게 대답해 주고는 비무장 안으로 들어가 각자의 자리에 앉았다.
"왔느냐?"
"네. 아버지."
고개를 돌려보니, 진호 형은 아쉬움 가득한 표정으로 비무대를 보고 있었다.
"자꾸 그러면 향옥 누님 불러온다."
"윽!"
즉시 진호 형의 눈빛에서 아쉬움이 사라졌다. 음, 역시 효과가 좋군.
그때 비무대 위로 금연화 대주가 올라왔다.
"지금부터 천조의 본선 오후 경기를 시작하겠습니다. 첫 번째 비무의 출전자는 기적의 사나이이자, 폭풍검이라는 명호를 얻은 연결문의 대녹!"
"와아아아아!"
사람들의 환호를 받으며 대녹 무사가 비무대 위로 올라갔다.
"이에 맞서는 자는 깔끔한 검식으로 유명한 영월문의 제자 명월검 순철!"
대녹 무사는 자신의 이름이 호명되자 비무대 위로 올라갔다.

그런데 얼마 지나지 않아 문제가 발생했다.

순철 무사가 나타나지 않는 것.

"순철 무사! 지금부터 이름을 세 번 호명합니다. 그때까지 올라오지 않으면 패배한 것으로 간주합니다."

금연화 대주가 그리 외칠 때 누군가 비무대 위로 올라왔다.

그녀에게 뭐라 말했고, 이에 그녀는 탄식했다.

그러고는 관객들에게 설명했다.

"안타깝게도 순철 무사는 간밤에 불미스러운 일로 인해 사망했습니다."

으잉?

이게 무슨 소리야?

"하여 대녹 무사가 부전승으로 다음 비무에 진출합니다."

"……."

그렇게 대녹 무사는 머리를 긁적이며 비무대 위에서 내려왔다.

뭔가 김이 샌 표정.

그래도 뭐, 싸우지 않고 이기면 좋은 거지.


이어서 제갈유아 소가주의 비무가 시작되었다.

그녀는 무척 간단하게 승부를 결정지었는데, 그녀의 명호가 왜 백량냉검인지 확실하게 보여 주는 모습이었다.

비무장은 금방 정리되었고, 금연화 대주가 다시 올라와 말했다.

"그럼 다음 비무를 이어 가겠습니다. 상단 출신으로 뛰어난 무공을 보여 주었던 참호창웅 은진호! 그리고 이에 맞서는 자는 무당파의 제자로 유이제강의 진수를 보여 준 유검유웅 경수."

"와아아아아!"

사람들의 환호성이 울려 퍼졌고, 경수 무사가 먼저 비무대 위로 올라갔다.

"후……."

한숨을 쉬는 진호 형의 눈동자가 흔들리고 있었다.

향옥 누님의 설득 덕분에 기권하겠다는 대답을 받아 낼 수 있었다.

하지만 이를 어기고 비무에 나설 수도 있다.

무인들의 자존심이라는 건 어디로 튈지 모르는 것이니까.

나는 진호 형에게 물었다.

"형, 혹시 이대로 비무를 진행할 생각은 아니지?"

"……!"

움찔하는 진호 형.

갈등하고 있군.

나는 한숨을 내쉬며 재차 말했다.

"내가 이런 말까지는 안 하려고 했는데 해야겠네. 형이 비무를 해서 부상이 더 심해지면 부모님만 걱정하실 것 같아? 형이 크게 다쳤다는 사실을 장모님께서 아신다면 어찌 될 거 같아?"

"……."

"북해빙궁과 무림맹이 싸우게 되는 시발점이 되고 싶은 건 아니지?"

"아, 아니지. 그야 당연히 아니지."

"그러니까 생각 잘해."

나는 진호 형과 눈을 마주하며 단호하게 말했다.

"형의 실력은 내가 인정해. 그리고 형이 원하는 명성도 지금 정도로 충분해. 이미 무림의 후기지수 중 열여섯 명 안에 들어간 거니까."

"정말이냐?"

"응. 정말이야. 그러니 너무 무리하지 말라고."

이전에 진호 형과 북해빙궁으로 같이 갈 때, 열심히 훈련시킨 보람이 있었다.

그 이후로 진호 형은 머리를 굴려 가면서 싸우기 시작했으니까.

내가 본 진호 형의 실력은 제갈유아 소가주와도 해 볼 만하다.

"그러니까, 어서 올라가서 시원하게 기권이라고 외치고 와!"

내 말에 진호 형이 대답했다.

"후우…… 알겠다."

진호 형은 아쉬운 표정으로 비무대 위로 올라갔다.

그리고 경수 무사에게 포권했다.

"우선, 그대에게 사과를 하려고 합니다."

"사과라니? 무엇 때문입니까?"

경수 무사의 물음에 진호 형이 대답했다.

"미안합니다. 나 은진호는 이번 비무에서 기권을 하겠습니다."

"갑자기 기권이라니? 그게 무슨 말입니까?"

당연히 경수 무사는 놀라서 물었다. 이에 진호 형은 아쉬움 가득한 표정으로 대답했다.

"이전 비무에서 늑골이 부러지는 부상을 입었습니다. 그 부상의 정도가 심하여 기권할 수밖에 없습니다."

이에 경수 무사가 외쳤다.

"그래도 그렇지! 그 정도는 참고 견딜 수 있는 것 아닙니까?"

그 역시 아쉬운 모양이었다. 그러니까 그런 억지를 부리는 거겠지.

"솔직히 나 역시 그러고 싶습니다. 하지만 부상을 숨기고 그대를 상대하는 건, 그대에 대한 기만이라고 생각됩니다. 최선을 다해 맞붙을 상대가 필요한 것이지, 대충 무기나 섞다가 패배해 줄 상대가 필요한 건 아니지 않습니까?"

"그, 그건 그렇지만……."

"또한 저는 은해상단을 지키는 직임을 맡고 있습니다. 이 비무로 인해 부상이 악화된다면, 그로 인해 그 직임을 다할 수 없게 됩니다. 그렇게 되면 이 비무에 출전하고자 하는 목적에 반하게 됩니다."

와우, 놀라운데.

진호 형이 어떻게 저렇게 청산유수처럼 의견을 개진할 수 있는 거지?

게다가 저런 생각을 했다니!

그리 생각할 때 저 앞에 앉아 있던 향옥 누님과 눈이 마주쳤다.

향옥 누님은 고개를 끄덕이고 있었다.

아…….

향옥 누님이 진호 형을 말로 후드려 팰 때 했던 말을 인용하는 거구나.

뭐, 그래도 적절하게 인용할 수 있다는 거는 좋은 거지.

"하여, 나 은진호는 이번 비무에서 기권하는 바입니다."

이에 경수 무사가 포권했다.

"방금, 억지를 부려 죄송합니다. 그 기권을 받아들이겠습니다."

진호 형은 비무장 아래로 내려왔고, 그걸 확인한 금연화 대주가 선언했다.

"이번 비무는, 은진호의 장외로 경수의 승리입니다!"

친선비무에는 공식적으로 기권이 없다.

아마도 최선을 다해 끝까지 싸우라는 의미겠지.

하여 기권을 원하는 사람은 그대로 비무대 아래로 내려가고, 공식적으로는 장외패가 선언된다.

비무장에 올라오지 않으면 그것 역시 장외패.

하여 간밤에 사망한 순철 무사 역시 장외패다.

싸우지 않고 끝난 비무인 만큼 사람들의 환호는 없었다. 하지만 경수 무사의 반응은 덤덤했다.
 하긴 싸우지 않고 이겼는데 환호를 받는다면 그것도 기분이 이상하겠지.
 나는 자리로 돌아온 진호 형에게 말했다.
 "형, 잘했어."
 "그래…… 그래도 뭔가 시원하네."
 그리 말하는 진호 형의 얼굴에서는 허탈함이 보였다.
 "하지만 형. 내가 아까 말했던 건 진짜야."
 "응?"
 "형의 실력은 내가 인정한다는 말."
 이어서 다음 비무가 펼쳐졌고, 그 비무에서 승리한 자는 해남파의 청류 무사.
 실전적인 무공이 인상적인 무사였다.

 점심시간이 되었다.
 나는 임시상점을 둘러보는 길에 춘일을 만나 순철 무사의 정보를 듣게 되었다.

 "아, 그 사람 말씀이군요. 불미스러운 일은 맞습니다. 짝사랑하던 여인을 두고 결투를 벌이다가 죽었으니까요."
 "……."

 그냥 모르고 넘어갈 걸 그랬네.

우리는 연풍객잔에 들러 점심을 먹은 후 다시 비무장으로 돌아왔다.

"모두 자리를 정돈해 주십시오."

오후의 비무가 시작되었다.

금연화 대주의 말에 모두 자리를 정돈했고, 그녀가 말을 이었다.

"이번 비무는 천조의 마지막 네 명 중 두 명을 가리는 승부입니다. 폭풍검이라 불리는 자이자, 행운남입니다. 연결문의 대녹!"

"와아아아아!"

뭐, 운이 좋은 건 맞으니 행운남이지.

"이에 맞서는 자는 백량냉검이자, 제갈세가의 소가주 제갈유아!"

"와아아아!"

사람들은 두 사람의 이름을 연호했다.

두 사람은 각자 몸에 일곱 개의 패를 달고 비무대 위에서 마주했다.

아무런 말도 하지 않고 그저 서로를 바라볼 뿐.

둥!

북이 울리고 비무가 시작되었다.

서로 상대방을 탐색하며 빙글빙글 돌았다. 그렇게 지루한 탐색이 끝나고 선공을 취한 쪽은 제갈유아 소가주다.

그녀가 선공이라니, 무슨 생각일까?

콰직!

그녀의 선공에 대녹 무사의 패 하나가 부서져 흩어졌다.

그리고 그녀의 공격은 멈추지 않았다.

까앙!

깡!

검이 부딪치며 불꽃이 튀었다. 하지만 분노를 통해 잠력을 끌어 올리지 않은 대녹 무사의 수준은 일류.

절정 무사인 제갈유아 소가주의 상대가 되지 못한다.

그렇게 네 개의 패가 남았을 때.

"으아아아악!"

대녹 무사가 괴성을 지르며 제갈유아 소가주에게 달려들었다.

이제 시작이로군.

하지만 제갈유아 소가주는 그런 대녹 무사와 맞서 싸우지 않고, 요리조리 피하며 시간을 끌었다.

아, 역시나 이미 알아차렸군.

대녹 무사가 힘을 끌어 올릴 수 있는 시간에 한계가 있음을.

그래서 저렇게 최대한 부딪히는 것을 회피하면서 시간을 끄는 거다.

"으아악!"

덤으로 대녹 무사를 열받게 하고 말이지.

분노가 그의 잠력을 끌어낸다는 것을 모르니 저렇게 일부러 열받게 만드는 거겠지.

내 예상대로다.

대녹 무사가 힘을 발할 수 있는 시간이 훌쩍 넘었음에도 여전히 절정의 무위를 발하고 있었다.

그때였다.

씨익 웃는 제갈유아 소가주.

응? 뭐지?

그리고 얼마 있지 않아 대녹 무사의 다리가 휘청거리기 시작했고, 제갈유아 소가주는 이를 놓치지 않았다.

휘릭!

순식간에 들어온 돌려차기.

퍽!

그 돌려차기에 맞은 대녹 무사는 그대로 뒤로 넘어갔다.

"……."

친선비무에서 패배가 결정되는 방법은 몇 가지가 있다.

일곱 개의 패가 모두 부서지는 것, 그리고 장외가 되는 것.

그리고 또 하나, 바닥에 쓰러져서 심판이 열을 셀 때까지 일어나지 못하는 것이다.

"하나! 둘! 셋! 넷!……."

금연화 대주의 외침이 들렸다.

"아홉, 열! 제갈유아의 승리!"

"와아아아아아!"

"백랴냉검! 백랴냉검!"

사람들의 환호 속에서 대녹 무사는 들것에 실려 의무실

로 향했다.

나는 혀를 차며 자리에서 일어났다.

대녹 무사가 왜 그 모양인지 알 것 같으니까.

"팔갑아."

"네! 도련님."

"만두 좀 챙겨서 의무실로 가. 배고파 죽을 지경일 테니까."

"알겠습니다요."

나는 지금 자리를 뜰 수 없다. 진호 형을 감시해야 하거든.

그나저나 저 앞에서 비무를 보는 지씨세가 가주와 소가주의 표정이 참으로 볼만하군.

지씨세가에서 나와의 계약을 요구한다면 아무래도 한 가지 조항을 더 추가해야 할 듯하다.

정신교육이라는 조항을.

강사로는…… 음, 향옥 누님이 좋겠군.

.

.

.

비무는 계속 이어졌고, 어느새 천조는 두 명의 무사만이 남았다.

"드디어 천조의 마지막 비무입니다! 소개할 필요도 없는 이들이지요! 백략냉검 제갈유아! 그리고 홍해검웅 청류!"

"와아아아아!"

"백랴냉검! 백랴냉검!"

"홍해검웅! 홍해검웅!"

관객들은 두 사람의 명호를 연호하며 응원했다.

두 사람은 비무대 위로 올라와 각자의 몸에 일곱 개의 패를 달고 서로를 마주 보았다.

"좋은 비무가 되었으면 합니다."

"네."

청류 무사의 말에 제갈유아 소가주가 대답했다.

"저 역시 좋은 비무가 되었으면 합니다."

둥!

북 소리와 함께 비무가 시작되었다.

청류 무사는 왼손으로 검을 쥐고 있었다.

무당파의 경수 무사를 꺾고 올라온 무사다.

해남파 무공의 기본인 좌수검.

다른 문파들과 차별화되는 부분인데, 그 이유는 해남파의 역사에서 찾을 수 있다.

해남파는 제국 남부에 위치한 해남도의 여모봉에 위치한 문파다.

원래 그곳은 해적들에게 동네북이나 다름없는 곳이었다.

하여 스스로를 지키기 위해 각지의 무공을 받아들여 이를 토대로 발전시킨 곳이다.

그래서 화려하거나 있어 보이는 것에 집중하는 무공이

아닌, 철저하게 실전적인 무공을 발전시켰다.

용 선장의 형인 공민 무사와 결이 비슷하다고 할 수 있다.

그들은 주로 해적을 상대해야 하기에 해적들의 배에 올라타서 습격하는 전술을 주로 쓰곤 했다.

그 와중에 어딘가에 매달려야 할 때가 많은데, 오른손으로 구조물을 잡고 몸을 지탱한 채 왼손으로 검을 쓰는 것이지.

또한 재빨리 치고 떠야 하기에 쾌검을 주로 쓰며 효과적으로 해적의 목숨을 취하기 위해 검을 거꾸로 드는 역수검도 종종 쓴다.

그들은 잠시 동안 서로를 치열하게 탐색했다.

탓!

타앗!

그리고 판단이 끝난 듯, 누가 먼저라고 할 것도 없이 서로 바닥을 박차고 달려들었다.

온갖 기묘한 방식으로 휘두르는 청류 무사의 검에 제갈유아 소가주는 이를 악물며 맞섰다.

생각보다 상대하기 어렵기 때문이겠지.

그때였다.

서걱!

전혀 예상치 못한 궤도로 움직인 청류 무사의 검이 제갈유아 소가주의 어깨의 패를 베었다.

그리고 패가 쪼개진 것을 넘어서 어깨까지 베인 듯, 그녀의 어깨에서 피가 흘러내렸다.

하지만 그녀는 이에 아랑곳하지 않고 왼쪽 주먹을 내질렀다.

퍼억!

동시에 부서지는 청류 무사의 패.

바닥에 피가 튀었다.

하긴 제갈유아 소가주가 그 정도의 상처에 굴할 사람은 아니지.

챙챙챙챙챙챙챙!

순식간에 열 번이 넘는 공방이 이어졌고, 관객들은 손에 땀을 쥐고 치열한 비무를 지켜보았다.

나 역시 집중해서 그 둘의 비무를 보았다.

서로 한 치의 양보도 없는 싸움.

서로 피를 흘리면서 하나씩 패가 부서지기 시작했다.

얼마나 지났을까?

두 사람의 옷 곳곳이 붉게 물들었고, 서로 패는 단 하나씩만이 남았다.

그야말로 막상막하, 용호상박이다.

긴장되는 순간.

타앗!

먼저 나선 쪽은 청류 무사.

제갈유아 소가주 역시 이에 반격하겠다는 듯 곧바로 몸을 날렸다.

그때.

"……!"

제갈유아 소가주는 손에서 검을 놓았다. 그리고…….

서걱.

청류 무사의 검이 그녀의 옆구리를 베며 피가 튀었다. 그녀는 옆구리로 들어온 그의 검을 꽉 붙잡고, 씩 웃었다.

곧바로 들리는 또 다른 소리.

퍽!

제갈유아 소가주의 주먹에 청류 무사의 패가 부서지는 소리다.

살을 주고 뼈를 취하는 전략.

누구나 아는 전략이지만, 그것을 이렇게 쓸 줄이야.

제갈유아 소가주가 비틀거리며 뒤로 물러났고, 입꼬리를 올리며 말했다.

"제가 이겼습니다."

멍하니 서 있던 청류 무사가 그 말에 정신을 차리고 고개를 숙였다.

"제가 졌습니다."

내가 볼 때 아마도 스스로 검에 찔리면서 승리를 쟁취한 그 정신 나간 결단력에 탄복한 것 같다.

금연화 대주가 비무장 위로 올라왔고, 승자를 선언했다.

"천조의 최종 승자는, 제갈유아!"

"와아아아아아아!"

하늘을 뒤흔들 정도로 엄청난 함성이 비무장을 가득 채웠다.

"백랴냉검! 백랴냉검!"

"헤헤. 이겼다."

그리 중얼거린 제갈유아 소가주는 그대로 비무대 위에 쓰러졌다.

"유아야! 아이고, 이 녀석아!"

그리고 저쪽에서 제갈세가의 가주가 안절부절못하고 있었다.

곧 보조원들이 달려와 그녀를 들것에 실어 의무실로 옮겼다.

후, 의무실에 가야 할 이유가 하나 더 늘었네.

한숨을 내쉬며 비무대에서 내려오는 청류 무사를 보았다.

허탈함이 가득한 표정.

그럴 만하지.

그런데 뭔가 무거운 표정인데….

"그럼, 이것으로 천조의 비무를 마치겠습니다."

그렇게 천조의 비무는 마무리되었고, 내일부터 지조의 본선이 시작된다.

지조의 본선에는 내가 출전하지.

그건 그렇고, 의무실로 가 봐야겠군.

잠시 후.

나는 내 호위무사들을 대동하고 의무실로 향했다. 그리고 그곳에서 허겁지겁 만두를 먹고 있는 대녹 무사를 보았다.

"이 녀석아, 이제 그만 좀 먹어라."

"아, 사형. 먹어도 먹어도 배가 고픈데 어떻게 합니까?"

"에휴…… 그러다가 이번에 받은 돈, 만두값으로 다 쓰겠구나."

"헉! 그건 안 됩니다."

나는 연결문의 문주가 저들에게 연결문 무공의 비밀을 알려 주지 않은 이유가, 진짜 식량이 부족해서인 것 같다는 합리적인 의심을 거둘 수가 없었다.

대녹 무사의 비무가 끝난 지 제법 시간이 되었는데도 아직도 만두를 먹고 있으니 말이다.

나는 웃으며 두 사람의 이야기에 끼어들었다.

"괜찮습니다. 만두값 정도는 제가 내드리죠."

"헉! 대협!"

"몸은 괜찮으십니까?"

"네."

대녹 무사는 쑥스러운 표정으로 말했다.

"죄송합니다. 제가 지고 말았습니다."

"괜찮습니다. 제갈유아 소가주는 그리 만만한 상대가 아니니까요. 그리고 그녀가 이번 천조의 최종 승자가 되었습니다."

"그렇군요."

"몸이 괜찮아지셨으면 여기서 이러지 마시고 연풍객잔으로 가서 식사를 하는 게 좋아 보입니다."

"그, 그러겠습니다."

그는 내 눈치를 살살 보았다. 나는 그 의미를 알 것 같았다.

"그리고 걱정하실 거 없습니다. 후원을 취소하거나 그럴 일은 없습니다. 애초에 저는 우승하라는 조건을 걸지 않았습니다."

"감사합니다."

"정말 감사합니다."

"치료가 끝나셨으면 연풍객잔으로 가서 편하게 식사하십시오. 그리고 너무 급하게 먹거나 하지 마시고요. 그러다가 체하면 엄청 고생합니다."

"알겠습니다."

그렇게 대녹 무사와 수암 무사는 연풍객잔으로 향했고, 나는 팔갑에게 말했다.

"수고했어."

"진짜 힘들었습니다요."

"그래서 만두를 몇 판이나 먹은 거야?"

"아마 서른 판은 될 겁니다."

"……."

생각 이상의 숫자에 나는 잠시 말문이 막혔다.

"그게 배 안으로 다 들어가?"

"저도 신기합니다요."

나는 피식 웃고는 제갈유아 소가주가 있는 곳으로 향했다.

그곳에는 제갈세가의 가주님도 같이 계셨다.
"가주님을 뵙습니다."
가주가 부드럽게 내 인사를 받아 주었다.
"그래, 오랜만이군. 반갑네."
"소가주는 어떻습니까?"
"피를 제법 많이 흘렸네. 아무래도 보혈단을 먹여야겠어. 그런데 꽤 깊게 베여서 출혈을 잡는 게 여간 힘든 게 아니야."

그도 그렇겠지.

옆구리를 깊게 베였으니까.

나는 그에게 작은 병 하나를 내밀었다.

"이건 뭔가?"
"지혈에 효과가 좋은 영약으로 만든 것입니다. 도움이 될 겁니다."
"고맙네."

원액인 만큼 효과는 끝내줄 거다.

전에 제갈유아 소가주에게 금창약을 준 적이 있지만, 정신을 잃은 그녀에게 그걸 쓰라고 할 수는 없는 노릇이니 내가 지닌 원액을 줄 수밖에.

내가 이걸 주는 이유는, 제갈유아 소저는 내 복수를 위한 그림 중 중요한 부분이었기 때문이다.

이성적으로는 그렇고, 감정적으로도 나와 연이 깊은 사람이 중상을 당해 쓰러져 있는 모습을 보는 것은 영 마음이 불편하다.

"아, 가주님. 제가 이걸 내줬다는 건 비밀로 해 주십시오."
"어째서인가?"
"그건, 그 약을 써 보시면 압니다."
그러고는 포권하여 인사를 하고는 의무실에서 나왔다.
음, 천조의 비무가 일찍 끝나서 시간이 좀 남네.
그나저나 지씨세가에서는 아직도 결정을 하지 못한 건가?
그런 생각을 하며 걷고 있는데, 귀에 익은 목소리가 들렸다.
청류 무사의 목소리인데?
"죄송합니다. 문주님. 반드시 우승해서 상금을 탔어야 했는데……."
"괜찮다. 괜찮아. 아직 어린 너에게 그런 큰 짐을 지워서 내가 미안하구나."
"문주님……."
"너무 낙담하지 말거라. 허허, 혹시 아느냐? 어디서 금덩이가 뚝 하고 떨어질지."
"그럴 리가 있겠습니까?"
"내가 좀 더 다른 사람들을 만나 돈을 빌려 보도록 하마."
"이미 다 거절당하지 않았습니까?"
"한 번 거절당했다고 포기하면 안 되지. 그리고 정 안 되면 다시 무릎을 꿇으면 된다. 허허허."
"하아, 문주님…… 자존심은 좀 챙기셔야지 않습니까?"

"자존심이 밥 먹여 주는 거 아니다. 이놈아."

대체 무슨 일이지?

언뜻 들어서는 뭔가 금전적인 도움이 필요한 것 같은데…….

그래서 청류 무사의 얼굴이 무거운 표정이었나?

그나저나 해남파 문주의 말에 나도 모르게 미소를 지었다.

지씨세가의 꽉 막히고 모순된 모습을 봐서 그런지 도와주고 싶은 마음이 생겼다.

물론 전통 있는 명문이라면 자존심도 중요하다.

하지만 문주님의 말대로 자존심이 밥 먹여 주는 것은 아니니까.

사정이라도 한 번 물어볼까?

나는 그들에게 다가갔고, 청류 무사에게 포권했다.

"은해상단의 은서호라고 합니다."

"아, 네. 해남파의 청류입니다."

"오늘 비무, 참으로 훌륭했습니다."

"감사합니다."

나는 미소를 지으며 문주님에게도 말했다.

"참으로 훌륭한 제자를 두셨습니다."

"그리 말해 주니 고맙군요."

"그런데 제가 들으려고 한 건 아닌데, 해남파에 금전적으로 도움이 필요한 일이 있는 듯합니다."

내 말에 그들은 당황했다.

"그래서 말인데, 실례가 되지 않는다면 사정을 좀 들어도 되겠습니까?"

내 말에 청류 무사가 난감한 표정으로 문주님의 눈치를 보았다.

문주님은 한숨을 내쉬고는 말했다.

"후우…… 바깥에서 이런 이야기를 한 저희의 잘못이니 어쩔 수 없군요."

"그전에 말을 편하게 하셔도 됩니다. 제가 한참 어리니까요."

"그렇다면, 뭐…… 흠흠."

문주님이 헛기침을 하고는 설명을 시작했다.

"사실 이번 여름에 해남도에 거센 폭풍이 몰아쳤었네. 그로 인해서 거주하던 사람들이 많은 피해를 보았지."

그러고 보니 그런 소식을 들은 것 같다.

해남도에는 관련된 일이 없다 보니 그냥 듣고 넘겼지만.

"그래서 그들을 위해 써야 할 돈이 많은데, 알다시피 본문이 그리 부유한 편은 못 되네."

"백성들을 위한 구휼이라면 제국에서 지원을 받을 수 있지 않습니까?"

내 물음에 그가 쓰게 웃었다.

"제국 전역이 흉년으로 인해 계속 힘든 상황이 아닌가. 그러다 보니 큰 지원을 바라긴 어렵네. 게다가 그 지원금이 중간에서 사라지는 경우도 적잖고."

해남도는 제국 수도와 먼 데다가 섬이라는 특성상, 황실의 통제력이 많이 약하다.

그러니까 즉, 해남도의 관리들이 그 돈의 일부를 중간에서 꿀꺽한다는 뜻이겠지.

이거, 오랜만에 한 건 하겠네.

안 그래도 요새 감찰어사로서 황제에게 보고할 게 없어서 고민 중이었는데 잘 됐군.

"그런 일이 있었군요. 그럼 해남파에서는 그들을 구휼할 돈을 벌기 위해 친선비무에 참가하신 겁니까?"

"그런 셈이지. 자네도 알다시피 친선비무의 우승 상금이 만 냥이나 되지 않은가. 그래서 그 돈으로 해남도의 이들을 구휼하려고 했네."

그리 말하는 문주님의 말에서 진심이 느껴졌다.

문주님. 보살이십니까?

"왜 그리 보는가?"

"문주님과 해남파의 그 마음에 탄복해서 그렇습니다."

나는 다시 물었다.

"그런데 어째서 그렇게까지 하는 겁니까?"

"그야, 해남도에 사는 이들은 우리 해남파의 식구나 다름없기 때문이지. 해남도의 사람들 중에 본파와 엮이지 않은 사람이 드물 정도라네."

"그렇긴 하겠군요."

아무리 그렇다고 해도 무림 문파가 백성들의 구휼까지 신경 쓸 이유는 없다.

그럼에도 저렇게 주민들의 구휼을 위해 애쓰는 그 모습을 보니 해남파가 존경받는 이유를 알 것 같았다.

구휼이라……

그렇다면 내가 빠질 수 없지.

"만 냥이 필요하다고 하셨습니까?"

"그렇네."

"그 돈, 제가 내어드리겠습니다."

내 말에 문주님이 경계심을 내보였다.

"그 말은 고맙네만, 본파는 힘이 없기에 은해상단에 도움을 줄 수가 없네."

"괜찮습니다. 그리고 부담 가지실 것 없습니다."

나는 말을 이었다.

"이 돈은, 은해상단이 아닌 제 개인이 드리는 돈이기 때문입니다."

"그 거액을 말인가?"

사실 은자 만 냥이 거액은 거액이지.

하지만 이런 일이라면 쾌척할 용의가 있다.

"그런데 다른 곳에서 어째서 거절당하신 겁니까?"

내 물음에 청류 무사가 한숨을 내쉬며 말했다.

"사실, 저희가 돈을 빌린 것이 이번이 처음이 아닙니다. 지금까지 한 삼십만 냥 정도 됩니다. 그리고……"

"갚지를 못하고 계시는군요."

"그래도 꾸준히 변제는 하고 있습니다. 저희가 그렇게 파렴치한 자들은 아닙니다."

사실 문파나 세가들이 돈이 많아 보이긴 해도 조직을 운영하고 또 품위유지를 위해서 쓰는 돈도 상당하다 보니 살림살이가 생각보다 빡빡하다.

 빌려준 돈을 당장 돌려받지도 못하고 변제하는 금액도 소액인 상황에서 더 빌려주는 건 힘든 일이지.

 사실 돈이 제일 많은 건 상인들이다.

 그래서 보통 무림 문파나 세가들은 그들을 후원해 주는 상단이 있기 마련이다.

 지씨세가가 이상한 거지.

 그나저나 지씨세가는 사업과 도박으로 거나하게 해 먹은 은자 몇백만 냥을 갚지 못해서 쩔쩔매면서도 고개가 아주 빳빳한데…….

 해남파는 해남도의 이들을 구휼할 돈 만 냥을 위해 문주가 다른 이들에게 무릎을 꿇겠다고 하고…….

 에휴. 비교되네.

 나는 해남파의 문주님과 청류 무사에게 말했다.

 "사실 더 드리고 싶어도, 두 분께서 부담스러워하실 것 같아서 저어됩니다."

 내 말에 문주님이 머쓱해 하며 대답했다.

 "험험. 아까도 말했듯이 본문은 가난해서 해 줄 수 있는 게 없네."

 "그건 아닙니다."

 "응?"

 "해남파는 해적에 대해 잘 아시지 않습니까?"

"그건 그렇지."
순간 문주님에게서 살기가 피어올랐다.
해적에 대한 증오다.
"우리 해남파가 해적에 대해 가장 잘 알지."
"험험. 저, 문주님."
청류 무사가 조심스럽게 말했고, 이에 문주님은 얼른 살기를 거두었다.
"미안하네. 해적이라는 소리만 들으면 나도 모르게 분노가 끓어올라서……."
"이해합니다. 해남파의 시작부터가 해적들에 맞서 싸우기 위해서가 아닙니까?"
"맞지. 이해해 줘서 고맙네."
나는 가볍게 웃고는 이야기를 시작했다.
"사실 저희 은해상단에서는 대월국에 상행을 보냈고, 이전에 큰 이득을 봤습니다. 문제는 이 소문을 들은 해적들이 은해상단의 해상 상행을 방해하는 것입니다."
"음, 그렇겠지."
"그 자식들은 그러고도 남을 천하의 개×놈들이니 말입니다."
그 험한 말투에 나는 피식 웃었다.
"그래서 말인데 혹시 후원하는 상단이 필요하지 않으십니까? 해적들과 싸울 수 있는 무사의 지원과 안전한 정박지를 확보해 주시는 것이면 충분합니다."
"……."

그들은 고심하는 표정을 지었다.

"물론 지금 당장 결정해 달라는 말은 아닙니다. 그래도 이번 친선비무가 끝나기 전에는 결정해 주셨으면 합니다. 친선비무가 끝나면 곧바로 떠날 예정이라서요."

"알겠네."

"그리고 이거."

나는 품에서 전표를 꺼냈다.

내가 아까 말한 은자 만 냥짜리 전표다.

"정말 주는 건가?"

"그럼요."

"그럼 이것도 방금 말한 그 후원에 포함되는 것인가?"

"아닙니다. 이건 그냥 해남도를 위한 마음이라고 생각해 주십시오."

나는 말을 이었다.

"정 마음이 불편하시면, 제 만사형통을 빌어 주시면 감사하겠습니다. 이왕이면 우리 은해상단이 천하제일 상단이 되게 해 달라고 말입니다."

"그건 어렵지 않지."

문주님은 청류 무사에게 말했다.

"봐라, 하늘에서 이렇게 금덩이가 떨어지지 않았느냐?"

"하하하. 그러네요."

.
.
.

나는 해남문의 두 사람과 헤어져 연풍객잔으로 돌아왔다.

그리고 다음 날이 될 때까지 지씨세가에서는 연락이 오지 않았다.

뭐, 나름대로 돈을 마련할 방도를 찾고 있는 것 같은데 그게 쉬울 리가 있나.

은자 삼백만 냥은 쉽게 마련할 수 있는 돈이 아니니까.

그러니까 저들의 제안을 받아들인 것이지.

그들을 함정에 빠트린 이들은 모두 제거되었지만, 그렇다고 지씨세가가 진 빚도 사라지는 건 아니다.

이제 슬슬 자존심을 굽힐 때도 되었는데 말이지.


날이 밝았다.

오늘부터 지조의 본선이 시작된다.

예선을 통과한 열다섯 명에 나를 포함한 열여섯 명.

지금 생각해도 좀 짜증 나네.

왜 나를 추천해서는…….

나는 그냥 상행으로 적당한 이득만 보고 뜰 생각이었는데 말이지.

- 꾸이?

금령이의 전음에 나는 머쓱해졌다.

뭐, 적당히는 아니고 좀 많은 이득을 볼 생각이지.

임시상점을 두 개나 운영하고 있는 덕분에 생각했던 수입도 거의 배 가까이 나왔다.

음, 좋군.

나는 아침 식사를 하며 진호 형을 불렀다.

"진호 형."

"왜?"

"늑골은 좀 괜찮아?"

"응. 네가 준 흉갑을 입고 있느라 답답하긴 한데, 훨씬 나아졌어."

그건 내가 백염상단에 부탁해서 특별하게 만든 흉갑으로, 가슴과 등 전체를 감싸는 형태다.

의원이 되도록 움직이지 않아야 뼈가 잘 붙는다고 했거든.

하지만 진호 형의 성격상 가만히 있는 건 불가능한 일이니까.

그래서 저런 형태로 만든 거다.

철로 만들어진 갑옷이기에 쇠독이 오르지 않도록 안쪽에 누비 천을 덧대서 착용감도 불편하지 않도록 했지.

그때 한쪽에서 식사하던 의원이 말했다.

"셋째 소단주님."

"네. 의원님."

"지금 둘째 소단주님께서 입고 있는 흉갑, 몇 개만 더 만들어 주실 수 있으십니까?"

"저 흉갑을요?"

"네."

의원이 말을 이었다.

"사실 훈련이나 전투로 인해 늑골 부상을 당하는 은풍대 무사들이 제법 있습니다. 그런데 가만히 있어야 하는데도 불구하고 훈련을 하다가 그게 도져서 문제가 생기곤 합니다. 하여 저 흉갑이 상당한 도움이 되지 않을까 합니다."

"그런 이유라면 당연히 만들어 드려야지요."

그리 말하던 나는 문득 하나의 생각이 들었다.

"혹시, 그런 부상을 당하는 이들이 비단 은풍대에만 있는 건 아니겠죠?"

"물론 그렇습니다만……."

아버지가 내 생각을 눈치챈 듯 웃으며 물어보셨다.

"팔아 볼 생각이냐?"

"네. 제법 잘 팔릴 것 같다는 생각이 듭니다."

- 꾸이!

금령이의 반응을 보니 해 볼 만한 것 같다.

녀석은 미래의 돈 냄새도 맡으니까.

"그러고 보니 지금 우리 상단에서 의륜의도 만들어서 팔고 있지 않아?"

진호 형의 말에 나는 고개를 끄덕였다.

"맞아."

"의륜의도 그렇고, 이 흉갑도 그렇고 모두 아픈 사람을 위한 거네. 이러다가 아예 그쪽 분야로 진출하겠다?"

그 말에 좋은 생각이 뇌리를 스쳤고, 나는 진호 형의 손을 잡았다.

"형. 그거 아주 좋은 생각이야!"
"응?"
"그 생각을 왜 못했을까?"
나는 고개를 돌려서 아버지께 말씀드렸다.
"저희 은해상단에서 몸이 불편한 이들을 위한 도구들을 만들어서 파는 겁니다. 그러니까 의구점(醫具店) 같은 겁니다."
"의구점이라……."
"네. 수익도 수익이지만, 저희 은해상단에 대한 사람들의 인식도 훨씬 좋아질 겁니다."
"네 말에 일리가 있다. 이번에 돌아가서 각주들과 상의해 보도록 하마."
그렇게 훈훈하게 식사 자리가 마무리되었고, 나는 아버지께 조용히 다가갔다.
"잠시 이야기 괜찮으십니까?"
"아직 시간이 있으니, 내 방으로 가자."
"네."
나는 아버지를 따라 아버지의 객실로 향했다.
아버지께서 시종이 가져온 차를 직접 따라 주셨다.
"그래, 무슨 말을 하고자 함이냐?"
"어젯밤에 말씀드린 것에 대한 답을 듣기 위함입니다."
나는 어젯밤 객잔에 돌아와서 해남도의 후원 상단이 되는 것에 대해 말씀드렸다.
아버지께서는 잠시 고민해 보신다고 했고.

"녀석, 많이 급한가 보구나. 아직 하루도 채 지나지 않았다."

"그럴 수밖에 없는 게, 저도 그들을 재촉했거든요. 이왕이면 친선비무가 끝나기 전에 결정해 달라고요."

"음…… 사실 그런 조건으로 후원 상단이 된다면, 우리로서도 손해는 아니다."

아버지께서 말씀을 이으셨다.

"앞으로도 우리 은해상단의 배는 더 늘어날 것이고, 그렇게 되면 기존에 있는 정박지로는 한계가 있을 것이다. 그렇다고 남경의 정박지를 사용하기에는 너무 비싸기도 하고 또 다른 이들의 눈에 띄지."

그게 문제다.

남의 눈에 띈다는 것.

우리의 저력을 온전히 내보일 순 없지.

"저도 그 부분을 고려해서 말씀드린 것입니다."

"나도 괜찮은 방안이라 생각한다만, 그들이 그 조건을 받아들인다고 해도 해남도의 관리들이 문제일 듯해 고민 중이다."

아버지께서 한숨을 내쉬셨다.

"그런 곳의 관리들은 자기 배 채우는 것이 특기인 자들이지 않으냐."

아…… 아버지께서도 해남도의 관리들의 부패에 대해 알고 계시는구나.

하긴 운남의 춘경성 때도 그렇고 아무래도 변방은 관리

들에 대해 통제가 잘 안 되다 보니 그들이 부패하는 경우가 많다.

"안 그래도, 이번 태풍으로 인한 피해 복구 및 구휼에 사용될 돈이 중간에 사라진 것이 제법 된다고 하시더군요. 그런데 왜 아직 그들의 목이 멀쩡히 붙어 있는 것일까요?"

황제의 눈과 귀가 사방에 있는데 말이지. 혹시 이번에도 금의위와 동창 쪽에 문제가 있는 건가?

내 의문에 아버지께서 말씀하셨다.

"그야, 증거가 없으니까."

"네?"

"그들이 착복했다는 증거가 없다. 해남도로 가다가 배가 침몰당했다고 장계를 올리고 이를 조사한다고 해도 바다 깊은 곳에 가라앉은 배를 어찌 조사하겠느냐?"

"아…… 그렇군요."

결국, 그 관리들을 어찌하지 못하면 해남문과 손을 잡은 게 아무 의미가 없을 거라는 의미다.

후, 이번 일이 끝나면 바로 황제에게 가야겠군.

그때 밖에서 팔갑의 목소리가 들렸다.

"도련님! 이제 슬슬 가셔야 합니다요."

.
.
.

잠시 후.

나는 가족들과 함께 비무장으로 향했다.
오늘은 향옥 누님이 본선 비무를 시작하는 날이다.
나는 내일이지.

둥둥둥!
북이 울리고, 금연화 대주가 비무대 위로 올라왔다.
"그럼, 지금부터 지조의 본선 첫 번째 비무를 시작하겠습니다. 첫 번째 비무는……."
곧 비무대 위로 제법 유명한 문파의 제자 둘이 올라왔다.
두 무사는 비무대 위를 피로 물들일 정도로 격렬한 비무를 하기 시작했다.
어떻게 대진이 이렇게 나왔을까.
화산파와 종남파처럼 저 비격문과 풍하파라는 곳 역시 앙숙으로 유명하다.
그래도 화산파와 종남파는 대문파로서의 명예가 있다 보니 예의를 갖추고 치고받지만, 저들은 그런 게 없다.
그야말로 개싸움을 하는 곳이다.
"하앗!"
"하악!"
두 사람은 악착같이 패를 노리고 방어하면서 쉽사리 결판이 나지 않았다.
비무대 바닥이 원래 붉은색이었나 싶을 정도로 많은 피를 흘린 두 사람.

저러다가 과다출혈로 죽는 거 아니야?

그런 생각이 들 때쯤이었다.

"그만!"

그때였다.

금연화 대주가 그들 사이에 끼어든 것은.

"이번 비무는, 심판의 권한으로 중지합니다. 상처를 치료한 후 재개합니다."

비무가 시작되면 이를 중단시키는 건 무척이나 드문 일이다.

그러나 심판의 권한으로 이를 중지시킬 수 있는데 그중 하나가 이대로 비무를 속행할 시 과다출혈로 생명이 위험하다고 판단될 때다.

그럴 경우 금창약 등으로 지혈하고 상처를 치료한 후 비무를 재개한다.

"젠장!"

"큭!"

비격문과 풍하파의 무인들은 분함을 감추지 못했지만, 심판의 말에 따를 수밖에 없었다.

끌려가서 뇌옥에 갇히는 건 문파의 망신이었으니까.

그때 누군가 말했다.

"이보게, 금 대주. 이대로 속행해도 괜찮지 않겠나?"

"그게 무슨 말씀이십니까? 비격문주님."

"원래 싸우다 보면 피도 많이 흘리고 그런 거 아닌가? 우리 비격문주의 제자를 저 나약한 풍하파의 제자와 동급이라고 생각하지 않아 주었으면 하네."

"뭐라고? 그러는 비격문은 제자가 소중하지도 않나 보군? 인정도 없고 비정한 놈들! 저 정도로 피를 흘렸으면 응당 보살펴서 생명에 지장이 없도록 해야 함이 마땅한데, 뭐? 속행? 에라이! 이 자식아!"

"무사가 싸우라고 무사지!"

"그것도 때와 장소가 있고 상황이 있는 거야!"

점점 격해지는 언쟁.

어휴, 저러다가 무기까지 뽑으시겠네.

다들 그들이 지독한 앙숙이라는 것을 알고 있기 때문인지, 그저 혀를 차거나 고개를 절레절레 저을 뿐이었다.

그나저나 왜 아무도 제지하지 않지?

하지만 그런 내 의문은 금세 풀렸다.

"비격문주님, 풍하파 장문인."

부드럽게 그들을 부르는 금연화 대주.

"모두가 보는 앞에서 두 분이 앙숙이라는 것을 증명하고 계시는군요. 뭐, 괜찮습니다. 살다 보면 사이가 나빠지거나 그럴 수도 있는 거니까요."

금연화 대주의 눈빛이 변했다.

"그런데 말입니다. 왜 지금입니까?"

"윽!"

"으윽!"

그녀의 눈빛에 그들은 주춤했다.

"제가 비격문과 풍하파를 방문하기를 바라십니까?"

"아, 아니! 그건 아니고!"

"허허, 금 대주는 바쁜 몸인데 우리 풍하파에 굳이 올 것까지야……."

왜 금연화 대주의 방문에 저렇게까지 질겁을 하는 거지?

궁금해지는군.

"두 분 모두 이의 없으시면, 이번 비무는 제 권한으로 중지합니다."

그들은 고개를 끄덕였고, 그렇게 그들의 허락이 떨어지자.

털썩.

철퍼덕.

정신을 부여잡고 있던 두 무사는 긴장이 풀렸는지 그대로 비무대 위에서 쓰러졌다.

그리고 의무실에서 사람들이 달려와 그들을 들것에 싣고는 의무실로 달려갔다.

그리고 보조원들이 비무장 위를 깨끗하게 치우기 시작했다.

그사이, 간단한 간식거리가 제공되었다. 그러나 그 간식을 즐기지 못하는 이들도 더러 있었다.

하긴, 피가 낭자한 모습을 보면서 뭔가를 먹는 건 비위가 상하는 일이긴 하지.

나야 뭐, 익숙한 일이니 맛있게 간식을 먹었다.

곧 비무장이 정리되었다.

"이어지는 비무는 아미파의 향옥! 그 상대는 황보세가의 황보호명!"

"와아아아아!"

사람들의 환호성이 비무장을 가득 메운 가운데, 두 무사가 비무장 위로 올라왔다.

황보세가라…… 저번 용봉비무회 때 매승을 했던 게 황보세가의 공자였지?

하지만 이번 친선비무의 본선에 올라온 것을 보니, 저 공자는 나름대로 실력이 있다는 의미겠지.

각자 몸에 일곱 개의 패를 달고 서로 마주 보았다.

아무 말도 하지 않았지만 황보호명 공자의 눈에 나타난 감정은 가소로움이다.

둥!

그때 북 소리가 들렸다.

누님이 기수식을 취하자 그제야 황보호명 공자도 기수식을 취했다.

왜 반응이 늦지?

북 소리가 들리면 얼른 기수식을 취해야 하지 않나?

고개를 갸웃하며 황보호명 공자를 살피자, 이상한 게 눈에 띄었다.

귀를 밀랍으로 막았네?

이야, 향옥 누님의 말을 듣지 않기 위해서 촛농을 녹여 귀마개처럼 쓴 거구나.

나는 그걸 보고는 쓴웃음을 지었다.

향옥 누님의 무위를 모르니 누님이 혀만 살아 있는 무사라고 생각한 거군.

하긴 예선에서 향옥 누님은 싸우지도 않고 말만으로 상대방을 제압했으니까.

그래서 누님의 독설을 방비하기 위해 소리를 차단한 것이다.

하지만 누님의 무서움이 누님의 독설뿐일까?

물론 누님의 독설이 상당히 날카롭지만, 왜 아미파에서 누님을 대표로 친선비무에 내보냈을까?

그건 아미파의 면을 세울 수 있는 자격이 있다고 판단했기 때문이다.

그러니 누님을 무시하면 큰코다치지.

그때 황보호명 공자가 말했다.

"그 알량한 혓바닥으로 나를 흔들 생각은 하지 않는 게 좋을 것입니다."

그러나 향옥 누님은 아무런 대꾸도 하지 않고 그대로 쇄도했다.

파직!

누님의 일격에 순식간에 부서지는 패.

저게 바로 복호대라검인가?

호랑이를 복종시킨다는 뜻이 아깝지 않듯, 위압감이 넘치는 무공이다.

누님의 스승인 해청신니의 특기가 복호대라검이었지.

뭐, 닥치고 싸우기나 하자는 거지.

이에 황보호명 공자는 당혹스러운 표정을 지었지만, 곧 기수식을 취하며 제대로 싸울 준비를 했다.

황보세가는 권법을 주로 쓰는데, 진주언가와 쌍벽을 이룰 정도다.

진주언가는 강체술을 통해 몸을 튼튼하게 만들어 냉병기에 대응하는 편이지만, 황보세가는 그런 거 없다.

아마도 선천적으로 기골이 장대하고 회복력이 뛰어난 체질이기에 강체술 같은 게 필요 없는 듯했다.

그나저나 원래 황보세가는 성격이 호방하고 정정당당한 가문으로 유명했는데…….

요즘은 그런 가풍이 많이 사라진 듯했다.

그 자제가 매승이라는 불법적인 일을 행할 정도로 말이다.

황보호명 공자의 주먹이 매섭게 나아갔다.

하지만 향옥 누님은 그 주먹을 살짝 피하며 검을 휘둘렀다.

누님의 검이 노리는 곳은 정확하게 황보호명 공자의 패가 있는 곳.

황보호명 공자는 예상했다는 듯 그쪽으로 주먹을 휘둘렀다.

이내 누님의 검초가 순간적으로 바뀌었고, 다른 곳에 있는 패에 누님의 검이 그대로 명중했다.

빠악!

허초에 제대로 속아 넘어갔군.

향옥 누님의 무위가 예상보다 훨씬 강해서인가?

황보호명 공자의 표정이 점점 일그러지기 시작했다.

"이런! 쥐새끼 같은 년!"

아…… 저런, 그 말은 하지 말았어야지.

아미파의 제자들이 주로 회색의 옷을 입는 데다가 그 보법이 민첩하며 변화가 빠르다.

그 때문인지 치고 빠지는 무공이 많아서 일부 무림인들이 경멸을 담아 저렇게 부르곤 한다.

"뭐라고?"

"저 자식이!"

당연히 비무대 밑에서 비무를 보고 있던 아미파 제자들은 물론이고 아미파의 장문인도 발끈했다.

"험험. 저건 우리 황보세가의 뜻이 아니니 오해하지 마십시오."

황보세가주는 잽싸게 선을 그었고.

친선비무는 수많은 세가와 문파들이 모인 공식적인 자리로, 그런 언행 하나가 자칫 큰 문제가 될 수도 있으니까.

그때였다.

"……!"

황보호명 공자의 신형이 크게 움찔한 것은.

그리고 그의 표정은 마치 구정물이라도 마신 듯했다.

나는 이내 무슨 일인지 알아차리고 씩 웃었다.

향옥 누님…….

지금 전음으로 독설을 날리신 겁니까?

황보호명 공자가 미처 생각지 못한 게 있었는데, 여기에 나올 정도의 실력자라면 대부분 전음을 보낼 수 있다는 것이다.

전음은 귀를 막는다고 안 들리는 게 아니니까.

그런데 대체 뭐라고 하셨기에 황보호명 공자의 표정이 저런 거지?

그는 이내 이를 악물고 향옥 누님을 향해 달려들었다.

앞뒤 가리지 않는 황소 같은 돌진.

그러나.

슉!

누님은 그에 맞서 주지 않고 가볍게 피해 냈고, 그는 그대로 비무대 바깥으로 굴러떨어졌다.

"……."

눈 깜짝할 사이에 승부가 결정 났다.

금연화 대주가 비무대 위로 올라와 외쳤다.

"이번 비무는, 향옥의 승리입니다!"

"와아아아아!"

"설검여협! 설검여협!"

사람들의 환호성이 비무장을 울리는 가운데, 황보호명 공자는 망연자실한 표정으로 있다가 얼른 자리에서 일어났고 귀를 막은 밀랍을 떼어 내며 말했다.

"이런 비겁한! 세 치 혀로 나를 농락하다니!"

"세 치 혀로 농락하다니요? 저는 입을 열지 않았습니다."

"방금 전음으로 나를 농락했지 않습니까?"
"증거 있습니까?"
"……."

향옥 누님의 말대로다.

전음은 당사자에게만 들리는 것이니 다른 사람이 들을 수가 없지.

"그리고 제가 전음으로 그쪽을 농락한 것이 사실이라 해도 그쪽에서는 할 말이 없을 텐데요. 저는 공자와 달리 귀를 막지 않아서 똑똑히 들었거든요. 쥐새끼 같은 년이라고요."

"내, 내가 언제……."

그때 금연화 대주가 말했다.

"모두 들었습니다."

그녀의 눈빛이 매우 싸늘했는데, 생각해 보니 그녀도 아미파 출신이다.

"……."

그리고 귀를 막아 소리가 들리지 않으면, 자신도 모르게 큰 소리로 말하게 된다.

그래서 귀가 잘 들리지 않는 어르신들이나 야장들이 큰 소리로 말하곤 하는 거다.

그러게 왜 귀를 막아서 그런 실수를 하느냐고.

한쪽에서 황보세가로 보이는 사람들이 고개를 절레절레 흔들고 있었다.

아무튼, 향옥 누님은 무사히 다음 비무에 진출하게 되

었다.

점심시간이 되자 나는 어머니와 함께 향옥 누님을 찾아갔다.
"누님, 다음 비무에 진출하게 되신 것을 축하드립니다."
"고마워."
이어서 어머니께서 말씀하셨다.
"축하한다."
"감사합니다. 백모님."
"오늘 승리를 축하하는 의미에서 오늘 저녁에 아미파 분들도 초대해서 식사를 대접할까 하는데 괜찮니?"
"그러지 않으셔도 됩니다."
"조카를 응원하기 위해서 밥 한 번 사는 게 어렵겠니? 나중에 네 어미가 알면 그런 것도 안 해 줬다고 투덜거릴 거다. 호호호."
"그렇다면…… 알겠습니다. 사부님께 말씀드리겠습니다."
향옥 누님은 해청신니에게 다녀오더니, 오늘 저녁에 다 같이 연풍객잔으로 찾아가겠다고 했다.
"그런데 누님."
"왜?"
"전음으로 황보 공자에게 대체 뭐라고 한 겁니까?"
내 말에 누님이 웃으며 말했다.
"너는 너무 호기심이 강해서 문제야."

"그건 저도 압니다만, 궁금한 건 궁금한 것입니다."
"진짜 알고 싶어?"
"네."
"후회하지 마라."

누님은 나에게 전음으로, 아까 황보 공자에게 했던 말을 해 주었다.

나는 곧 누님이 왜 경고를 했는지 깨달았다.

그리고 왜 황보 공자가 그런 반응을 보였는지도.

설검여협이라……

누가 지은 건지 모르겠지만, 진짜 명호 한번 잘 지었네.

.

.

.

오늘의 비무가 모두 끝났다.

네 번째 비무가 끝난 후, 첫 번째 비무에 나섰던 두 사람이 치료를 끝내고 다시 비무를 재개했다.

다시 시작된 비무에서 풍하파의 제자가 한 끝 차이로 승리했다.

비격문은 한동안 초상집 분위기겠군.

부모님과 진호 형은 이미 객잔으로 돌아간 상태.

향옥 누님과 아미파 사람들을 초대하기로 했으니 먼저 가서 준비하시는 거겠지.

나는 임시상점을 둘러보고 객잔으로 갈 생각이다.

내일 내가 비무에 출전하지만, 그렇다고 해서 더 수련

을 하거나 할 생각은 없다.

수련이라면 아침마다 진짜 열심히 하고 있으니까.

그리고 애초에 내 전력을 보여서 우승할 생각은 없으니까.

물론 첫 번째 비무에서 탈락하면 맹주가 탐탁지 않게 볼 테니 두 번 정도는 이기고 나서 탈락하는 게 좋겠지.

그렇게 임시상점을 살펴보고 상업구역을 전체적으로 둘러본 후, 연풍객잔으로 향하던 중 누군가를 마주쳤다.

"그간 잘 지내셨습니까?"

그는 다름 아닌 지씨세가의 지경화 공자다.

"네. 그럭저럭 잘 지내고 있습니다."

"우선, 저희 가문과의 계약이 그리 순탄하지 않은 지금의 상황에 대해 사죄드립니다."

뭐, 당연히 사과해야 할 일이긴 하지.

하지만 이를 대놓고 티 내는 건 하수나 할 짓이지.

상인이라면 필요에 따라 가면을 쓸 수 있어야 한다.

뭐, 속으로 욕하기는 하지만.

"뭐, 어쩌겠습니까? 상황이 그렇게 되었는데 말입니다."

"이해해 주셔서 감사합니다."

나는 이해한다고 한 적은 없는데…… 뭐, 해석하기 나름이니까.

"그런데 어인 일이십니까?"

"아, 조부님과 아버지께서 대협을 모시고 오라고 하셨습니다."

본인들이 직접 찾아오지 않고, 내게 오라고 하는 건 마음에 들지 않지만 지경화 공자가 찾아왔으니 넘어가 주기로 했다.

"갑시다."

나는 그와 함께 지씨세가의 저택으로 향했다. 그리고 가주와 소가주를 만날 수 있었다.

"소상 은서호. 가주님과 소가주님을 뵙습니다."

"어서 오게나."

나는 그 앞에 앉았다.

"이렇게 저를 부르신 것은, 일전에 제가 드린 제안을 받아들이겠다는 의미로 생각해도 되겠습니까?"

내 물음에 가주가 헛기침을 했다.

"험, 험험. 그렇다네."

"변제할 돈을 마련하기 위해 이곳저곳 분주하셨던 건 저도 압니다. 그런데 일이 잘 해결되지는 않으셨던 모양입니다."

그는 대답이 궁색한 듯 시선을 피했다.

돈을 빌리기 위해 접촉해 봤자 무림대연회에 참석한 문파나 세가 사람들이겠지.

하지만 그들이 은자 삼백만 냥이나 되는 거금을 선뜻 빌려줄 리가 없다.

이전에도 말했지만, 무림의 문파나 세가들이 생각보다 그리 부유한 건 아니니까.

아…… 남궁세가라면 모르겠군.

"혹시 남궁세가에서도 거절당한 것입니까? 현재 가장 부유한 곳이라면 그곳일 겁니다만."

"험, 험험, 남궁세가에 머리를 굽힐 순 없지."

사실 지씨세가가 남궁세가에 손을 벌리지 않을 것임은 이미 알고 있었다.

그 자존심상 남궁세가에 머리를 숙일 수 있을 리가 없으니까.

"아무튼, 본가에서는 자네에게 돈을 빌릴 생각이네."

"우선 이걸 확실히 해야겠군요. 채무를 대신 변제해 주기를 원하십니까? 아니면 돈을 빌려주기를 원하십니까?"

"돈을 빌리겠네."

뭐, 돈을 빌려 채무는 변제하는 방식을 취함으로 우리 은해상단에 끌려가지는 않겠다는 건가?

상관은 없다.

손해는 아니니까.

하지만 따지고 보면 별반 차이가 없는데?

"좋습니다. 돈을 빌려드리겠습니다."

"얼마까지 가능한가?"

"얼마를 빌려드릴까요?"

내 물음에 대답한 자는 소가주다.

"은자 사백만 냥. 가능하겠는가?"

예상대로군.

내가 일전에 그들이 숨어 있던 낙양 외곽의 동굴에서 발견한 은자와 지씨세가에 대해 알고 있는 정보를 조합해서 예상한 액수 그대로다.

"가능합니다."

나는 고개를 끄덕이다가 이상함을 느꼈다.

잠깐.

그런데 왜 가주와 소가주, 지경화 공자밖에 없지?

이런 일에는 재정을 담당하는 내총관이 동석하게 마련인데.

섬서성이 그리 먼 곳도 아니니 충분히 올 수 있었을 테고.

나는 조심스레 물었다.

"그런데 내총관께서는 오지 않으시는 겁니까?"

"지금 새로운 내총관을 물색하는 중이네."

"일전의 내총관께 뭔가 변고라도 생기신 것입니까?"

"험험, 우리를 속였던 자들과 한패임이 드러났네. 그래서 뇌옥에 가둔 상태지."

"그러셨군요. 하지만 그 전에 내총관을 하신 분도 계실 텐데……."

"해고했네."

"그러면 그분을 다시 부르면 되지 않습니까?"

"미안해서 고개를 들 수가 있어야지."

염치가 있어 그러는 걸까? 아니면 자존심 때문에 그러는 걸까?

내가 볼 땐 후자다.

그래도 살아 있으니 다행인가?

"제가 진지하게 조언 드립니다. 그 내총관을 다시 모셔 오십시오. 오랜 시간 세가를 지탱해 오신 분입니다. 지금 세가를 정상화시키려면 그분이 꼭 필요합니다."

"……알겠네. 하지만 자네가 돈을 빌려주면 꼭 그 사람을 부르지 않아도 되지 않나?"

쯧쯧. 나는 속으로 혀를 찼다.

"제가 아무리 돈을 빌려 드린다고. 해도 그 돈을 어찌 쓰느냐에 따라 세가가 다시 어려워질 수 있습니다. 일이 잘못되면 담보로 맡긴 것이 넘어갈 수도 있죠."

"……알겠네."

나는 다음 화제로 넘어갔다.

"이제는 담보에 대해 이야기를 나누시죠."

"담보라니? 꼭 그럴 필요가 있나? 우리 지씨세가를 믿지 못하는 것인가?"

"그럼 가주님께서는 저에게 돈을 빌릴 것을 예상하셨습니까?"

"……."

"담보란 그런 거 아닙니까? 예상할 수 없는 위험으로부터 안전하기 위함입니다. 그리고 제가 좀 겁이 많아서 말입니다. 은자 사백만 냥은 제게도 상당한 거금입니다. 그리고 그 돈을 무사히 갚으시면 아무 문제 없는 거 아닙니까?"

"그, 그렇긴 하지."

"지금 세가의 재산 전체에 담보 설정이 되어 있을 것입니다. 제 말이 맞죠?"

"……맞네."

"그럼 그 담보 설정된 자의 권리자만 바꾸죠."

즉, 돈을 갚지 못하면 지씨세가의 모든 재산은 내 것이라는 의미다.

"이자는 일 할 오 푼으로 하겠습니다."

"그, 그렇게나 많이?"

"그게 뭐가 비쌉니까? 저잣거리에 가 보십시오. 삼 할, 사 할이 수두룩합니다."

"……."

"걱정하실 것 없습니다. 방금 말씀드렸듯이 그 돈을 다 갚으면 문제 될 건 없습니다."

사백만 냥이면 진짜 거금이다.

절약하고 또 절약해도 그 거금을 빠르게 갚는 건 힘들지.

그러니 저들은 상당한 기간 동안 내 눈치를 볼 수밖에 없다.

목줄을 잡히고 싶지 않다고 해도 결국은 목줄을 잡힐 수밖에 없는 것.

그래서 내가 따지고 보면 별반 차이가 없다고 하는 것이다.

그나저나 이 낙양의 저택이나 땅 같은 것을 팔면 채무를 좀 줄일 수 있겠지만, 저 자존심을 보니 그건 불가능하겠군.

"그럼 계약서를 작성할까요?"

나는 가주와 같이 계약서를 작성했고, 상호 수결하여 계약을 마쳤다.

"혹시, 채무를 줄이고 싶으신 생각 있으십니까?"

"응?"

"은자 열 냥 정도 줄여드릴 수 있습니다만."

"무슨 의미인가?"

"말 그대로입니다. 지씨세가가 이 위기를 똘똘 뭉쳐 이겨낼 수 있도록 모두의 정신을 다잡는 시간이 필요할 것 같아서 말입니다."

"음, 틀린 말은 아니네만, 그걸 제안하는 저의가 무엇인가?"

"저의라니요? 이 조항 보이십니까?"

그건 [지씨세가는 채무를 줄이기 위해 적극 노력하며, 은서호는 이를 적극 지원한다.]라는 조항이다.

"이 조항에 근거하여 드리는 말씀입니다."

"그, 그렇군."

"나쁘지 않은 제안입니다."

소가주의 말에 가주가 고개를 끄덕였다.

"좋네. 추진해 보도록 하게."

"감사합니다."

이걸로 향옥 누님을 초빙할 근거는 마련되었군.

그렇게 나는 지씨세가를 나섰다.

나를 배웅하기 위해 따라온 지경화 공자가 말했다.
"많이 참아 주셔서 감사합니다."
그래도 이 사람이 가장 깨어 있군. 세가의 미래가 암담하기만 한 건 아니라서 다행이다.
"그리고 저희 가문을 살려 주신 것 감사드립니다."
"앞으로 어떻게 하느냐에 따라 달려 있습니다. 아직 가문이 완전히 살아난 건 아닙니다."
"그건 압니다. 다만 급한 불은 껐으니까요."
지경화 공자도 가주와 소가주의 언행이 마음에 들지 않는 눈치로군.
"내일 비무에 나서시죠?"
"그렇습니다."
"그…… 조심하시기 바랍니다. 대협의 상대가 될 자에게는 좋지 않은 소문이 있습니다."

130장. 선협미랑

좋지 않은 소문이라니?

내 상대가 될 자는 청성파의 제자인 인봉 무사다.

인봉 도장이라고 해야 하나?

청성파는 도가 계열이니까.

어쨌든 그건 그렇고…….

"좋지 않은 소문이라니, 어떤 소문을 말씀하시는 것입니까?"

"하긴 청성파의 위치가 위치인 만큼 들어 보지 못하셨을 수도 있겠군요."

청성파는 사천성에 위치해 있으니까.

"사실, 인봉 무사가 귀신과 대화를 하고, 귀신에게 무공을 배운다는 소문이 있습니다."

"네?"

그건 또 무슨 소리야?

"저도 다른 이들에게 들은 거라 자세히는 모릅니다만, 그런 소문이 있다는 것은 아시는 게 좋을 것 같아 말씀드린 겁니다."

"알겠습니다."

나는 그에게 말했다.

"이제 그만 가셔도 됩니다. 저도 제 실력에 자신이 있고, 제 호위무사의 실력도 제법 뛰어나니까요."

"알겠습니다. 그럼, 배웅은 여기까지 하겠습니다. 조심히 가십시오."

그는 나에게 포권했다.

"대협의 무운을 빕니다."

"감사합니다."

그렇게 지경화 공자를 돌려보낸 나는 뺨을 긁적였다.

귀신을 부린다······.

인봉 무사에게 그런 소문이 있었나?

기억을 더듬어 보았지만, 떠오르는 게 없었다.

그에 대해 기억 나는 거라면 청성파에서도 꽤 높은 자리까지 올라갔던 인물이라는 것 정도다.

하지만 그와 친밀했던 것은 아니니 몰랐던 일이 있을 수도 있고, 내가 바꾼 미래로 인해 생긴 변화일 수도 있으니까.

"제가 한 번 알아볼까요?"

나를 호위하고 있던 서우 무사가 물었다.
"네?"
"방금 들은 말을 꽤 신경 쓰시는 것 같아서 말입니다."
서우 무사의 말에 나는 고개를 끄덕였다.
"네. 사실 좀 그렇긴 하네요. 하지만 우선 향옥 누님에게 물어보고요."
"알겠습니다. 같은 사천 지역이니 좀 더 잘 아실지도 모르겠군요."

잠시 후.
우리가 연풍객산에 도착했을 때 이미 객잔에는 아미파의 제자들이 도착해 있었다.
"왔느냐?"
"네. 어머니."
어머니께서는 나를 데리고 누군가에게 다가갔다.
"이분은 아미파의 장문인이시다. 장문인, 여긴 제 막내아들입니다."
"은서호입니다. 장문인을 뵙습니다."
내가 예를 갖춰 인사하자, 그녀가 정중히 인사를 받아주었다.
"아미파의 장문인을 맡고 있네. 이렇게 선협미랑 대협을 만나게 되어 반갑네. 실제로 보니 더 훤칠하고 잘생겼군."
"감사합니다. 부디 좋은 시간이 되시길 바랍니다."

그렇게 장문인과 인사를 나누고 향옥 누님에게 향했다.
"향옥 누님."
"그래, 왔니? 임시상단을 둘러보고 온 거구나."
"네. 그래서 조금 늦었습니다."
사실, 지씨세가를 다녀온 것 때문이지만 그건 이 자리에서 말할 게 못 되니까.
"묻고 싶은 게 있는데 나중에 돌아가시기 전에 잠시 제 객실에 들러 주십시오."
"알겠어."
"그럼 식사 맛있게 하십시오."
나는 용봉비무회 때의 교훈을 잊지 않고 잽싸게 객실로 올라갔다.
내가 있으면 아미파 제자들이 제대로 밥을 먹지 못하니까.
"후, 배고프네."
배를 문지르며 객실로 들어가려고 할 때, 팔갑이 나를 불렀다.
"도련님! 거기가 아닙니다요."
"응?"
"여깁니다요. 여기!"
팔갑이 나를 데리고 간 곳은 비어 있던 방이다.
그리고 그 방문을 연 순간.
"……!"
나는 깜짝 놀랄 수밖에 없었다.

방 안에는 맛있는 음식이 한가득 차려져 있었으니까.
"허! 뭐야?"
"분명 오시자마자 배고프다고 하실 것 같다고, 상단주님께서 지시하신 것입니다요."
"아버지께 감사하다고 말씀드려야겠네. 그런데 부모님은?"
"둘째 소단주님과 같이 이미 식사를 마치셨습니다요."
"그럼 우리만 안 먹은 거네?"
"그렇습니다요."
"얼른 먹자! 배고프다."
나는 고개를 돌려 기다리고 있던 이들에게 말했다.
"다들 고생하셨을 텐데, 어서 듭시다."
"네."
그렇게 우리는 배부르게 식사를 하고 내 방으로 돌아왔다.
그렇게 잠시 쉬고 있자 이필 무사의 목소리가 들려왔다.
"주군, 향옥 아가씨께서 오셨습니다."
"들어오십시오. 누님."
문이 열리고 향옥 누님이 들어오셨다.
"연회가 이제 끝난 겁니까?"
"아직 끝난 건 아니지만, 이제 막바지라서 미리 올라온 거야. 나중에 같이 돌아가야 하니까."
"그러시군요."

"그래서 나는 왜 보자고 한 거니?"

향옥 누님의 물음에 나는 자리를 권했다.

"우선 앉으십시오. 차 드릴까요?"

"괜찮아. 이미 아래에서 배부르게 마셨어."

나는 웃으며 마주 앉았다.

"알겠습니다. 그러면 바로 본론으로 들어가야겠군요. 제가 오늘 인봉 무사에 대해 묘한 소문을 들었습니다. 혹시 아시나 싶어서요."

"아아……."

누님은 고개를 주억이셨다.

"귀신과 대화를 하고 귀신에게 무공을 배운다는 소문 말하는 거니?"

"네. 알고 계시는군요."

누님은 잠시 생각하다가 입을 여셨다.

"서호야."

"네. 누님."

"그의 예선을 보며 무슨 생각이 들었니?"

나는 인봉 무사의 예선을 떠올렸다.

청성파의 무공은 세류표라는 신법을 기반으로 한다.

가느다란 버들잎이 회오리바람에 흩날리는 듯하다는 의미대로 그 신법은 유려하면서도 정형성이 없어서 자유롭다는 특징이 있다.

그래서인지 청성파의 무공들은 대부분 비슷한 특징을 가지고 있으며, 유독 무공 이름에 풍(風)자가 들어간 것들이 많았다.

"청성파 무공의 진수를 잘 보여 주는 것 같았습니다."

"맞아. 나도 그렇게 느꼈어. 하지만 조금 특이한 게……
지난번 사천 지역 연합 비무 때에는 그 정도가 아니었거든."

사천 지역은 험한 산맥으로 둘러싸여 있어서 그런지 서로 똘똘 뭉치는 경향이 강했다.

그래서 일 년에 한 번씩 사천 지역의 무가와 문파들이 모두 모여 비무를 하고 교류하는 행사를 가진다고 들었다.

"그때는 아직 일류 수준이었지."

"그렇다면 고작 일 년 만에 이 정도로 성장한 것입니까?"

"그래."

향옥 누님이 말을 이었다.

"아무래도 그런 비약적인 성장 때문에 귀신에게 무공을 배운다는 그런 소문이 났을지도 모르겠네."

"그럼, 귀신과 대화한다는 소문은요?"

"글쎄다? 그건 나도 잘 모르겠네."

누님이 말을 이었다.

"너는 내가 남 말하는 거 좋아하는 성격으로 보이니?"

"하하하. 아뇨."

"그런데 대체 내게 뭘 바라고 묻는 거니?"

"그렇군요. 소제의 우문이었습니다."

그래도 덕분에 의문 하나는 풀렸지만, 그 의문은 또 다른 의문을 불렀다.

일 년 만에 이룩한 비약적인 성장.

그게 어떻게 가능할 수 있었는지에 대한 의문이다.

"향옥아! 이만 가자!"

그때 밖에서 누군가 향옥 누님을 부르는 소리가 들렸다.

해청신니의 목소리군.

"스승님이 부르시네. 그럼 난 이만 가 볼게."

"네, 누님. 같이 내려가시죠."

"그래, 내일 비무지? 무운을 빈다."

"감사합니다."

나는 누님과 함께 객잔 일 층으로 내려갔다. 아미파 장문인을 비롯한 이들을 배웅해야 했으니까.

"융숭한 대접에 감사드립니다."

"아닙니다. 조카가 좋은 모습을 보였는데, 어찌 백부가 되어 축하하지 않을 수가 있겠습니까?"

"하하하, 그것도 그렇지만 맛있는 음식을 먹었으니 감사할 따름입니다. 그럼 이만 가 보겠소이다."

"살펴 가십시오."

그렇게 우리는 그들을 배웅하였다.

그리고 난 일찍 잠자리에 들었다.

.

.

.

나는 평상시처럼 눈을 뜨자마자 운기조식을 시작했다.

그리고 한층 상쾌해진 몸과 마음으로 자리에서 일어나 창문을 열었다.

"꾸이!"

금령이가 내 어깨 위로 올라와 꾸이거렸다.

"그래, 나도 알아."

창문 아래로 보이는 뒷마당에 누군가 서 있었다.

신기변용술로 모습은 바뀌었지만, 누군지 알 것 같았다. 이전에 우연히 본 적이 있으니까.

나는 서둘러 장포를 걸치고 창문을 통해 뒷마당으로 뛰어내렸다.

탓.

그리고 조용히 미소를 지으며 포권했다.

- 이런, 그냥 응원만 하고 가려고 했더니, 들켰군요.

사부님의 전음에 나 역시 전음을 보냈다.

- 응원 감사드립니다.

- 현재 설풍궁의 상황을 그 누구보다 잘 알고 계시니, 다른 말은 하지 않겠습니다. 부디, 다치지 마시고요.

- 알겠습니다.

- 그럼 저는 이만 가 보겠습니다. 길게 있어서 좋을 건 없으니까요.

그렇게 사부님께서는 순식간에 사라지셨다.

솔직히 여쭤보고 싶은 게 많았지만, 이곳에서 해야 할 정도로 급한 건 아니다.

이곳은 무림맹의 본거지인 낙양.

아무리 신기변용술을 썼다고 해도 조심하는 게 좋지.

한편으로는 그런 와중에도 내 응원을 위해 이렇게 객잔까지 오신 사부님의 그 마음이 느껴져 나도 모르게 미소가 지어졌다.

그리고 마음이 든든해졌다.

그럼, 몸을 좀 풀어 볼까?

나는 아침을 먹고 비무장으로 향했다.

이미 가는 길에 가족들에게 엄청나게 많은 응원을 받았는데, 그 응원은 비무장에 도착해서도 끝나지 않았다.

"은 소단주! 건투를 빕니다."

"몸 다치지 마시고요."

"승리를 기원하겠습니다."

"허허허, 자네의 무위를 기대하겠네."

여러 상단의 소단주들을 비롯해 친분이 있는 많은 사람들이 나를 응원해 주었기 때문이다.

그게 살짝 부담스럽기도 했지만 그래도 기분은 좋았다.

나는 여느 때처럼 가족들과 같이 자리에 앉았고, 금연화 대주가 비무대에 올라오며 비무의 시작을 알렸다.

.
.
.

오전의 비무가 끝나고 점심시간이 되었다.

나는 점심을 먹기 전에 임시상점을 둘러보러 상업 구역으로 향했다.

오후에 내 비무가 있다고 해도 나는 상인이다.

내 본업을 소홀히 할 수는 없지.

그런 생각으로 상업 구역으로 향했는데, 그곳에서도 수많은 사람들의 응원을 받았다.

"오늘 비무, 힘내십시오!"

"하하하, 감사합니다."

"무운을 빕니다."

"네, 감사합니다."

그렇게 임시상점을 둘러본 후 팔갑에게 조용히 물었다.

"내가 이렇게 인기가 많았어?"

내 물음에 팔갑이 웃었다.

"그걸 이제야 아셨습니까?"

"어…… 밥 먹자."

그렇게 객잔으로 돌아와 식사를 하고 다시 연무장으로 향했다.

이미 가족들은 연무장에 와 있었다.

각각 모임이 있었기 때문인데, 이제 무림대연회도 슬슬 막바지인 만큼 모임이 좀 더 많아진 느낌이다.

그리고 오후의 비무가 시작되었고, 어느새 내 차례가 되었다.

"오늘의 마지막 비무입니다! 우선 청성파의 제자 인봉! 이에 맞서는 자는 맹주님께서 추천하신 무사입니다! 은해상단의 은서호!"

"와아아아아!"

사람들의 함성이 울려 퍼졌다.

나는 심호흡을 하고 자리에서 일어나 아버지와 어머니를 바라보았다.

아무 말 없이 고개를 끄덕이시는 두 분의 눈빛에서 걱정과 동시에 신뢰의 감정이 느껴졌다.

"서호야."

진호 형이 부르는 소리에 고개를 돌렸다.

"얼른 올라가라. 사람들이 기다린다."

"……."

이전의 복수인가?

나는 피식 웃으며 맞받아쳤다.

"형이 부르지 않았으면 벌써 올라갔을 거야."

"쳇!"

진호 형이 혀를 찼고, 나는 웃으며 말했다.

"다녀올게."

팔갑과 서향 소저, 그리고 내 호위무사들의 응원을 받으며 비무대 위로 올라갔다.

그리고 몸에 일곱 개의 패를 달고 인봉 무사와 인사를 주고받았다.

"잘 부탁드립니다."

"저야말로, 잘 부탁드립니다."

그리 대답하는 인봉 무사의 눈빛이 단단해 보였다.

둥!

북소리가 들렸다.

나는 검을 뽑아 기수식을 취했다.

내 손에 들린 은무검이 날카로운 예기를 발했다.

은무검은 그 사용자에 따라 모양을 바꾼다고 했기에 안심하고 이 자리에 들고 나왔다.

태음빙해신공을 사용하지 않는 이상, 그 진면목을 드러내지 않으니 다른 이들이 알아차릴 가능성은 없다.

나는 이번 비무에 태음빙해신공과 진설십이식검법 대신 천류공과 천류빙검을 사용할 거니까.

인봉 무사 역시 기수식을 취했다.

동시에 내 귓가에 바람 소리가 들리는 듯했다. 바람 한 점 불지 않는데도 말이지.

곧 인봉 무사의 신형이 움직였다.

그리고 코끝에 느껴지는 소나무의 향기.

청성파의 검법인 송풍검법이다.

그들의 대표적인 신법인 세류표는 그 명성대로 예측하기 힘들 정도로 현란한 움직임을 보여 주었다.

챙-!

하지만 그걸 막지 못할 내가 아니다.

챙! 챙! 챙!

간신히 막아 내는 척하고 있지만, 속으로는 여유롭게 상대를 파악했다.

알겠군.

그 움직임이 불규칙적이라 예측하기 힘들다고 해도, 규칙이 아예 없지는 않지.

몇 번의 충돌을 통해 나는 그 규칙을 알아내었다. 그것만 알아차리면 그 틈을 파고드는 건 어렵지 않다.

인봉 무사와 나의 경지 차이가 뚜렷한데, 그 정도도 파악하지 못하면 안 되지.

까가강! 챙!

나는 그 규칙에 맞춰 검을 휘둘러 인봉 무사의 검을 막아냈다.

이에 인봉 무사의 눈빛이 살짝 흔들렸다.

이변을 알아차린 것.

나는 검을 단번에 쳐 내지 않고 길게 누른 후 그걸 쳐 내며 틈을 만들었다.

그리고, 몸을 날렸다.

슉!

실전이라면 검기를 날리는 게 더 낫지만, 친선비무에서 검기는 금지다.

검기를 사용하게 되면 패만 잘리는 게 아니라 크게 다칠 수 있기 때문이다.

그래서 지금까지 비무를 펼친 이들이 검기를 사용하지 않은 것이다.

내 검날이 왼쪽 다리의 패를 노리는 척하다가 방향을 바꾸었다.

그대로 검병을 위쪽으로 당겨 인봉 무사의 오른쪽 어깨

에 달린 패를 부수었다.

퍼억!

"와아아아아!"

사람들의 환호가 들렸다. 그리고 우리 은해상단 사람들의 목소리도 들렸다.

"제국 최고의 미남! 은서호 도련님! 오늘 그 미모가 제대로 빛납니다요! 척과영거(擲果盈車)의 전설을 한번 만들어 봅시다요!"

"……."

저기, 팔갑아. 너는 조용히 하고.

팔갑의 목소리는 제법 컸고, 그 소리를 들은 이들이 웃음을 터트렸다.

나는 괜히 머쓱해져서 인봉 무사에게 말했다.

"그, 죄송합니다. 제 시종이 좀 열의가 지나친 면이 있습니다."

"아닙니다. 좋은 시종을 두셨군요."

부드러운 표정으로 답하는 인봉 무사.

겉으로 보기에는 좋은 사람이네.

"그럼……."

"네. 다시 시작하죠."

순식간에 우리는 다시 서로 검을 휘둘렀다.

이 자리는 비무를 위한 곳이지, 즐겁게 담소를 나누기 위한 장소는 아니니까.

그렇게 서로 공방을 주고받기를 여러 차례.

나는 일부러 빈틈을 보여 패를 몇 개 내주었다.

하나도 패를 내주지 않고 압도적으로 이겨 버린다면 내 밑천을 다 드러내는 셈이니까.

무림맹에 복수하기 위해서는 내 무위를 전부 내보여서는 안 된다.

인봉 무사를 기만하는 것 같아 미안했지만, 이쪽도 사정이 있어서 말이지.

뭐, 나중에 좀 챙겨 주거나 도와주면 되니까.

나는 서로의 힘이 비등하여 팽팽해 보이는 척하기 위해 일부러 시간을 끌었다.

그런데…… 왜 상대가 지친 것 같지?

벌써 저러면 안 되는데?

"후우, 후욱……. 체력이 상당하시군요."

"네?"

"사실 저도 체력 면에서는 뒤지지 않는다고 자부하는데, 대협에 비하면 어린아이군요."

어라? 이게 아닌데?

"더 싸워 보지 않아도 결과는 뻔합니다. 저는 기권하도록 하겠습니다. 솔직히…… 더 이상 검을 들 힘도 없습니다."

그의 손은 덜덜 떨리고 있었고, 검을 잡은 손바닥이 찢어졌는지 피가 줄줄 흐르고 있었다.

그는 납검하고는 힘겹게 팔을 움직여 내게 포권했다.

"덕분에 면을 세울 수 있었습니다. 좋은 승부였습니다."

그렇게 그는 그대로 비무장에서 내려갔다.

"아니, 저, 저기, 그렇게 쉽게 포기하는 건······."

그때 금연화 대주가 비무장 위에 올라왔고, 내 승리를 선언했다.

"첫 번째 본선의 마지막 비무 승자는, 은해상단의 은서호!"

"와아아아아!"

나는 사람들의 환호성 속에서 머쓱한 표정으로 내려왔다.

"저, 다녀왔습니다."

"그래, 고생했다."

진호 형이 내 등을 팡팡 치며 말했다.

"역시! 네 승리는 예상했지."

"하하하. 그, 그래?"

그런데 왜 뒷간에 다녀왔는데, 뒤 안 닦은 기분이 드는 걸까?

나는 고개를 돌려 무림맹주를 보았다.

맹주는 뭔가 흡족한 표정으로 고개를 주억이고 있었다.

원래 계산으로는 내 패가 두 개 정도 남았을 때 상대의 마지막 패를 제거해서 극적인 승리처럼 보이게 하려고 했다.

그런데 내가 간과한 것이 있었다.

그건 바로 내 체력이다.

사부님께서 워낙 빡세게 굴리신 덕분에 이제 체력적으

로는 그 누구와 견줘도 부족하지 않을 정도다.
 게다가 그 덕분에 강해진 근력과 빨라진 속도까지.
 분명히 이겼는데 왜 슬프지?
 하긴, 세상일이 다 내 마음대로 되는 건 아니니까.
 그렇게 오늘의 비무가 마무리되었다.

 오늘 비무를 하느라 피곤하지만, 내 본업을 내팽개칠 수는 없지.
 나는 객잔으로 바로 돌아가지 않고 상업 구역으로 향했다.
 "소단주님! 승리 축하드립니다."
 "감사합니다."
 "활약이 아주 대단했습니다."
 "하하하. 부끄럽네요."
 나와 친분이 있는 상인들이 내가 지나갈 때마다 다가와 축하를 건넸다.
 그들과 웃으며 인사를 주고받다 보니 어느새 우리 은해상단의 임시상점에 도착했다.
 그리고 매출 및 상황을 보고받았다.
 아주 순조롭군.
 그렇게 두 군데의 임시상점의 시찰을 마치고 돌아오는 길.
 그때 내 귀를 잡아끄는 소리가 있었다.

"내 그럴 줄 알았지! 너 대신 내가 비무를 했다면 그 상인 자식쯤은 한 방 거리도 안 되었을 거야!"

"그러니까 말야. 왜 너 따위가 우리 청성파를 대표해서 비무에 나선 건지……."

"너 때문에 우리 청성파의 명예가 실추되었잖아!"

"네가 부리는 귀신에게 부탁하지 그랬냐? 귀신님, 제가 이기게 해 주세요. 하고 말이지. 하하하."

"야, 너무 놀리지 마라. 애 운다."

이거 아무리 생각해도 내 이야기를 하는 것 같은데?

내 호위무사들도 이를 알아차린 것인지 얼굴에 불쾌감이 떠올랐다.

"저는 괜찮습니다. 그러니 자중하세요."

"알겠습니다."

팔갑이 조심스럽게 물었다.

"그래서 어찌하실 겁니까요?"

"어찌하긴, 내 이야기를 하는 건데 조금 더 들어 봐야지. 너도 알다시피 내가 오지랖이 좀 넓잖아."

물론 나를 비난하는 것을 들은 이상, 오지랖이라고 치부할 수만은 없다.

"곽 부관께서는……."

내 말에 그녀는 고개를 저었다.

"그냥 여기 있을게요. 뭔가 재미있는 구경을 할 수 있을 것 같네요."

그런 그녀의 얼굴에 떠오르는 것은 장난기가 느껴지는 미소.

분명 예전에는 꽤 몸을 사리는 것 같았는데, 최근 들어 성격이 좀 변한 듯했다.

살짝 적극적으로.

물론 그게 나쁘다는 건 아니다.

병약한 몸으로 하루하루를 버티며 힘겹게 살아가던 모습과 비교하면 이런 모습이 훨씬 낫지.

그리고 솔직히…… 그녀의 그런 변화가 싫지는 않다.

흠흠.

서향 소저에 대해 떠올리자 얼굴이 붉어지는 것이, 나는 뭔가 민망해져서 고개를 돌리며 말했다.

"그럼, 가 볼까요?"

소리가 들리는 곳으로 다가가자, 인적이 드문 곳에 대여섯 명이 모여 있었다.

그들은 모두 청성파의 도복을 입고 한 사람을 둘러싸고 있었다.

예상대로 그 가운데 있는 자는 나와 비무를 했던 인봉 무사였다.

가면서 들리는 이야기를 종합해 보면, 나와의 비무에서 패배한 것 때문에 일방적으로 비난을 받고 있었다.

그리고 그 비난의 강도는 내가 가까이 다가갈수록 점점 강해졌다.

"이런 근본도 모르는 새끼를 애초에 청성파에 들인 것부터가 잘못이었지."
"맞아. 음침하고 재수 없는 자식!"
"그만해! 나를 모욕하는 것은 몰라도, 스승님을 모욕하지는 말라고!"
"뭐래? 이 자식은?"
"뭐, 나름 스승과 제자라고 서로를 감싸나 보지."
"푸하하하하!"
"내 스승님을 모욕하지 마!"
"이 재수 없는 자식이 어디서 소리를 질러!"

그 모습이 마음에 들지 않았는지 한 제자가 검집째 검을 들어 휘둘렀다.
그때였다.
슉!
그의 검집이 검에서 빠지며 우리 쪽으로 날아왔다.
팔갑이 몸을 피하는 척 검집이 날아오는 쪽으로 몸을 날렸다.
톡!
"아이고! 나 죽네! 아이고!"
팔갑은 마치 죽을 것처럼 호들갑을 떨었다.
하지만 내 눈에는 잘 보였다.
검집이 힘을 잃고 떨어져 내리는 것이기에 별 타격이 없었을 터.

그러나 팔갑은 나를 위해 일부러 검집에 맞았고, 저렇게 호들갑을 떠는 것이다.

내가 이 상황에 개입할 수 있는 명분을 만들어 주기 위해서.

역시 팔갑이야.

팔갑의 호들갑에 놀란 청성파의 도사들이 다가왔고, 당황한 표정이 되었다.

누가 봐도 그들이 행인을 폭행해 버린 상황이니까.

"죄송합니다."

"정말 죄송합니다."

다들 죄송하다고 사죄하는 상황에서 한 제자가 목을 빳빳이 세우고 퉁명스럽게 말했다.

"그러니까 누가 이곳으로 지나가라고 했습니까?"

뭐지? 이 싸가지로 제기차기하는 놈은?

그 말에 다른 제자들이 놀라 얼른 그를 만류했다.

"야! 그게 무슨 소리야?"

"우리 잘못은 맞잖아! 얼른 사과드려!"

"솔직히 내 잘못은 아니잖아?"

"야! 금봉! 네 검집이거든!"

나는 웃으며 말했다.

"이곳을 우연히 지나가게 된 우리의 잘못인지 아니면 허가되지 않은 곳에서 무기를 들고 다툰 청성파 제자분들의 잘못인지 판단하기 어렵군요. 그러니 이곳으로 무림맹의 순찰대를 불러 잘잘못을 따져 보는 건 어떻겠습니까?"

내 말에 그들의 얼굴은 새파랗게 질렸다.

무림대연회 기간에 낙양에서 허가 없이 무기를 뽑아 난동을 부리면 뇌옥으로 끌려가게 되니까.

검집을 씌웠다고 해도 행인이 맞은 이상 폭행이나 난동 혐의는 피할 수 없다.

"그, 그건······."

"제발 그것만은······."

그리되면 이후에 벌어질 상황은 뻔했기에 그들은 무릎까지 꿇어 가며 사죄했다.

금봉이라는 자는 다른 제자들에 의해 억지로 무릎이 꿇려졌지만, 여전히 고개는 빳빳했다.

뻔하군.

저런 경우는 보통 뒷배가 있기 마련이다.

그 뒷배를 믿고 저렇게 오만방자하게 구는 것.

"모두 일어나십시오. 제가 이런 사소한 동문들끼리의 싸움 때문에 신고하겠습니까?"

내 말에 청성파 제자들의 안색이 밝아졌다.

"저, 정말 눈감아 주시는 겁니까?"

"네. 마침 순찰대에 제가 아는 분이 계셔서 부르면 금방 오시긴 하지만 이번은 불문에 부치겠습니다."

"감사합니다!"

"정말 감사합니다."

"대신, 제 시종에게 제대로 사과하십시오."

내 말에 그들은 팔갑에게 사과를 했고, 팔갑은 흔쾌히 사과를 받아 주었다.

뭐, 애초에 다치지도 않았으니까.

"그런데, 제가 이곳을 지나가다가 뭔가 간과하지 못할 이야기를 들었습니다."

나는 말을 이었다.

"분명, '너 대신 내가 비무를 했다면 그 상인 자식쯤은 한 방 거리도 안 되었을 거야!'라고 했던 것 같은데 말입니다."

내 말에 그들은 민망한 표정으로 시선을 피했다.

그때 금봉이라 불린 자가 말했다.

"네, 그 말 제가 했습니다."

와우, 당당하군.

"그러셨군요. 그런데 아무래도 그 말을 제가 정정해야 할 것 같아서 말입니다."

"네?"

"금봉이라고 하셨나요? 그쪽은 저와 검을 맞대면 삼 초도 못 버팁니다."

내 말에 그의 얼굴이 일그러졌다.

"어찌 그런 막말을 하시는 겁니까?"

"그러는 금봉 도장께서는 무슨 근거로 그런 말을 하신 겁니까?"

"제가 인봉 저 자식보다 강합니다! 그러니 당연한 거 아닙니까?"

"단단히 착각을 하고 계시는군요."
"뭐라고요?"
나는 미소 지으며 말을 이었다.
"청성파의 어른들께서 인봉 무사를 비무에 내보낸 건 그만한 자격이 있기 때문입니다. 이에 대해 힐난한다는 것은 즉, 그 결정을 한 어른들을 힐난하는 것과 마찬가지지요."
"……."
내 말에 그들은 고개를 숙였다.
틀린 말은 아니니까.
하지만 금봉이라는 자는 여전히 못마땅한 표정으로 반발했다.
"그래도 저는 인정할 수 없습니다. 저라면 아까 그때처럼 기권하지 않고 끝까지 싸웠을 겁니다! 그래서 승리를 쟁취하여 청성파의 명예를 높였을 겁니다!"
그 말에 속으로 헛웃음을 지었다.
정말 아무것도 모르는군.
"그러면 답은 간단하군요. 그 검을 들어 저를 향해 공격해 보십시오."
"네?"
"할 수 있는 가장 강한 공격을 해 보십시오."
"후회할 텐데요?"
나는 미소 지었다.
"그래서, 이대로 물러나면 오늘 밤에 잠이 오시겠습니까?"

내 말에 그는 검병을 잡았다.

"잠이 오지 않겠지요."

그리고 비릿하게 웃었다.

"먼저 제안한 건 그쪽이니, 다쳐서 다음 비무에 나가지 못해도 내 잘못은 아닙니다."

"그런 건 신경 쓰지 않아도 됩니다."

"흐흐. 그렇단 말이죠."

그는 검을 들어 기수식을 취했다.

검에 담긴 살기가 아주 찌릿찌릿한 것이 긴장…… 되지가 않는군.

내가 본 금봉 무사의 무위는 절정에 갓 오른 정도였다.

그것도 자연스럽게 본인의 깨달음과 노력으로 넘은 것이 아니라, 강제적으로 절정에 오른 듯했다.

하지만 인봉 무사는 자연스럽게 절정의 경지에 다다랐지.

한 단계, 한 단계, 차근차근 올라온 자와 그렇지 않은 자는 차이가 나기 마련이다.

그 차이 중 하나가 바로 검기의 밀도.

지금 저자의 검에 맺힌 흐릿한 검기가 이를 증명하고 있었다.

"흐아아아아압!"

금봉은 기합을 내지르며 나를 향해 쇄도했다.

쐐애애애액!

세류표다.

그러나 이미 그보다 한 수 위인 세류표를 본 나에게 별

감흥은 없었다.

 나는 가볍게 손을 내밀어 중지를 튕겨 그의 이마를 쳤다.

 따악!

 "커헉!"

 그가 낼 수 있는 최대한의 힘으로 나를 향해 검을 내리쳤지만, 그 검은 내 옷깃도 스치지 못했다.

 다만 내 손가락에 이마를 맞고 뒤로 튕겨 나갔을 뿐.

 데구르르.

 음, 구르기는 아주 제대로네.

 마치 끈 떨어진 인형처럼 그렇게 땅을 구른 그는 멍한 표정을 지었다.

 자신에게 벌어진 일이 이해되지 않는 거겠지.

 나는 그런 그에게 다가갔다.

 "안타깝군요. 한 방으로 끝내지 못했네요."

 "……."

 "근거 없는 말은 함부로 내뱉는 게 아닙니다. 여러분이 인봉 무사에게 왜 그리 대하는지는 잘 모릅니다만, 인봉 무사도 여러분과 같은 청성파의 제자입니다. 그리고 여러분 중에서 가장 강한 무사입니다."

 "……."

 "제 생각에 여기 있는 분 중에 인봉 무사와 다섯 초 이상 싸울 수 있는 사람은 없습니다."

 "……."

 "인봉 무사가 기권한 것을 두고, 모욕하지 마십시오.

인봉 무사가 기권한 건 저에 대한 존경의 의미였습니다. 이를 두고 계속해서 모욕하고 힐난한다면 그건 저에 대한 모욕과 힐난으로 간주하여 정식으로 청성파에 항의하겠습니다."

내 경고를 알아들은 것인지 그들의 표정이 굳어졌다.

나는 고개를 돌려 인봉 무사에게 말했다.

"참는 것만이 능사가 아닙니다. 뭣하면 정식으로 비무를 신청하여 밟아 주는 것도 방법이지요."

"하지만……."

나는 그에게 전음을 보냈다.

- 결코, 말로 해서는 들을 자들이 아닙니다. 솔직히 사람이 쉽게 반성한다면 세상에 악인이 그리도 많겠습니까? 그러니 그만 헛심 빼고 제대로 밟으십시오.

"……!"

- 청성파 역시 무림문파이니 강한 것이 최고입니다. 저자에게 어떤 뒷배가 있든 말입니다.

이 조언은, 아까 비무 때 인봉 무사를 기만한 것에 대한 사죄의 의미이기도 했다.

현명한 자라면 내 충고에 담긴 의미를 알아챘겠지.

나는 고개를 돌려 모두를 보며 말했다.

"그럼 이제 그만 숙소로 들어가시는 편이 좋을 겁니다. 밤이 깊어지면 치안은 더욱 안 좋아질 테니까요. 쓸데없는 시비라도 걸렸다가는 사문의 명예를 떨어트릴 수도 있습니다."

"알겠습니다."

"아, 제가 여러분을 청성파 분들이 머무는 곳까지 데려다드리죠."

내가 그런 제안을 한 이유는 대체 누가 금봉의 뒷배인지 궁금했기 때문이다.

"그, 그렇게까지 하지 않으셔도 됩니다."

"아닙니다. 이것도 인연이니 그냥 갈 수는 없지요. 걱정하지 마십시오. 제 시종을 다치게 한 일은 불문에 부치기로 하지 않았습니까?"

"……"

"그럼 갑시다."

그렇게 나는 그들을 데리고 움직였다.

그들이 머무는 곳은 생각보다 거리가 있었다.

인봉 무사를 괴롭히기 위해 이렇게까지 멀리 오다니, 참 쓸데없는 열정이군.

곧 우리는 한 객잔에 도착했다.

청벽객잔(靑壁客棧).

그곳은 청성파가 운영하는 객잔이다. 아미파는 객잔과 계약을 맺었지만, 청성파는 아예 객잔을 운영하고 있는 것.

그리고 그 객잔을 숙소로 사용하는 것이다.

그때 누군가 객잔 밖으로 나왔고, 그를 본 제자들의 표정이 굳었다.

"자, 장문인."

"저기, 장문인, 그것이……."

아, 저 사람이 장문인이구나.

그는 나를 알아본 듯 반갑게 맞아 주었다.

"이게 누구인가? 선협미랑 대협 아닌가?"

"소상 은서호가 장문인을 뵙습니다."

"만나서 반갑네. 그런데 어인 일로 본문의 제자들과 함께 오는 것인가?"

그때였다.

"장문인! 이자는 선협미랑이라 불리고 있지만, 모두가 그에게 속고 있습니다!"

엥?

나는 순간 당황했다.

아니, 뒷배를 믿고 뭔가 할 거라고는 생각했지만, 이 정도라고?

다른 제자들도 비슷한 생각이었는지 헛숨을 들이켰다.

장문인이 표정을 굳히며 그에게 물었다.

"그게 무슨 말이더냐?"

"이자가 갑자기 저희에게 찾아와 시비를 걸고 저를 공격했습니다!"

아, 아니, 와…… 나 진짜 어이가 없네.

나와 부딪히게 된 일은 비밀로 해도 모자랄 판에, 그걸 여기서 먼저 꺼낸다고?

그리고 조금만 조사하면 거짓임이 드러날 텐데 대체 무슨 생각으로 이런 대책 없는 짓을 벌이는 거지?

"선협미랑 대협⋯⋯ 금봉의 말이 사실인가?"

그는 나를 향해 싸늘한 표정으로 되물었다.

"내 아들, 금봉의 말이 사실이냐고 물었네."

엥? 내 아들이라고?

아아, 저자가 그래서 이렇게 오만한 거였군.

청성파는 다른 도가 계열의 문파와 다르게 혼인이 가능하다. 그리고 그 사이에서 낳은 자녀를 청성파에 입문시키는 것도 가능하지.

아버지가 청성파의 장문인일 줄은 몰랐군.

그런데 장문인께서는 제법 나이가 있으신데, 늦게 본 아들인가?

"사실 그 일은⋯⋯."

"아니! 변명은 되었네! 내 아들이 나에게 거짓말을 할 리가 없으니 말이지."

아들의 말만 믿고 저렇게 분노한다고?

장문인이나 되는 분이, 수양이 부족하신 건가?

한편, 이 모습을 보니 금봉이라는 자가 왜 그리 오만방자했는지도 알 것 같다.

스릉.

그는 허리에서 검을 뽑아 내게 겨누었다.

"내 아들이 당한 모욕은, 내가 직접 씻겠네! 당장 검을 들게!"

"저, 그게⋯⋯."

"무엇 하는 것인가? 당장 검을 들라니까!"

소란을 들었는지 객잔 안에서 청성파의 도사들이 나와 그를 만류했다.

"장문인! 왜 이러십니까? 무슨 사정인지 좀 들어 보고 그러셔도 늦지 않습니다."

"맞습니다. 흥분을 가라앉히시죠."

"시끄럽네! 나는 내 아들에게 수치를 준 자를 절대 용서할 수 없네."

에휴······.

내일도 비무가 있는데, 여기서 힘을 쓰게 생겼네.

나는 속으로 한숨을 삼키며 그에게 말했다.

"장문인, 장소를 옮기는 게 좋을 듯합니다. 여기서 저희가 검을 맞대면 다른 이들이 다칠 수 있습니다."

"흠, 그 말은 일리가 있군. 나를 따라오게."

그를 따라 도착한 곳은 청벽객잔의 뒷마당이었다.

청성파가 운영하는 곳이어서 그런지 수련할 수 있도록 꽤 넓은 공간을 마련해 둔 듯했다.

"그럼, 이제 검을 들게! 더 이상은 장소 변명은 하지 못할 터이니!"

"네, 그러죠."

그때 서우 무사가 말했다.

"주군, 제가 대신 검을 들겠습니다."

"아닙니다. 비무를 강요받은 건 저입니다. 그러니 제가 검을 드는 게 맞습니다."

나는 그를 뒤로 물리며 검을 뽑았다.

스르릉.

검집에서 검이 빠져나오는 소리가 서늘하다.

"내 오늘 진짜 청성의 검이 무엇인지 보여 주지."

그나저나 뭔가 정상이 아닌데?

아무리 아들에 대한 사랑이 대단하다고 해도, 이렇게까지 아들의 말을 맹목적으로 신뢰한다고?

아버지도 내 말을 무조건적으로 들어 주시지는 않는데 말이지.

왠지 장문인의 모습이 아들을 너무 사랑하고 각별하게 여겨서 그런 것보다는, 윗사람의 말에 무조건 복종해야 하는 아랫사람처럼 느껴졌다.

그는 도가 계통인 청성파의 장문인.

아까는 그냥 수양이 부족하다고 생각하고 넘겼지만, 그게 아닐 수 있다.

"먼저 가도록 하지!"

슉!

그때 그가 나를 향해 검을 휘두르며 달려왔다.

확실히 그의 세류표는 인봉 무사와는 수준이 달랐다.

까앙-!

내가 그의 검을 막아 낸 그때!

"……."

나는 순간적으로 흑도의 기운을 느꼈다.

청성파의 장문인에게서 흑도의 기운이 느껴졌다고? 이게 가능이나 한 일인가?

하지만 그의 기운 자체에서 느껴지는 것은 아닌 것 같았다.

그렇다면 흑도와 깊은 관련이 있는 것은 아닌 듯한데…….

나는 그의 검을 힘겹게 막아 내는 척하며 일부러 넘어졌다.

"일어나게."

그 말에 나는 자리에서 일어나 정중히 부탁했다.

"장문인, 아무래도 제가 오늘 단단히 망신을 당할 것 같아 하나만 부탁드리고자 합니다."

"뭔가?"

"저도 제 일행을 물릴 테니, 청성파의 다른 사람들도 물려 주셨으면 합니다."

그는 흔쾌히 고개를 끄덕였다.

"뭐, 그건 어렵지 않지. 모두 자리로 돌아가라!"

나 역시 내 일행에게 말했다.

"여러분도 잠시 자리를 비워 주세요."

호위무사들은 걱정스러워하는 얼굴이었지만, 내가 걱정 말라는 표정을 짓자 순순히 물러났다.

"알겠습니다."

그렇게 뒷마당은 나와 장문인, 이렇게 둘만이 남게 되었다.

"그럼, 다시 검을 들게."

"네."

내가 이 자리에 둘만 남겼다고 한 이유.

아무래도 태음빙해신공을 사용해야 할 것 같았기 때문이다.

그리고 내 실력도 어느 정도 드러내야겠고.

그런데 그것을 청성파의 다른 사람들이 알게 해서는 안 된다.

오늘 비무에서는 물론이고, 세간에 내 실력을 숨겼다는 것이 알려지면 여러모로 난감해진다.

그렇다고 이 상황에서 순순히 사죄하고 물러날 수도 없는 상황.

그럼, 한 번 해 볼까?

나는 은무검에 태음빙해신공의 기운을 가득 담아 장문인의 검과 부딪혔다.

챙챙챙챙!

아까와 다르게 전력을 다한 덕분에 장문인과 비등비등한 대결을 이어 갈 수 있었다.

하여 장문인이 눈치채지 못하게 내 기운을 그의 검을 통해 조금씩 체내로 집어넣을 수 있었다.

그러자 그에게서 느껴지던 흑도의 기운이 조금씩 사라지기 시작했다.

마침내 흑도의 기운이 말끔하게 사라지고, 청성파의 정순한 기운만이 남았을 때.

"허억!

갑자기 장문인은 뒤로 물러났고, 고개를 들어 나를 보

앉다.

뭔가 얼떨떨한 표정.

나는 미소 지으며 물었다.

"이제 정신이 드십니까?"

그는 잠시 상황을 파악하는 듯 멍하니 있다가 고개를 끄덕였다.

"근래 이렇게 정신이 맑았던 것은 처음이네. 이는 필시 자네 덕분이겠지."

나는 대답 대신 미소를 지으며 검을 집어넣었다.

"그런데 내 이상함을 어찌 알아차린 것인가?"

"제가 다른 사람의 기운을 감지하는 능력이 제법 뛰어납니다. 그리고 제가 익힌 천류공의 공능 덕분에 정신을 차리신 듯합니다."

"그런가……."

"그리고 장문인의 반응이 이상하다고 생각했습니다. 아무리 금봉 도장의 아버지라고 해도 그렇게까지 맹목적으로 반응하는 것은 너무 부자연스러우니까요."

"그랬군. 이렇게 정신을 차리게 해 줘서 고맙네."

"아닙니다. 그런데 대체 어떻게 된 일입니까?"

나는 말을 이었다.

"이를 묻는 것이 실례인 줄은 압니다만, 저에게는 사정을 들을 자격이 있다고 생각됩니다."

"그렇지. 자네에겐 그러한 자격이 있지."

장문인이 고개를 끄덕이더니, 하늘을 보며 입을 열었다.

"한 삼 년 전인가? 그때 금봉이가 나에게 상담할 것이 있다고 하더군. 그때 금봉이가 내준 차를 마신 그 순간부터…… 이상하게 금봉이가 관련된 일이면 나도 모르게 이성을 잃었다네."

그 말은 즉, 금봉이란 자가 범인이라는 의미군.

흑도의 기운과 관련된 무언가를 차에 타서 장문인에게 먹인 모양이네.

"사실 나는 자식들을 엄하게 키우는 편이라네."

그 말은 금봉 말고도 다른 자녀들이 있다는 의미인데?

"그런데 금봉, 그 녀석은 그게 싫었던 모양이야."

"그럴 수는 있습니다만, 올바른 방식은 아니지요. 금봉도장의 일은 어찌하실 생각입니까?"

"후, 아무리 그 녀석이 내 아들이라고 해도 이를 그냥 넘길 수는 없지. 그 녀석을 위해서라도 말일세. 정식으로 천문회를 열 생각이네."

"청성파의 내부 회의 같은 겁니까?"

"맞네. 하늘에 묻는다는 의미로, 본문에서 가장 중한 일을 다루는 회의라네. 나만이 아니라 본문의 열두 장로까지 모이는 자리지."

"그렇군요."

내가 금봉이란 자를 본 것이 오늘 처음이지만, 지금까지 얼마나 오만방자하게 지내 왔는지 알 수 있었다.

그런 그를 다른 장로들이 좋게 봤을 리가 없지.

지금까지 인생의 단맛을 봤으니 이제 쓴맛을 볼 때가

되었다.

"그건 그렇고, 이렇게 나를 도와준 자네에게 보답을 해야겠지. 혹시 원하는 게 있다면 말해 주게. 내가 할 수 있는 일이라면 뭐든 들어주지."

"그렇다면……."

나는 잠시 생각하다가 입을 열었다.

"제가 오늘 장문인을 도와드린 것은 비밀로 해 주십시오."

"그건 어렵지 않은데, 꼭 비밀로 해야 하는가?"

"네."

나는 고개를 끄덕였다.

"이미 알아차리시지 않으셨습니까? 제 무위가 절정을 한참 넘었다는 것을 말입니다."

"맞네. 나와 비등하게 싸울 정도라면 이미 초절정에 오른 지 좀 되었겠지."

"맞습니다. 그러니 제가 장문인을 도와드렸다는 사실이 알려진다면 저는 비난을 면치 못하게 될 것입니다. 친선비무에서 모두를 속인 셈이 되니 말입니다."

"일리가 있군."

그는 말을 이었다.

"하지만 그건 내가 당연히 들어주어야 하는 것이니 이를 가지고 보답이라고 할 수는 없지. 다른 것을 말해 보게."

"그것만으로도 충분합니다. 애초에 보답을 바라고 한

일도 아닌데 보답을 바라는 건 어불성설 아닙니까?"
 내 말에 그는 길게 탄식했다.
 "허! 이래서 자네를 두고 사람들이 선협미랑이라 하는 것이었어!"
 쿨럭.
 왜 이러십니까? 사람 부끄러워지게.
 "그래도 내 자네에게 제대로 된 보답을 하지 않고서는 내 면이 서지 않네. 그러니 다른 것을 말해 보게나."
 음…….
 그냥 내 험담을 하면서 인봉 무사를 괴롭히는 자들을 손봐 준 것뿐인데, 그 일이 이렇게 커질 줄 알았겠냐고.
 그때 문득 좋은 생각이 떠올랐다.
 "오늘 비무에서 인봉 무사는 저를 존중하는 마음으로 기권을 한 것입니다. 그 일로 인해 인봉 무사가 비난을 받지 않았으면 합니다. 그리고 그에게 그 능력을 발휘할 기회가 좀 더 주어졌으면 합니다."
 "허! 어찌 두 번째마저도 자네가 아닌 다른 이를 위한단 말인가?"
 인봉 무사를 기만한 것이 미안해서 이러는 것뿐인데…….
 "알겠네. 내 그리하겠네. 하지만 이건 자네를 위한 것이 아니지 않은가?"
 "죄송합니다. 도저히 바로 떠오르지 않습니다."
 "알겠네. 보답을 받아야 하는 사람에게 더 강요할 수는 없지. 그 답을 듣는 건 조금 미루도록 하겠네."

"감사합니다. 그러면……."
나는 일부러 땅을 굴렀고, 자리에서 일어났다.
옷이 깨끗하면 의심받을 테니까.
"저는 이만 가 보겠습니다."
"아! 잠시만 기다리게."
"네?"
"금봉이 아까 말한 일에 대해 묻지 않았군. 대체 오늘 무슨 일이 있었던 것인가?"
그래, 정상적이라면 이렇게 자초지종을 들어야지.
"그게 말입니다."
나는 그에게 오늘 있었던 일에 대해 가감 없이 말했다.
팔갑을 다치게 한 것에 대해서만 불문에 부치기로 했지, 다른 것에 대해서도 불문에 부친다고는 하지 않았으니까.

.
.
.

나는 옷을 가볍게 털고는 객잔으로 들어갔다.
그러자 기다리고 있던 일행들이 다급히 다가왔다.
"괜찮으십니까?"
나는 목덜미를 긁적이며 말했다.
"역시 장문인이시네요."
뒤에서 금봉이 히죽 웃었다.
"그러니까 왜 그렇게 나대셨습니까? 그러니까 사람은

함부로 나대면 안 되는 겁니다. 상인이면 상인답게 주제를 알아야죠."

그 모습에 내 일행들이 입술을 깨물었다.

분을 참는 거다.

그러나 나는 아무 대꾸도 하지 않고 몸을 돌렸다.

"갑시다."

"네."

우리는 청벽객잔을 나섰고, 한참을 걸었다.

얼마나 걸었을까?

청벽객잔에 우리의 대화가 들리지 않을 정도가 되었을 때.

"픕!"

나는 웃음을 터트렸다.

아, 웃음을 참느라 혼났네.

"왜 웃으십니까요? 혹시 어디 아프신 건?"

팔갑의 말에 나는 손을 저으며 말했다.

"나는 멀쩡해. 이 옷은 그냥 일부러 마당에서 굴러서 더러워진 것뿐이야."

"그렇군요. 솔직히 걱정했습니다요."

"너는 내가 지는 싸움 하는 거 봤어?"

"당연히 아닙니다요. 지는 싸움이면, 그 싸움을 피한 후 이길 방법을 찾아서 싸우실 분입니다요."

"잘 아네. 아까 그 금봉이라는 자의 얼굴은 잘 봤어?"

"그야 보긴 했습니다만, 왜 그러십니까요?"

"아, 그 얼굴이 그가 마지막으로 웃는 얼굴일 테니까."

아까 청성파의 장문인은 금봉이 행한 일을 듣고 노발대발했다.

인생이 쉽지 않다는 것을 이제 몸으로 깨닫게 되겠지.

.
.
.

다음 날이 되었다.

오늘은 내 본선 이차전 비무가 있는 날이다.

청성파의 금봉은 어찌 되었을까?

장문인 성격에 가만두지는 않았을 것 같은데 말이지.

그때 내 객실의 문이 열리고 팔갑이 들어왔다.

"좋은 아침입니다요."

"뭐야? 그 활기찬 인사는?"

오늘따라 평소에 비해 훨씬 들떠 있는 듯했으니까.

내 물음에 팔갑이 히죽 웃으며 말했다.

"흐흐흐, 제가 아주 재미있는 정보를 알아냈습니다요."

"정보?"

"그 싸가지가 아주 지랄인 그 녀석 말입니다요."

나는 단번에 누구를 말하는지 알아차렸다.

"금봉 도장?"

"네, 그 녀석 말입니다요. 제가 슬쩍 가서 소식을 알아 왔습니다요."

안 그래도 궁금한 참이었는데 잘 됐네.

"그래, 어떻게 되었대?"

"청벽객잔의 지하 뇌옥에 갇혀 있다고 합니다요."

그러고 보니 청벽객잔은 청성파의 것이라 지하에 뇌옥이 있다고 했었지.

"그리고 장문인께서 자신은 전혀 상관하지 않을 테니, 자신을 중독시킨 약의 출처를 수단과 방법을 가리지 말고 알아내라고 명했다고 합니다요."

와우!

장문인이 제법 굳게 마음을 먹으셨구나.

자신의 아들을 두고 그런 명을 내리는 건 참으로 어려운 일인데 말이지.

이전 삶의 기억대로라면, 아마도 금봉 무사의 달콤한 삶은 그리 오래가지 않았을 거다.

오래지 않아 장문인이 바뀌었던 걸로 기억하니까.

아마 당시에도 비슷한 일이 반복되었던 게 아닐까?

그래서 결국 청성파 내에서 반발이 커졌고, 결국 장문인이 자리에서 내려왔다든지.

청성파가 혼인이 가능하고, 그 자녀를 청성파에 입문시킬 수 있음에도 높은 명성을 유지할 수 있는 것은 규율이 엄격했기 때문이다.

그런 곳에서 금봉 무사의 일에만 관련되면 이성을 잃었으니, 반발이 생기지 않을 수가 없지.

그런 만큼 금봉 무사는 제법 고통스럽고도 엄중한 심문을 받게 되겠지.

"일부러 알아봐 줘서 고마워."

"제가 누굽니까요? 도련님의 하나밖에 없는 시종 아닙니까요?"

"그렇지."

나는 고개를 끄덕이며 피식 웃었다.

그럼 이제 청성파의 일은 잠시 잊고, 눈앞의 비무에 집중해야겠지.

.
.
.

아침을 먹은 나는 비무장으로 향할 준비를 했다.

그때 밖에서 진호 형의 목소리가 들렸다.

"서호야, 들어가도 되냐?"

"응, 들어와."

문이 열리고 진호 형이 들어왔다. 형은 들어오자마자 나에게 작은 주머니를 내밀었다.

"받아라."

"이게 뭔데?"

고개를 갸웃하며 주머니를 풀자, 그 안에는 작은 상자가 있었다.

조심스럽게 그 상자를 열자 청량한 향이 퍼져 나왔다.

"힘들게 구한 거다."

형의 말에 나는 눈을 휘둥그레 뜰 수밖에 없었다.

"이거…… 혹시 영단이야?"

"영단은 아니지만 준영단급은 되는 거야. 내기수발을 도와주는 효능이 있다."

비무 바로 전에 이런 내기수발을 도와주는 영약을 챙겨 먹는 게 규칙 위반은 아니다.

하지만 내공을 늘리는 영약을 먹는 이들은 없지.

그런 영약을 먹은 후 바로 비무를 하면 그거야말로 폐인 되기 딱 좋으니까.

"고마워."

"그리고…… 오늘 최선을 다해라."

"그야 당연히……."

하지만 진호 형은 내 말을 끊으며 말했다.

"나를 위해서 일부러 질 생각은 하지 말라고."

"……."

어떻게 알았지?

안 그래도 오늘 질까 고민하던 참이었다.

원래는 한 번 정도 더 이길 생각이었는데, 몇 가지 걸리는 게 있었다.

첫 번째로 내가 승승장구할수록 맹주의 위신도 높아진다.

두 번째로 진호 형은 우리 은해상단의 무력대인 은풍대의 대주가 될 사람인데, 나보다 약하다는 평가를 받아서 좋을 게 없다.

"하지만, 형. 아무리 생각해 봐도 내가 형보다 높이 올라가서 좋을 게 없는데?"

"나는 상관하지 않는다."

"다른 이들이 뭐라고 할 텐데?"

"맘대로 지껄이라지!"

"하지만 형……."

"음……."

잠시 고민하던 진호 형이 무언가 떠올린 듯 웃으며 말했다.

"그러면 이건 어떠냐?"

"뭔데?"

"명호 말이다. 솔직히 명호가 필요하긴 해도 선협미랑이라는 명호는 좀 부담스럽지?"

"……맞아."

진호 형의 말대로다.

선한 협을 행하는 아름다운 사내라니!

그런 명호를 가지고 있으면, 행동을 함에 있어서 조심스러울 수밖에 없다.

"그런데 이번에 비무에서 네가 뛰어난 활약을 펼치면 선협미랑이라는 명호 대신에 더 멋진 명호를 얻을 수 있지 않겠냐?"

"더 멋진…… 명호?"

"그래. 은빛 검을 휘두르는 은검미랑이라든지, 아니면 무공을 쓰는 상인이라는 의미를 넣어 무상검선이라든지."

나도 모르게 진호 형의 말에 솔깃할 수밖에 없었다.

"조, 좋은데?"
"그렇지?"
"그러니까 오늘 일부러 질 생각은 하지 말라고. 알았지?"
"응. 알았어."
진호 형도 상인의 피는 있나 보다.
나를 이렇게 설득하다니!
제법이군.

.

.

.

나는 가족들과 함께 비무장으로 향했고, 자리에 앉아 내 순서가 되기를 기다렸다.
이제 지조의 남은 비무는 총 일곱 번이다.
거기서 마지막까지 남은 지조의 최종 승자가 천조의 최종 승자인 제갈유아 소가주와 우승을 두고 다투겠지.
"지금부터, 지조의 본선 이차전 비무를 시작하겠습니다. 첫 번째 비무는 아미파의 향옥과 공동파의 진수!"
"와아아아아!"
사람들의 환호성 속에서 향옥 누님과 공동파의 진수 무사가 비무대 위로 올라갔다.
그들은 각자의 몸에 패를 단 후 서로 포권하여 인사했다.
둥!
북소리와 함께 비무가 시작되었다.
동시에 진수 무사가 기수식을 취했는데, 그 기수식이

선협미랑 〈223〉

약간 특이했다.

마치 금방이라도 상대방을 찢어발길 듯한 맹수의 자세 같았는데, 그 눈빛이 무척이나 매서웠다.

하긴 공동파의 특징을 생각하면 저런 매서운 기세는 당연할지도 모른다.

공동파는 곤륜파와 더불어 제국의 서북부에 위치한 곳.

그러다 보니 마교와 치고받는 일이 많았고, 무공도 매우 실전적이고 파괴적으로 발전해 왔다.

음, 저기 경산자 장로님이 계시는군.

일전에 감숙성 연지산에 위치한 검총의 일 때문에 만난 적이 있던 분.

차기 장문인 자리를 두고 세력 싸움이 첨예했었지만, 결국 경산자 장로는 공동파의 장문인이 되지 못했다.

전대 장문인이 등선하시기 전, 갑자기 파격적인 행보를 통해 차기 장문인을 세워 놓고 등선하셨으니까.

전대 장문인께서는 아셨던 거다.

무림맹과 관계가 깊은 경산자 장로가 장문인이 되면 공동파의 정체성이 무너질지도 모른다는 것을.

아무튼, 당시 경산자 장로와 함께 왔던 무사 중 하나가 바로 저 진수 무사다.

오랜만이네.

제법 책임감이 강하고 적극적으로 행동하는 사람이었지.

타앗!

진수 무사가 먼저 공격을 감행했고, 향옥 누님은 침착

하게 이를 맞받아쳤다.
 까앙!
 과연 누가 이기려나?
 절정이라는 경지는 결코 쉽게 오를 수 있는 경지가 아니다.
 작은 문파나 세가에서는 장로의 직위에 오를 수 있는 경지였으니까.
 그렇기에 친선비무가 세력들 간의 자존심 대결이 되는 것이다.
 퍼억!
 스삿!
 두 사람의 무기와 주먹이 치열하게 오가며 혈투가 이어졌다.
 향옥 누님은 꽤나 신난 모습이다.
 아마 오랜만에 전력을 다해 싸울 수 있는 상대를 만났기 때문이겠지.
 물론 아미파에 절정급의 고수가 적진 않지만, 다들 윗배분의 어른들일 테니 그에 대한 예의를 갖추어야 한다.
 그러니 이렇게 전력으로 싸우기 어렵다.
 게다가 진수 무사는 이전까지의 무사들과 다르게 그녀를 무시하거나 희롱하지 않고 진지하게 무인으로서 맞서고 있다.
 그 점이 향옥 누님을 기분 좋게 한 것.
 하긴 전력을 발휘할 수 있는 상대를 만나는 건 쉬운 일이 아니지.

그렇게 얼마나 시간이 지났을까?

"후욱, 후욱."

"헉, 헉……."

향옥 누님과 진수 무사는 서로 떨어지며 숨을 헐떡였다.

바닥에 떨어진 패는 총 열세 개.

딱 하나 남은 패는 향옥 누님의 몸에 붙어 있었다.

"이번 승자는, 아미파의 향옥!"

"와아아아아아!"

어마어마한 함성이 울렸다. 나와 은해상단의 이들 역시 누님을 향해 함성을 질렀다.

"멋지다! 향옥!"

"질풍선자(疾風仙子) 향옥!"

"질풍선자! 질풍선자! 질풍선자!"

사람들이 질풍선자라는 명호를 연신 외쳤다.

이번에 향옥 누님에게 새롭게 붙은 명호다.

질풍처럼, 거침없이 검을 쓰는 누님의 모습 때문에 생긴 명호다.

명호라는 것이 윗사람이 지어 주는 경우도 있지만, 대개는 사람들이 지어서 부르는 것이 그 명호가 된다.

그렇기에 색다른 모습을 보이면 그 명호 역시 바뀌게 되지.

누님도 자신의 새로운 명호가 마음에 드는지 미소를 짓고 계셨다.

하긴, 설검여협이라는 명호를 처음 들었을 때 하마터면 행인을 상대로 칼부림을 할 뻔했으니.
 지금까지는 제대로 된 무위를 보여 주지 못했고, 그 전에 말로 상대방을 패퇴시켰으니까.
 하지만 오늘은 아니다.
 오늘 공동파의 진수 무사와의 비무는 그 무위를 여실히 보여 주었다.
 그 덕분에 누님에게 새로운 명호가 생긴 것.
 "봤지?"
 진호 형이 피식 웃으며 말했다.
 "너도 잘만 하면, 향옥 누님처럼 새로운 명호가 생기는 거라고."
 이렇게 되니까 진호 형의 말에 더 설득력이 있네.
 "무슨 생각 하십니까요?"
 팔갑의 물음에 내가 말했다.
 "사람들이 나에게 지어 줄 명호에 대해서 생각하고 있었어."
 "분명 멋진 명호를 지어 줄 겁니다요."
 팔갑의 말에 모두 고개를 끄덕였다.
 하지만 서향 소저는 의미심장한 표정을 짓고 있었다.
 무슨 의미지?
 하지만 그녀가 저런 표정을 지을 때는 그 이유를 말해 주지 않기에 궁금증을 참을 수밖에 없었다.
 그리고 어느덧 내 차례가 되었다.

"오늘의 마지막 비무입니다! 화산파의 우현! 이에 맞서는 자는 은해상단의 은서호!"

"와아아아아!"

나는 모두의 응원을 받으며 비무대 위로 올라갔다.

맞은편에서 올라오는 우현 무사는 명종 무사의 사형으로, 그 배분에서 가장 뛰어난 실력을 가지고 있어 화산파의 기대를 많이 받고 있다고 한다.

미안하지만, 명종 무사님.

제가 이겨야겠습니다.

제 명호를 새로 만들어야 하거든요.

나와 우현 무사는 각자 몸에 패를 달고 중앙으로 향했고, 서로 포권했다.

"오늘 잘 부탁드립니다."

"저야말로 잘 부탁드립니다."

각자 인사를 끝내고 한 발자국 정도 물러났을 때,

둥!

북 소리가 들렸다.

비무의 시작이다.

우리는 서로를 관찰하며 탐색전을 시작했다.

이는 지루하지만 승리를 위해서는 꼭 필요한 과정이었다.

상대의 약점이나 특성도 파악하지 않고 달려드는 것은 패배의 지름길이니까.

그 말은 즉, 전략적으로 상대방을 흔들 수도 있다는 의미지.
 나는 일부러 슬쩍 빈틈을 보였다.
 타앗!
 내 의도대로 우현 무사가 나를 향해 달려들었다.
 챙-!
 검과 검이 부딪혔다.
 그렇게 우리의 공방이 시작되었다.
 내 눈앞에서 매화가 흩날렸고, 코끝에 진한 매화 향이 느껴졌다.
 화산파를 상징하는 대표적인 무공인 매화검이다.
 친선비무에서는 직접적으로 검기를 사용할 수 없지만, 방어를 위해서는 간접적으로 사용할 수 있다.
 덕분에 매화를 볼 수 있는 것이다.
 슈욱!
 그의 검이 날아왔다.
 그에 맞서 내 검이 크게 휘어졌다.
 천류빙공의 절기로서, 흐르는 강물을 형상화 한 것.
 이를 이용해 그의 검을 막았다.
 동시에 내 검에 설수(雪藪)의 묘리를 담았다.
 눈의 늪.
 상대를 바로 움직이지 못하게 하는 게 아니라 서서히 움직임을 느리게 해서 차츰 봉쇄해 나가는 것이다.
 모든 무공의 시작은 보법이라고 해도 될 정도로 그 움직임이 중요하니까.

그렇게 얼마나 시간이 지났을까?

점점 우현 무사의 움직임이 둔해지기 시작했다. 뭔가 잘못되었음을 알아차린 표정이었지만, 이미 늦었다.

콰직!

우현 무사의 패가 부서졌다.

낭패한 표정.

하지만 일방적으로 상대의 패만 부숴서는 안 된다.

세간에 알려진 내 실력 정도만 내보여야 했으니까.

그래서 방금 내 공격을 계속 이어 가지 못하는 척하면서 내 패가 부서지는 것을 허용했다.

그렇게 치열한 공방을 연출한 덕분에 어느덧 각자 세 개씩의 패가 남았다.

"후우, 후우, 후우."

거칠게 숨을 쉬던 그는 균형을 잡지 못하고 바닥에 떨어진 땀에 미끄러져 넘어지고 말았다.

물론 내 땀이 아니라 우현 무사의 땀이다.

쾅!

중심을 잡지 못할 만큼 지쳤다는 의미이고, 그만큼 많은 땀을 흘렸다는 의미이기도 했다.

나는 검을 휘두르는 대신 그에게 다가가 손을 내밀었다.

"저런! 괜찮으십니까?"

"아, 네. 괜찮습니다."

"제 손을 잡고 일어나십시오."

그는 잠시 주저하다가 내 손을 잡고 자리에서 일어났다.

"와아아아아!"

사람들이 환호하는 모습을 보니 이 모습이 퍽 감동적이었던 모양이다.

"그럼, 다시 비무를 이어 가죠."

"후욱, 후욱, 아닙니다."

그는 고개를 저으며 땀을 닦아 냈다.

"해가 지고 있습니다."

그 말에 하늘을 보니 정말 해가 지고 있었다.

내가 비무대에 올랐을 때만 해도 해가 아직 위에 있었는데 대체 언제 이렇게 시간이 지난 거지?

"그리고 비무를 더 이어 갈 이유가 없습니다. 인봉 무사께서 왜 기권을 했나 했는데, 이제 알 것 같습니다."

그는 말을 이었다.

"더 이상 검을 섞어 봤자, 제가 승리할 가망은 없습니다. 저 역시 기권하겠습니다."

"네? 기권하시겠다는 겁니까?"

"그렇습니다."

그는 정중하게 포권했다.

"많은 것을 배웠습니다. 역시 맹주님이 추천하신 이유를 알겠군요."

"……."

나는 비틀거리며 연무장을 내려가는 그를 차마 잡지 못했다.

여기까지 버틴 것이 용할 정도로 지친 기색이 확연했으

니까.

아니, 나는 왜 멀쩡한 건데…….

금연화 대주가 비무대 위로 올라와 선언했다.

"이번 비무의 승자는, 은해상단의 은서호!"

"와아아아아!"

"비무 상대에게 손을 내밀다니! 역시 선협미랑이야!"

"선협미랑! 선협미랑!"

사람들은 내 명호를 연호했고, 나는 그 환호를 들으며 허탈한 미소를 지었다.

아니, 나는 왜 계속 선협미랑인데?

다른 많은 멋진 명호도 많잖아.

그렇게 나는 터덜터덜 비무대 위에서 내려왔다.

"다녀왔습니다."

"그래, 수고 많았다."

"장하구나! 내 아들!"

부모님께 인사를 하고는 진호 형에게 다가갔다.

"형, 더 멋진 명호가 생길 거라면서?"

"……."

내 말에 진호 형은 할 말이 없다는 듯 헛기침하며 고개를 돌렸다.

1장. 모든 건 이유가 있다

## 모든 건 이유가 있다

아버지께서는 내 승리가 무척 기분이 좋으신 듯했다.
"하하하! 우리 가문에서 동시에 본선 이차전 진출자가 두 명이나 나오다니, 이 어찌 가문의 영광이 아니겠느냐?"
"그렇게 좋으십니까?"
"그럼 그럼!"
아버지께서는 연신 고개를 주억이셨다.
"천한 상인이라며 무시하던 이들이 고개를 숙이며 굽신굽신할 때 느껴지는 쾌감은 말로 표현할 수가 없구나."
그 말에 나도 웃으며 고개를 끄덕였다.
상인이라고 무시받은 경험이 많은 건 나 역시 마찬가지였으니까.
"내일 네 비무만 아니었으면 너를 데리고 모임에 가고 싶지만, 참아야겠구나."

"하하하. 조금만 참아 주십시오. 아직 비무가 끝나지 않았으니까요."

내일은 본선 삼차전과 사차전을 통해 지조의 본선이 마무리되는 날이다.

나는 연회장으로 향하는 부모님과 진호 형을 뒤로하고 연풍객잔으로 향했다.

"어서 가서 좀 쉬어야겠어."

내 말에 팔갑이 어처구니없다는 듯 물었다.

"도련님, 솔직히 가슴에 손을 얹고 말씀해 보십시오. 지금 체력적으로 딸리십니까?"

"……."

"막 보양식이 땡기고 그러십니까?"

"……."

"팔다리가 후들거리고 눈이 떨리십니까?"

"……."

나는 얼른 팔갑의 입을 막았다.

"그, 그만! 알았어! 상업 구역으로 가면 될 거 아니야!"

"해야 할 일을 미루는 건 좋지 않습니다요."

나도 그건 잘 알지.

"하지만 오늘은 좀 그래. 비무가 끝나자마자 상업 구역에 가면 피곤해진다고. 축하해 주는 것은 고마운데, 일일이 인사를 받아 주는 게 비무하는 것보다 더 힘들어."

"죽일 놈이라고 돌 던지는 것보다는 낫다고 생각합니다요."

"그, 그렇긴 하지."

그런데 왜 그렇게 예시가 극단적이냐.

나는 한숨을 내쉬며 상업 구역으로 향했고, 예상대로 수많은 사람들이 내게 다가왔다.

친하게 지내는 소단주들을 비롯해서 다른 상단의 상단주님과 행수 등.

임시상점까지 가는 동안 감사하다는 인사만 오백 번 넘게 한 것 같네.

그렇게 임시상점을 살펴본 후 상업 구역을 둘러보기 시작했다.

뭔가 일이 없는지 살펴보는 것도 제법 중요한 일이기 때문이다.

이제 친선비무의 결승도 얼마 남지 않았으니 슬슬 때가 되었군.

그런 생각을 하며 백천상단이 임시상점을 운영하고 있는 자리를 보았다.

이번 무림대연회 상업 구역에서 가장 목이 좋은 곳.

하지만 나는 그 자리를 순순히 포기하고 임시상점 두 개를 얻어냈다.

그리고 이제 곧 그 이유가 되는 일이 발생하지.

그 일에 대해서 생각하며 길을 걷던 중, 귀에 익은 목소리를 들었다.

"그분의 말씀대로였어요. 처음부터 이랬어야 했어요."

모든 건 이유가 있다 〈237〉

"그땐 솔직히 망설였거든요. 그리고 괜히 저 때문에 제 스승님이 다른 사람에게 사과하셔야 하는 것도 싫고요."

이 목소리는…… 인봉 무사?
누군가와 대화하는 것 같은데 왜 상대의 목소리는 들리지 않지?
나는 고개를 갸웃하며 그 목소리가 들리는 곳으로 향했고 근처 바위에 앉아 누군가와 대화하는 듯 허공을 보며 웃고 있는 그를 발견했다.
그러고 보니 그에 대한 소문이 생각났다.
귀신에게 무공을 배우고 귀신을 부린다고 했었지. 그건 아마도 저 모습 때문이 아닌가 싶었다.
"흐미! 진짜 귀, 귀, 귀신하고 대화하는 겁니까요?"
팔갑이 겁에 질린 표정을 지었다.
다른 이들 역시 긴장된 표정이다. 나 역시 긴장되었지만, 천천히 심호흡을 했다.
무슨 상황이든지 침착하면 길이 보이는 법이다.
- 꾸이! 꾸이!
그때 금령이 나에게 전음을 보냈다.
응? 저 앞에 누군가 엄청 강한 사람이 있다고?
그러면 인봉 무사가 귀신이 아니라 사람과 대화하고 있다는 의미다.
금령이 엄청 강한 '사람'이라고 했으니까.
나는 태음빙해신공을 운용해 그쪽을 살피고는 이내 미

소 지었다.

역시 그랬군.

다른 이들은 알아차리지 못했지만, 나는 태음빙해신공 덕분에 알아차렸다.

금령의 말대로 인봉 무사 앞에 누군가 있음을.

저 정도의 은신술이라면 화경급의 수준.

나조차도 태음빙해신공이 아니었다면 진짜 귀신이라고 생각했을 정도니까.

이제 알겠군.

인봉 무사가 귀신에게 무공을 배웠다는 소문이 도는 건 저자에게서 무공을 배운 것일 터.

그리고 그 모습을 본 사람들 입장에서는 대화 상대가 보이지 않으니 귀신하고 이야기를 한다고 생각할 수밖에 없다.

그런데 저자는 누구길래 정체를 밝히지 않는 거지?

같은 청성파의 사람 같은데 어째서 정체를 숨기고 있는 거지?

의문이 꼬리에 꼬리를 물었다.

하지만 그 의문은 접어 둘 수밖에 없다.

내가 저들의 일에 간섭할 수는 없으니까.

그리고 내일 있을 비무를 위해 휴식도 취해야 하고.

나는 내가 알아낸 것을 일행에게 설명하지는 않았다.

저렇게 지내는 데는 무언가 이유가 있을 텐데, 굳이 그것을 밝히는 것은 예의가 아니지.

모든 건 이유가 있다 〈239〉

"이만 가자."

"예. 얼른 가겠습니다요."

팔갑은 부리나케 발걸음을 옮겼고, 우리는 연풍객잔에 돌아왔다.

나는 저녁을 먹은 후 씻고, 침상으로 향했다.

그리고 내일을 위해 잠을 청하려는데 갑자기 창문이 열렸다.

끼이이이익.

- 꾸이?

이상함을 감지한 금령의 전음이 들렸다.

그리고 이어서 들려오는 또 다른 목소리가 뇌리에 울렸다.

- 놀라게 해서 미안하네.

"누구십니까?"

- 아까 인봉이와 대화하는 것을 봤지 않은가?

"……."

역시, 내가 그때 그 모습을 지켜보고 있음을 알아차리고 있었군.

"아까 그분이셨군요. 소상 은서호가 대협을 뵙습니다."

나는 자리에서 일어나 그의 기척이 느껴지는 곳을 향해 포권하여 고개를 숙였다.

- 허! 진짜 알아차리고 있었군! 대체 어떻게 내 존재를 알아차린 것인가? 화경의 무인들도 쉽게 알아차리지 못하는데…….

"제가 감각이 좀 예민한 편입니다. 그나저나 이 야심한 밤에 무슨 일이십니까?"

- 우선 감사를 표하려고 하네.

"제가 딱히 대협께 감사 받을 일은 없습니다만······."

- 자네 덕분에 인봉이가 편해졌거든. 오늘 아침에 인봉은 자신을 괴롭히던 사형제들에게 정식으로 비무를 신청했고, 그들을 모조리 꺾어 버렸네. 이제는 인봉이를 무시하는 녀석은 하나도 없지. 흐흐흐.

그는 전음을 이어 갔다.

- 그 녀석이 그리할 수 있었던 건, 금봉이라는 자를 자네가 처리해 준 덕분이지. 혹시라도 그의 스승이 피해를 볼까 해서 눈치만 보고 있던 녀석이거든.

"그런 사정이 있었군요."

나는 말을 이었다.

"하지만 그에 대해 고마워하실 필요는 없습니다. 그저 인봉 무사를 기만한 것에 대한 보상이었을 뿐이니까요."

내 말에 그는 껄껄 웃었다.

- 자네의 실력을 숨긴 것 말인가?

"역시 알아차리셨군요."

태연하게 웃으며 답했지만, 속으로는 침이 바짝바짝 말랐다.

혹시라도 그가 내 진짜 실력을 다른 사람들에게 밝힌다면 낭패니까.

본인의 정체를 숨기고 있는 상황에서 그럴 가능성은 별

모든 건 이유가 있다 〈241〉

로 없지만, 그래도 혹시 모르는 일이다.

"혹시나 해서 부탁드리겠습니다. 그에 관해 다른 사람들에게 말하지 말아 주셨으면 합니다.

- 자네가 나에 대해서 말하지 않는다면, 나 역시 비밀을 지켜 주도록 하지.

조건부로군.

하지만 나로서도 어차피 그의 존재에 대해 밝힐 생각이 없었으니 어려울 것 없지.

"좋습니다. 그렇게 하도록 하죠."

나는 흔쾌히 승낙했다.

"그 때문에 저를 찾아오신 듯한데, 이왕 오셨으니 몇 가지 여쭤도 되겠습니까?"

- 내가 대답해 줄 수 있는 거라면 대답해 주지.

"어째서 모습을 드러내지 않고 계시는 것입니까? 그리고 왜 인봉 무사를 그리 신경 쓰시는 것입니까?"

이번에는 곧장 답이 들려오지 않았다.

한식경쯤 침묵이 흘렀고, 마침내 전음이 들려왔다.

- 내 아들이니까.

……네?

금봉이의 아버지가 청성파의 장문인이고, 자신의 아버지를 그 아들이 중독시켰다는 이야기를 알게 되었을 때만큼이나 충격적이지…… 는 않았다.

생각했던 경우 중 하나니까.

- 하지만 그 녀석은 아직 모르고 있지. 내가 말을 하지

않았거든.

"……."

― 그리고 지금 나는 녀석 앞에 모습을 드러낼 수는 없는 처지이기도 하고.

왜 아버지라고 말하지 못한다는 거지?

"혹시, 술 먹고 때리셨습니까?"

― 그럴 리가 있나!

"그럼 혹시 굶기고 돈 벌어 오라고 쫓아내고 그러셨습니까?"

― 아니네!

"그렇게 못된 아버지도 아닌데 어째서 모습을 드러내는 것도, 아버지라고 말하는 것도 저어하시는 것입니까?"

이어진 그의 전음에서 씁쓸함이 느껴졌다.

― 그 아이는 어떻게 느낄지 모르겠지만, 사실상 아들을 청성파에 버린 것이나 다름이 없으니까.

"……."

― 나는 청성파를 나와 강호행을 하면서 한 여인을 만났네. 그러나 그 여인을 다시 찾아간 나는 한 흑도에 의해…… 그녀가 목숨을 잃었다는 것을 알게 되었지. 그녀는 그 힘든 상황에서도 나의 아이를 낳았고 나는 그 핏덩이를 청성파에 맡긴 채 복수를 위해 나섰다는 아주 재미없는 사연이야.

"결국 복수를 마치고 돌아오셨군요."

― 그래. 하지만 이미 시간이 너무 많이 흘렀는지, 녀석

은 스무 살이 넘었더군. 그런데 내 몸은 이미 만신창이가 되었고…….

"……."

- 인봉이가 귀신과 대화한다는 소문이 돌더군. 흐흐흐, 내 모습은 정말 귀신의 모습과 다름이 없으니 틀린 말도 아니지.

그의 목소리에서 복잡한 감정이 느껴졌다.

복수를 마친 후 청성파로 돌아와 몸을 의탁하며 지내고 있을 터.

청성파 입장에서는 떠난 지 한참 된 무사지만, 그의 무위를 봐서는 받아들이지 않을 수 없었을 것이다.

그렇게 청성파에서 다시 지내게 된 그는 자신의 아들을 찾았고, 그에게 접근하여 친절한 아저씨처럼 무공을 알려 주고 조언도 해 주면서 지내고 있는 것이다.

"그런 사연이 있었군요."

- 그래도 자네에게 이리 털어놓으니, 마음은 편하군.

"저를 믿으시는군요."

내 말에 그는 허허 웃었다.

- 피차, 우리 서로 걸린 것이 있지 않은가?

생각보다 냉정한 것이, 역시 수라장을 헤치고 살아온 자라는 느낌이 들었다.

- 내가 이렇게 늦은 밤에 찾아온 것은, 감사를 표하기 위함도 맞고 정체를 숨겨 달라고 경고하기 위함도 맞네. 하지만 그보다 더 중요한 것이 있네.

뭐지? 그보다 더 중요한 게 있다니?

- 금봉 그 새끼가 누구를 통해 그 묘약을 구했는지에 대한 정보네. 분명 장문인은 이를 자네에게 알려 주지 않을 것 같아서 말이야.

그의 말대로다.

솔직히 이는 청성파의 치부나 마찬가지.

아무리 내가 청성파 장문인을 도와주었다지만 그 이상의 것을 알려 주지는 않을 거다.

매정한 것 같지만, 그게 무림이다.

- 붉은색 이파리 모양의 문신을 한 자를 보았다고 하더군.

"……!"

- 그리고 나 역시 일전에 붉은색 이파리 모양의 문신을 본 적이 있네.

그에 대한 언급이라면, 나 역시 들은 적이 있다.

일전에 북해빙궁을 아사시키려 했던 계획을 꾸민 자의 상부가 그런 문신을 하고 있었다고 했으니까.

그리고 내 짐작으로 그들은 혈교다.

혈교도들 중에서도 제법 높은 자들이 그 문신을 새기고 있는 듯했다.

"혹시나 해서 여쭤봅니다. 그들의 정체에 대해 아십니까?"

- 나도 모르네. 하지만 중요한 건 분명 저들에게 목적이 있었다는 거네.

"……."

- 조심하게나. 혹시라도 장문인을 제정신으로 돌린 자가 자네임을 저들이 알게 된다면 위험할 수도 있으니.

나에 대한 걱정과 당부.

이게 진짜 목적이었음을 알 수 있었다.

- 그럼, 나는 이만 가 보겠네. 늦은 밤 실례했네.

휘잉.

바람이 부는 듯한 소리가 들렸고, 이내 그의 기척이 사라졌다.

그와 동시에 내가 있던 공간을 감싸던 기막이 사라지는 것 역시 느껴졌다.

밖으로 소리가 새어 나가지 않도록 한 것이다.

"후우……."

나는 그대로 침상에 드러누웠다.

아, 진짜.

오늘 밤 다 갔네.

가장 중요한 것을 **빼놓고** 말해 주시면 어떻게 합니까?

혹시 이거 자신의 아들인 인봉 무사가 기권하게 만든 것에 대한 복수 아니야?

그렇게 투덜거릴 수밖에 없었다.

.

.

.

날이 밝았다.

간밤에 이런저런 생각을 하다 보니 결국 별로 자지 못했다.
다행히 운기조식을 하니 어느 정도 정신이 맑아지기 시작했다.
역시 태음빙해신공이다.

나와 가족들은 아침을 든든하게 먹은 후 비무장으로 향했다.
그리고 가는 길에 많은 이들의 응원을 받으며 내 자리에 앉았다.
후…….
어젯밤 아버지와 어머니께서는 제법 늦게 들어오셨다. 많은 이들에게 둘러싸여 축하의 말을 들으셨다지.
좋아하시는 아버지와 어머니께 죄송하지만, 이번 비무에서는 질 생각이다.
이 정도 올라왔으면 많이 올라왔다.
나는 상인이지, 무림인이 아니다. 내가 친선비무에서 우승해서 어디에 쓴다고.
우승해 봤자 귀찮기만 하지.
이 정도가 딱 좋다.

곧 비무가 시작되었다.
금연화 대주가 비무대 위에 올라와 첫 번째 비무의 출전자를 알렸다.

"오늘 첫 번째 비무에 나설 사람은 바로, 질풍선자라는 새로운 명호를 얻은 아미파의 향옥!"

"와아아아아아!"

"질풍선자! 질풍선자!"

사람들의 환호를 들으며 비무대 위에 올라가는 향옥 누님을 보며 나 역시 환호했다.

"이에 맞서는 자는, 벽력도객 서문일신!"

"와아아아아!"

향옥 누님의 맞은편으로 올라가는 서문세가의 자제.

서문세가의 상징인 푸른색 옷을 입고 있는 그의 섬전삼도는 일품으로 유명하다.

어라?

나는 그에게서 알 수 없는 이질감을 느꼈다.

저자가…… 서문일신 공자가 맞나? 뭔가 기운이 이상한데?

그때였다.

그의 입술이 위로 찢어지더니, 몸에 패를 다느라 무방비 상태인 향옥 누님을 향해 도를 휘둘렀다.

쐐애애애애액!

갑작스러운 상황에 모두가 놀라 어찌할 바를 모르고 있을 때.

챙!

정신을 차려 보니, 나는 이미 그자의 도를 막아서고 있었다.

순식간에 벌어진 일이었기에 그 누구도 이에 반응하지 못했다.

오직 한 사람, 나만 빼고.

그러나 정신을 차리고 상황을 파악하기만 하면 즉시 나설 이들이 수두룩하지.

"크윽!"

나는 그자의 힘에 밀린 것처럼 신음을 흘리며 뒤로 물러났고, 상황을 파악한 금연화 대주와 몇 사람이 끼어들었다.

휘릭! 퍽!

그들은 과감히 손을 썼고, 순식간에 그자를 제압했다.

"허! 이게 대체 어찌 된 일인지?"

"그러니까 지금 저자가 질풍선자가 아직 준비되지도 않았는데, 공격한 거야?"

"그걸 선협미랑이 막았고?"

관객석은 혼란의 도가니였다.

그사이 향옥 누님이 내게 다가와 손을 내밀었다.

"괜찮아?"

"아, 네. 괜찮습니다. 누님께서는 괜찮으십니까?"

"내가 안 괜찮을 건 없지. 네 덕분에 무사하니까."

나는 누님의 손을 잡고 일어났다.

"고마워. 덕분에 살았어."

"뭘요. 제가 아니어도 누님은 잘 대처했을 겁니다."

내 말에 누님은 고개를 저었다.

"아니. 네가 아니었다면 나는 죽거나 최소 중상을 입었을 거야."

누님은 고개를 돌려 싸늘한 눈빛으로 바닥에 눕혀져 기절해 있는 자를 바라보았다.

한편, 서문세가의 사람들은 당황하여 어찌할 바를 모르고 있었다.

서문세가의 자제가 이런 짓을 저지를 줄은 꿈에도 생각하지 못했으니까.

나는 그자에게 다가갔다.

그에게서 흑도의 기운이 느껴졌다.

그가 서문일신 공자의 기운을 흉내 내고 있기에 다른 이들이 알아차리지 못한 거다.

나는 그의 얼굴 주변을 자세히 살폈고, 이내 뭔가를 알아차렸다.

역시, 그랬군!

나는 금연화 대주를 불렀다.

"저기, 대주님. 여기 뭔가 어색하지 않습니까?"

"뭐가 말입니까?"

"여기 보시면 목 부분을 경계로 피부색이 살짝 다르지 않습니까?"

금연화 대주는 이내 내 말뜻을 알아차리고 그 부분을 손톱으로 긁었다.

이내 벗겨지는 꺼풀.

쫘아아아악!

그녀는 거침없이 그자의 그 꺼풀을 벗겨 내었고 그의 진짜 얼굴이 드러났다.

역시 인피면구였다!

마침내 드러난 그 얼굴을 본 향옥 누님이 그를 알아보았다.

"저 얼굴은 이면음마잖아!"

"맞아! 이면음마네!"

"죽었다고 하지 않았어?"

이면음마는 두 개의 얼굴을 가진 음마라는 의미로, 평소에는 공명정대한 정파인을 흉내 내다가 자신이 목표로 하는 여인을 발견하면 여지없이 흑도인의 모습을 드러낸다고 하여 붙여진 명호다.

하여 오랫동안 잡히지 않다가 결국 아미파에 의해 처단되었다고 알려졌다.

짜악!

서문세가의 가주가 분노한 얼굴로 그자의 뺨을 후려쳤다.

"컥!"

이면음마는 신음을 터뜨리며 눈을 떴고, 자신이 실패했다는 것을 알아차린 듯 분통을 터뜨렸다.

"젠장! 복수에 성공할 수 있었는데! 실패했군!"

이에 아미파의 한 제자가 외쳤다.

"너는 분명히 죽었는데! 내가 직접 네 목을 쳤다고!"

이에 그는 웃었다.

모든 건 이유가 있다 〈251〉

"흐흐흐흐, 네가 죽인 건 내가 아니었다. 내 인피면구를 씌운 내 수하였지!"

"우리를 속였다니!"

이면음마가 오랫동안 잡히지 않았던 이유는 그의 실력이 절정이었던 것도 있지만, 그의 인피면구 제작 실력과 연기력 때문이었다.

타인의 얼굴을 완벽하게 만들었고, 그의 행동과 목소리에 기운까지 완벽하게 흉내 내서 가족마저 속일 정도였으니까.

대체 그런 재능을 왜 그런 쓸데없는 짓에 쓴 건지.

"그러니까, 아미파에 복수하기 위해 우리 서문세가의 사람을 이용했다는 것이냐?"

서문세가주의 물음에 그는 제압된 주제에 유들유들하게 대답했다. 마치 자포자기한 듯했다.

"뭐, 그런 거지."

"그래서 일신이는 어디에 있느냐?"

"흐흐흐흐, 그건 알아서 찾아보슈."

그 대답에 서문세가의 가주는 검을 뽑아 그자의 다리를 찔렀다.

"끄아아악!"

그 고통에 그는 비명을 질렀다.

나는 그 모습을 바라보며, 내 이전 삶을 떠올렸다.

당시에도 이런 일이 있었나?

아버지나 형들에게서 이런 일은 들은 적이 없는 것 같

다. 이런 일이 있었다면 얘기해 주셨을 텐데.

애초에 이면음마가 아미파에게 잡혔던 적도 없다.

이전 삶에서 이면음마는 북해빙궁 쪽에 의해 참혹한 최후를 맞이했으니까.

무엇 때문에 내가 알고 있던 이전의 삶과 달라졌는지 알 수는 없지만 지금은 그걸 고민할 때는 아니다.

"당장 말해라!"

"끄으읍! 나, 나도 몰라! 강에 던져 버렸다고!"

"뭐?"

"그러니까, 알아서 찾으라고. 흐흐흐."

그리고 입안의 독환을 깨물려 할 때였다.

퍽!

누군가 그의 얼굴을 찼고, 독환이 입에서 튀어나와 바닥을 굴렀다.

콰직!

독환을 밟는 발.

맹주가 드디어 움직인 것이다.

비무대 위로 올라온 맹주는 한 사람을 불렀다.

"맹응대주!"

"네!"

"지금 즉시 서문일신 공자를 찾아라!"

"존명!"

맹응대주는 포권하고는 곧바로 움직였다.

맹주는 고개를 돌려 아미파 장문인에게 말했다.

"아미파에서는 비록 저자의 농간에 넘어갔지만, 저자를 잡기 위해 부단히 노력한 점이 있으니 이에 대해 책임이 없어 보이오."

"감사합니다."

아미파 장문인이 고개를 숙여 감사를 표했다.

"자신의 지난 과오를 뉘우치지 못하고 복수를 하고자 이런 짓을 저지르다니!"

맹주의 목소리가 쩌렁쩌렁 울려 퍼졌고, 그 기운에 이면음마는 숨조차 제대로 쉬지 못했다.

맹주의 추상같은 명령이 이어졌다.

"이자의 사지의 혈맥을 끊고 뇌옥에 가두어 영원히 고통받게 하라!"

"명을 받듭니다!"

"그리고 향옥 무사와 서문일신 공자의 비무는 일단 미루고, 뒤쪽 순서의 비무를 먼저 진행하도록 한다."

"명을 받듭니다."

"그리고 은서호 공자."

"네."

"어찌 그리 빨리 저자의 공격에 대응할 수 있었던 것인가?"

안 그래도 그걸 물어볼 줄 알았지.

나는 미리 생각해 둔 답변을 말했다.

"사실 향옥 누님은 제 사촌누이가 됩니다. 가까운 친족인지라 유심히 살펴보고 있었는데, 저자가 누님을 보며 이상한 표정을 짓는 것을 보았습니다."

"단지 그것만으로 이상함을 알아차린 것인가?"

"예. 서문일신 공자는 서문세가의 기개를 그대로 이어받은 무인입니다. 지금까지 그의 비무를 지켜봤는데, 그럴 리가 없는 사람이 갑자기 이상한 반응을 보였기에 저도 모르게 몸이 움직였습니다."

"허, 그랬군."

맹주는 감탄하며 고개를 주억거렸다.

"덕분에 이 친선비무가 피로 물들지 않을 수 있었다. 저번 용봉비무회에 이어 이번 일까지! 자네에게 고마움을 어찌 표현해야 할지 모르겠군."

"과찬이십니다. 저는 그저 해야 할 일을 했을 뿐입니다."

"이에 대해 포상을 해야 하지만, 지금은 비무 중인 데다가 사람까지 실종된 상황이니 이 논의는 나중으로 미루는 것이 좋겠군."

"저 역시 그리 생각합니다."

그러는 사이 이면음마는 뇌옥으로 끌려갔고, 비무대는 정리가 되었다.

금연화 대주가 비무대 위에 올라왔다.

"불미스러운 일이 있었지만, 많은 분의 도움으로 상황을 정리할 수 있었습니다. 이렇듯 우리는 지금까지 수많은 어려움이 있었지만, 모두가 힘을 합쳐 환란을 이겨 냈고, 지금 이 무림의 번영을 이룩해 냈습니다."

사람들은 조용히 그녀의 말을 들었다.

"우리는, 앞으로도 그러할 것입니다! 앞으로도 우리는 수많은 역경이 다가와도 힘을 합쳐 무림의 평화를 위해 나아갈 것입니다!"

"와아아아아!"

그녀의 말에 모두가 일제히 환호했다.

방금 있었던 일은 어느새 모두의 기억에서 잊힌 듯했다.

제법이시네, 금연화 대주.

그녀를 친선비무의 사회이자 심판으로 세운 데에는 이런 이유도 있는 듯했다.

"그럼 지금부터 비무를 시작합니다. 은해상단의 선협미랑 은서호!"

"와아아아아!"

"이에 맞서는 자는, 풍하파의 무사, 불굴혈웅(不屈血雄) 소안!"

"와아아아아!"

사람들의 함성 속에서 비무대 위로 올라온 상대는 바로 일차전에서 앙숙인 비격문의 무사와 혈투를 벌였던 자다.

당시 과다출혈로 인해 위험한 상황이 발생했고, 금연화 대주가 심판의 권한으로 비무를 중지시켰었지.

그리고 재개된 비무에서도 혈투를 벌이면서도 끝끝내 승리를 거둔 덕분에 굽히지 않는 피의 영웅이라는 멋진 명호를 얻었다.

젠장, 그런데 왜 나는 계속 선협미랑이냐고.

원래라면 향옥 누님의 상대가 될 사람이었지만, 당시

비무 순서가 바뀌면서 대진표의 순서도 바뀌는 바람에 나와 상대하게 된 것이다.

뭐, 이런 것도 친선비무의 묘미지.

아무튼, 풍하파의 제자는 이차전에서도 상대를 꺾고 삼차전까지 올라온 것이다.

우리는 각자 몸에 일곱 개의 패를 달고 마주 보았다.

나는 그에게 포권하며 말했다.

"앞선 비무에서 불미스러운 일이 있었지만, 그게 우리가 비무를 하지 못할 이유는 아니라고 생각합니다. 부디 좋은 비무를 했으면 합니다."

이에 그는 의미심장한 미소를 지으며 포권했다.

저 미소는…… 뭐지?

소안 무사의 입이 열렸다.

"말씀은 감사하지만, 저는 그 말씀을 받아들일 수 없습니다. 방금 전 대협의 신위를 보았고, 도저히 이길 수 없다고 판단했습니다."

설마…… 설마 아니지? 아닐 거야!

"하여 저는 겸허한 마음으로 이번 비무를 포기하려고 합니다. 이미 무리한 비무로 인해 제 상태는 매우 좋지 않습니다. 그런 몸으로 대협의 신위를 감당할 자신이 없습니다. 부디 이해해 주십시오."

그는 관객석을 보며 외쳤다.

"기권하겠습니다!"

이미 협의가 끝난 것인지, 풍하파의 장문인은 선선히

고개를 끄덕이고 있었다.

"어…… 저, 저기……."

그러나 내 손은 허공만 헛되이 저을 뿐.

금연화 대주가 비무대 위로 올라와 선언했다.

"소안의 장외로 이번 비무의 승자는 은서호입니다!"

"와아아아아!"

"선협미랑! 선협미랑!"

그렇게 나는 환호를 들으며 비무대 위에서 터덜터덜 내려올 수밖에 없었다.

"다녀왔습니다."

"그래, 수고했다."

"검 한 번 휘두르지 않고 이래도 되는 건가 싶네요."

내 말에 아버지께서 웃으며 말씀하셨다.

"모로 가도 북경에만 가면 된다고 했다. 어쨌든 이렇게 이겼으면 된 것 아니더냐?"

"그런가요?"

"그리고 저자가 그냥 기권한 것도 아니고, 아까 네가 향옥을 구하기 위해 뛰어들었을 때의 실력을 보고 기권한 것인데, 너에게 흠이 되겠느냐?"

"그것도 그렇긴 하네요."

이렇게 해서 나는 삼연속 기권승으로 올라간 셈이 되었다.

그때 맹응대주가 다급히 맹주에게 달려왔다.

그는 맹주에게 조용히 보고했고, 맹주는 금연화 대주를 불렀다.

금연화 대주는 고개를 끄덕이고는 비무대 위로 올라갔다.

"뒤로 미뤄진, 향옥 무사와 서문일신 무사와의 비무는 안타깝게도 서문일신 무사가 비무를 할 상황이 아니기에 향옥 무사의 승리로 결정합니다."

- 꾸이!

그때 내 소매 안으로 금령이가 돌아왔다.

아까 서문일신 공자가 수상하다는 것을 알아차리자마자 금령에게 진짜를 찾아서 도우라고 부탁했으니까.

- 어떻게 되었어? 살아 있어?
- 꾸이!

다행히 살아 있었다.

만약 그가 죽었다면 그에게 미안해졌을 텐데.

아무리 봐도 내가 바꾼 미래로 인해 이런 일이 생긴 것 같으니까.

그렇다고 해도 죄책감을 갖지는 않을 거다.

내가 바꾼 미래는 분명히 더 나은 미래기에, 묵묵히 그를 향해 나아갈 것이다.

"하여 지조의 우승자는 점심 식사 후 아미파의 질풍선자 향옥과 은해상단의 선협미랑 은서호의 비무로 결정됩니다."

그렇게 상황이 정리되고, 나는 향옥 누님에게 찾아갔다.
누님을 좀 위로해 주어야 했으니까.
"향옥 누님. 괜찮으십니까?"
향옥 누님은 담담한 얼굴로 고개를 끄덕였다.
"응. 괜찮아."
"공교롭게도 상황이 이렇게 되었네요."
"그러게 말이야."
향옥 누님이 내 눈을 보며 물었다.
"그래서, 너는 어떻게 할 생각이니?"
"네? 뭐가 말입니까?"
"일부러 질 생각이니?"
"……."
누님의 물음에 나는 뭐라고 답을 하지 못했다. 사실 나는 이번에 일부러 질 생각이었기 때문이다.
그러나…… 상황이 이렇게 되어 버렸다.
"나보다 네가 강하다는 거 알고 있어. 그런데 나를 봐주면서 싸운다면 나는 모멸감에 삐뚤어질지도 몰라."
향옥 누님의 말에 나도 모르게 식은땀이 흘렀다.
삐뚤어진 향옥 누님을 상상하니, 뭔가 상당히 무서워졌기 때문이다.
"그러니까 잘 생각해."
그때 팔갑이 나타나 나를 불렀다.
"도련님. 맹주님께서 찾으십니다요."
"응. 알았어."

나는 누님에게 말했다.

"저는 이만 물러가겠습니다."

그리고 나를 찾아온 맹주의 사람을 따라 무림맹 안으로 들어갔다.

무림맹과 엮이는 것은 항상 긴장되는 일이었는데, 무림맹이 설풍궁을 멸문시킨 흉수라는 것을 알게 된 후부터는 더 긴장되었다.

내 행동에 실수가 없어야 했으니까.

그렇게 도착한 곳은 이전 용봉비무회에서 사람들을 구했을 때 내 공과 보상을 논의했던 곳이다.

그 안에는 좌우에 무림맹의 중진들이 앉아 있었다.

나와 친분이 있는 분도 있고, 안면만 있는 분도 있고, 잘 모르는 분도 있다.

나는 그들을 향해 포권하여 인사했다.

"소상, 은서호가 맹주님과 중진들을 뵙습니다."

"가까이 오게."

맹주의 말에 나는 몸을 세우고 회의실 한가운데로 나아갔다.

"이번에도 자네 덕분에 큰 화를 면할 수 있었네."

"아까도 말씀드렸다시피 마땅히 해야 할 일이었습니다. 제 사촌누이에게 큰일이 생겼다면 가족들이 모두 슬퍼했을 테니 말입니다."

나는 조심스럽게 말을 이었다.

"그런데 서문 공자의 소식을 듣지 못했는데 그는 괜찮

습니까?

　이에 대한 대답은 서문세가의 가주에게서 나왔다.

"걱정해 주어서 고맙네. 다행히도 강에 빠진 그를 누군가 구해 주었는지 강둑에 있었네."

"다행입니다."

"하지만 누가 구했는지 모르니……."

"분명 좋으신 분일 겁니다. 다만 자신의 선행이 알려지는 것이 싫어 몸을 숨긴 것일 겁니다."

"그걸 어찌 아나?"

"지금 제가 그런 심정이기 때문입니다."

나는 말을 이었다.

"지금 저는 이 자리에 있는 것만으로도 몸 둘 바를 모르겠습니다."

"겸손이 과하군. 자네는 그럴 만한 일을 했다네."

"송구합니다."

"그래서 말인데, 무슨 보상을 원하나?"

"그건……."

"아! 비무에서 빼 달라거나 하는 것은 안 되네."

쳇! 좋다 말았네.

나는 잠시 고민하다가 묘안을 떠올렸다.

그래, 그거면 되겠군.

나는 맹주에게 말했다.

"그러면 은자 십만 냥만 주십시오."

"은자 십만…… 냥?"

"네."

내 말이 뜻밖이었던 걸까?

맹주는 의아한 표정으로 나에게 물었다.

"은해상단의 부는 여기 있는 모두가 알 정도네. 그런데 어째서 또 돈을 원하는 것인가?"

"그건 상단의 돈이지, 제 돈은 아니지 않습니까? 그리고 제가 제일 좋아하는 것은 돈입니다."

내 대답에 나와 인연이 있으신 분들은 고개를 주억이셨다. 뭔가 뜻이 있기에 그런 요구를 하는구나 싶은 표정이다.

반면 나와 친분이 없는 이들의 반응은 썩 좋지 않았다.

개중에는 노골적으로 비웃음을 흘리는 자도 있었다.

분명 '역시 천한 상인이라 그런지 돈을 밝히는군.'이라고 생각하는 것일 터.

마음대로 생각하라지.

반면 맹주는 묘한 표정이다.

"그래서, 제 청을 들어주실 수 있으십니까?"

"자네가 원하는 것이 정말 그것이라면, 들어주지 않을 수 없지. 알겠네. 내 은자 십만 냥을 내주지."

"감사합니다."

"그럼 이만 나가 보게나. 그리고 다음 비무에서의 건투를 기대하지."

"기대에 부응하도록 노력해 보겠습니다."

나는 공손히 예를 차리고 그곳에서 나왔다. 그리고 진

유 무사에게 전음으로 물었다.

- 괜찮으십니까?

내 물음에 그는 미소 지었다.

- 괜찮습니다. 이렇게 당당하게 무림맹 안을 돌아다닐 수 있다니! 꿈만 같습니다.

그의 얼굴에는 환한 미소가 걸려 있었다.

하긴 그전에는 이런 건 꿈도 꾸지 못했겠지.

조금만 참으십시오.

훗날, 신이변용술을 사용하지 않고서도 당당하게 이 무림맹을 활보하게 해 드리겠습니다.

그렇게 나는 연풍객잔으로 돌아왔다.

점심을 먹어야 했으니까.

그런 나에게 미리 객잔에 와 있던 팔갑이 말했다.

"도련님. 손님이 오셨습니다요."

"손님?"

"네."

그리고 일 층의 구석으로 안내해 주었는데 그곳에는 생각 외의 인물이 있었다.

제갈유아 소가주다.

"이제 몸은 괜찮으십니까?"

천조의 최종 승자를 가리는 마지막 비무에서 제법 큰 부상을 입었으니까.

"네. 소단주님이 주신 영약 덕분에 거의 다 나았어요."

"다행입니다."

"그래서 이렇게 왔어요. 감사하다는 말씀을 드리고 싶어서요."

그녀는 포권하며 고개를 숙였다.

"그런데…… 어째서 저에게 그렇게 귀한 영약을 주신 건가요? 아버지께서 그 약을 저에게 쓰시고 깜짝 놀라셨어요."

그랬겠지.

금령의 침은 외상에 기적이라고 할 정도의 아주 탁월한 효능이 있으니까.

나는 씩 웃었다.

"그야, 차기 가주가 되실 분인데 잘 보여야 저희 은해상단이 편안하지 않겠습니까?"

"그런가요?"

"네. 그런 겁니다."

내 말에 그녀도 씩 웃었다.

"뭐, 대가가 있는 거라면 저도 마음이 편하네요. 그나저나 오늘 비무 잘 봤어요."

"검 한 번 휘두르지 않았는데, 그것도 비무입니까?"

"이면음마가 향옥 무사님을 기습하려고 한 것을 막아주셨잖아요?"

"그건 그거고요."

제갈유아 소가주가 고개를 저으며 말했다.

"병법에는 그런 말이 있어요. 가장 좋은 승리는 싸우지 않고 승리하는 것이라고요. 싸우지 않고 승리하는 방법은 여러 가지가 있지만 그중 하나가 바로 소단주가 보여 준 방법이죠."

"……."

"그런 의미에서, 소단주는 최고의 비무를 했다고 생각합니다."

제갈유아 소가주의 말에 나는 고개를 끄덕였다.

"생각해 보니, 그렇군요."

틀린 말이 아니기에 나는 고개를 주억였다.

그나저나 곧 향옥 누님과의 비무다.

향옥 누님이 그렇게까지 말했는데, 기권할 수도 없고…….

후, 젠장.

그러니까 맹주는 왜 나를 추천해서는…….

.
.
.

제갈유아 소가주가 돌아간 후 나는 점심을 먹었다.

그녀에게도 같이 먹을 것을 권했지만, 이미 먹고 왔다면서 그냥 돌아갔다.

그럼 이제 슬슬 움직여 볼까?

"임시상점의 임 행수에게 전해야 할 말이 있었네요. 비무장으로 가기 전에 잠시 다녀오죠."

"알겠습니다."

한참 가던 중, 서우 무사가 나에게 말했다.

"그런데 뭔가 마음이 심란하신 모양입니다."
"아…… 그렇게 보입니까?"
"네."
"그래서 팔갑 소이랑 호위들이 걱정하고 있습니다."
두 무사의 말에 나는 멋쩍게 웃었다.
오랫동안 나를 호위해서 그런지 이제는 내 표정만 보고도 속내를 알아차리는 모양이다.
내가 그렇게 표정을 관리하지 못하는 편이 아닌데 말이지.
"본의 아니게 걱정을 끼쳤네요."
"괜찮습니다."
나는 잠시 발을 멈추었다.
"진지하게 무의 길을 걷지 않는 제가 맹주님의 추천으로 친선비무에 참가하게 되어서 사실 마음이 편하지는 않습니다. 솔직히 저는 저들에게 불청객이니까요."
"그런 생각은 하지 않으셔도 됩니다."
서우 무사가 단호하게 말을 이었다.
"무인들에게 있어, 강자와 싸워 보는 것이야말로 최고의 영광이니 말입니다."
"그런가요?"
"네."
"아까 제갈 소가주 덕분에, 제가 얻은 승리에 대한 의구심은 해소했습니다. 하지만 제가 상대했던 이들은 대체 무슨 생각으로 기권이라는 선택을 했는지 궁금합니다."

내 의문에 서우 무사가 잠시 고민하다가 답을 내어놓았다.

"그 무사들도 무인이기 이전에 사람이지 않습니까? 각자 생각하는 바가 다른 것처럼 각자의 행동에 대한 기준 역시 다른 것이 아니겠습니까?"

"……."

"그러니까 지금까지 마주한 상대들의 결정은 그들 나름의 기준에 따른 행동이었던 것입니다. 그러니 그 결정 하나하나를 존중해야 한다고 생각합니다."

여응암 무사가 말을 보탰다.

"본선 사차전까지 얼떨결에 가신 것 같지만, 충분히 합당한 과정을 거치셨다고 생각합니다. 그러니 주군께서도 본인의 기준에 따라 그 길을 걸으시면 됩니다. 저희도 저희의 기준에 따라 무의 길을 걸을 겁니다."

그 말을 들으며 나는 하늘을 보았다.

하늘이 참 푸르네.

두 무사의 조언을 들으니, 살짝 심란했던 것이 정리되었다.

솔직히 나와 비무했던 무사들이 기권하는 바람에 내 계획이 어그러진 것이 마음에 들지 않았다.

그러나 그들은 자신들의 기준에 따라 행동한 것뿐.

그래, 그들의 결정을 존중해야지.

그러니까 누님도 내 결정을 이해해 줄 거다.

당장 납득하는 건 힘들겠지만.

\* \* \*

맹주전.

맹주는 자신의 집무실에 앉아 막간을 이용하여 서류를 처리하고 있었다.

무림대연회가 한창이었지만, 그렇다고 맹주의 업무를 쉴 수는 없었으니까.

"에힝! 맹주의 업무가 이렇게 많은 줄을 알았다면 '맹주가 된다는 선택'을 하지 않았을 텐데 말이지."

그는 조용히 투덜거리고는 자리에서 일어나 창문을 활짝 열었다.

맹주전에서는 낙양의 전경이 훤히 보였다.

무림대연회로 인해 수많은 사람들이 모여들었고, 그들이 내는 소음이 마음에 들지 않았다.

단지 시끄러워서가 아니다.

그 소음은, 평화로움이 만들어 낸 소음이니까.

그 발아래 깔린 피는 외면한 채.

맹주는 창문을 닫았다.

탁.

그리고 다시 서탁 앞에 앉았고, 다음 서류를 처리하기 위해 두루마리를 펼쳤다.

그건 은서호에게 은자 십만 냥이라는 포상을 주기로 한 서류.

"흐음…… 대체 무슨 생각인지."

그는 이전에 그가 낸 '시험'을 이행하고 온 은서호와의 대화를 떠올렸다.

"무공이라! 참 감사한 말씀이지만, 사양하겠습니다. 방금 말씀드렸듯이, 상인에게 최고는 눈에 보이고 손에 만져지는 것입니다. 저는 그 이상의 것은 욕심내지 않습니다."

자신은 상인이라며, 물질적인 대가를 당당하게 요구했다.
"흐음…… 정말 돈이 좋아서, 돈을 요구한 것인가?"
때로는 대인배의 모습을 보이면서도 이럴 때는 소인배의 모습을 보이는 게 참으로 역설적인 인물이었다.
'어찌 보면 그런 자가 천류빙검의 전인이라는 것이 다행이군.'
돈만 아는 자이니, 천류공의 진의를 깨닫지 못할 터이니 말이다.
그리 생각하며 서류에 수결했지만 그의 표정은 좋지 않았다.
이번 무림대연회의 친선비무를 통해서 하고자 했던 일들이 모두 실패했기 때문이다.
가장 뼈아픈 건, 역시 불상을 도둑맞은 것이다.

\* \* \*

상업 구역에 당도한 나는 은해상단의 임시상점이 있는

곳으로 향했다.

"장사는 잘 되십니까?"

내 인사에 그곳의 행수들이 나를 맞아주었다.

"아! 소단주님!"

"이야기 들었습니다! 사차전에 진출하셨다고요."

"네. 그렇습니다."

"축하드립니다. 그런데 이 시간에 여기는 어쩐 일이십니까?"

임 행수의 질문에 내가 여기 온 용건을 바로 꺼냈다.

"아, 다름이 아니라 오늘 날씨가 무척 건조하더군요. 이런 상황에서 불이라도 나면 큰일이지 않습니까?"

"맞는 말씀입니다."

"그래서 말인데, 좀 번거롭겠지만 임시상점의 지붕에도 수시로 물을 뿌리고 주변에도 물을 뿌려 두는 게 좋을 듯합니다."

"알겠습니다. 그리하겠습니다."

임 행수는 순순히 고개를 끄덕이고는 하인들에게 명해서 물을 길어 오게 했다.

"노파심에 수고롭게 해서 송구합니다."

"그런 말씀 마십시오. 만약 진짜 불이라도 나면 큰일이잖습니까? 조언 감사합니다."

"아닙니다. 부디 별일이 없기를 바랍니다."

나는 다른 행수를 보내 다른 상단의 이들에게도 이를 전했다.

나에게 호의적인 상단 사람들은 내 조언을 따랐지만, 내 조언을 무시하는 곳들도 여럿이었다.

그중 한 곳은 바로 백천상단.

이번에 상단주가 남궁강의 동생으로 바뀌면서 몇몇 행수들도 바뀌었다.

그들은 나에 대해 잘 모르는 이들이어서인지, 우리를 보며 비아냥거렸다.

"흥! 그럴 시간이 있으면 물건이나 하나 더 팔아야지!"

"뭔 쓸데없는 짓을!"

쯧쯧, 내 조언을 듣는 것이 좋을 텐데.

그렇게 점심시간이 끝나 갈 때였다.

누군가의 외침이 들렸다.

"불이야! 불이야!"

나는 한숨을 내쉬었다. 결국 화재가 일어났네.

이전 삶에서 아버지와 형들에게 들었던 일이 그대로 일어났다.

친선비무의 결승전이 열리기 전날, 갑자기 일어난 화재로 인해 목 좋은 곳에 위치한 임시상점 몇 군데가 전소되었다고 한다.

당시에 화재가 일어난 장소와 범위에 대해 들었던 기억이 있어서 백천상단의 자리도 순순히 양보한 것이다.

마음 같아서는 이번 화재를 미리 막고 싶었지만, 그 원인을 모르기 때문에 뾰족한 방도가 없었다.

그래서 궁리한 최선의 방법이 바로 상점 지붕에 물을

뿌리고 물을 길어다 놓으라고 조언하는 것이었다.

내 조언을 들은 상단의 임시상점들은 화재를 막을 수 있을 터.

하지만 내 조언을 무시한 자들은 그 대가를 톡톡히 치르겠지.

"다, 당장 불을 꺼라!"

"불이 옮겨붙지 않도록 해!"

"상품이 다 탄다! 다 탄단 말이다!"

그리고 나는 이 화재를 이용해서 오늘 비무에 출전하지 않을 계획이다.

향옥 누님에게는 죄송하지만, 누님의 말대로 내가 최선을 다하게 되면 내 실력을 모두에게 들키게 된다.

내 입장에서 그건 매우 곤란한 일이다.

그러니 내가 오늘 비무에 나서지 못하는 게 모두에게 좋은 일이지.

게다가 내가 우승이라도 하게 된다면 맹주의 콧대가 얼마나 높아지겠어.

그 꼴은 내가 못 보지.

"어서 물을 더 길어 오세요!"

"네!"

"거기부터 불을 끄셔야 합니다!"

나는 침착하게 화재 진압을 지휘했고, 모두가 내 말대로 일사불란하게 움직였다.

그때 들리는 목소리.

"사람 살려!"

"제발 살려주십시오!"

백천상단의 임시상점 뒤쪽의 창고에 갇혀 옴짝달싹 못하고 있는 이들이 있었다.

워낙 건조하고, 상품의 포장재인 기름을 잔뜩 먹인 종이들이 많아 불이 삽시간에 번진 탓에 빠져나오지 못한 듯했다.

백천상단의 임시상점 뒤쪽은 창고로, 예전부터 그들이 사용해 오던 곳이다.

이번에 내가 백천상단의 자리를 골랐을 때 진행자가 난감해했던 가장 큰 이유가 저거다.

위치가 좋은 것도 맞지만, 그 창고를 백천상단에서 사용해야 하니까.

나는 천류빙공으로 길을 열며 그곳으로 뛰어들었다.

"어서 이쪽으로 나오십시오!"

"가, 감사합니다!"

"감사 인사는 나중입니다!"

그렇게 그들을 대피시키고, 다 빠져나간 것을 확인하고는 슬쩍 창고의 기둥을 건드렸다.

와르르르!

당연히 기둥이 무너지면서 건물이 붕괴하기 시작했고, 사람들이 다급히 나를 불렀다.

"주군!"

"은서호 소단주님!"

"은 소단주!"
"선협미랑 대협!"
나는 힘껏 몸을 굴렀다.
"윽!"
아슬아슬하게 그 지붕에서 벗어난 나는 입술을 깨물고 미간을 찌푸렸다.
"주군! 괜찮으십니까?"
"윽…… 이런, 다리가…….."
"네?"
"다리가 부러진 듯합니다."
아버지께서도 멀지 않은 곳에 계셨었는지 허겁지겁 달려오셨고, 그 뒤를 진호 형이 따라왔다.
"이게 무슨 일…… 아니, 서호야! 무슨 일이냐?"
"아버지……. 정말 죄송합니다. 다리가 부러진 것 같습니다."
진호 형이 놀라 달려왔다.
"뭐라고? 다리가 부러졌다고?"
나는 고통스럽다는 표정으로 고개를 끄덕였다.
"응……. 비무는, 어떻게 하지?"
"야! 지금 비무가 문제냐? 심하게 다친 건 아니지?"
진호 형은 헐레벌떡 내 다리를 살피려고 했다.
나는 얼른 진호 형에게 전음을 보냈다.
- 형, 사실 나 멀쩡하거든. 그런데 사정이 있어서 그래. 장단 좀 맞춰 줘.

진호 형이 어리둥절한 표정을 짓자, 나는 살짝 주먹을 쥐었다.

이에 진호 형은 내 다리를 보며 과장해서 소리쳤다.

"아이고! 이게 무슨 일이야! 이거 며칠 정도는 제대로 운신도 못 하겠네."

그제야 나는 살짝 쥐었던 주먹을 풀었다.

그러고는 아버지께 사죄했다.

"아버지. 이 일은 제 미숙함으로 인해 생긴 일입니다. 그러니 제 호위들을 탓하지 말아 주십시오."

"쯧!"

아버지는 혀를 차며 고개를 흔드셨다.

"그래도 그만하니 다행이구나."

"주군을 우선 객잔으로 옮겨야 할 듯합니다."

"그렇게 해라."

그렇게 나는 들것에 실려서 연풍객잔으로 옮겨졌다.

그 와중에 백천상단의 임시상점과 창고는 깡그리 불타 버렸다.

주변에 위치한 임시상점들도 화재에 휩쓸렸지만, 내 조언을 따른 상점들은 멀쩡했다.

그러니까 내 조언을 들었어야지.

그때 아버지가 나에게 다가오셨고, 작은 목소리로 말씀하셨다.

"의원에게는 내가 사정을 설명할 터이니, 꼼짝 말고 객실에 있어라. 고통을 이기지 못하고 혼절했다고 해야 그럴듯하지 않겠느냐?"

어…… 어떻게 아셨지?

나는 조금 얼떨떨했지만, 아버지의 조언을 충실히 따랐다.

"으…… 이거, 고통이 제법, 심하……."

털썩.

그리고 이내 혼절한 척했다.

"주군! 주군!"

"이런! 어서 객잔으로 옮겨라!"

"네!"

그렇게 나는 내 호위들에 의해서 객잔으로 옮겨졌다.

- 주군, 사람들이 주군이 옮겨지는 모습을 보게 될 듯합니다만, 어찌할까요?

- 오히려 좋습니다.

그렇게 나는 쓰러진 척 들것에 실려 연풍객잔으로 옮겨졌다.

객실에 도착하자 팔갑의 목소리가 들렸다.

"이제 눈 뜨셔도 됩니다요."

나는 안심하고 눈을 뜨며 자리에서 일어났다. 그리고 팔갑에게 물었다.

"내가 멀쩡한 거 어떻게 알았어?"

그도 그럴 것이, 팔갑이 객잔에 실려 들어오는 나를 보고 호들갑을 떨었지만 지금은 평온 그 자체였으니까.

내 호위들이 전음을 보냈나?

"사실, 곽 부관님께서 미리 언질을 주셨습니다요."
"아……."
나는 피식 웃었다.
그리고 나를 데리고 온 두 호위무사에게 물었다.
"어떻게, 사람들은 잘 속은 것 같습니까?"
내 물음에 그들은 고개를 끄덕였다.
"네."
"완벽합니다."
"본의 아니게, 폐를 끼치게 되었습니다. 죄송하게 되었습니다."
내 사과에 서우 무사와 여응암 무사가 손을 저었다.
"아닙니다. 그런 말씀 마십시오."
"이 역시, 큰 범주 안에서 주군을 지키는 일이지 않습니까?"
"그렇긴 하죠."
"저희는 이렇게 주군을 지키는 일에 도움이 되어 기쁠 뿐입니다."
"그리 말씀해 주시니 감사합니다."
나는 고개를 돌려 팔갑에게 말했다.
"그럼, 빨리빨리 움직이자."
"네. 알겠습니다요."
나는 씻고 침의로 갈아입었다. 그때 의원이 들어왔다.
"상단주님께 이야기 들었습니다. 그래서 부러진 다리는 어느 쪽입니까?"

그 물음에 나는 멋쩍게 대답했다.

"왼쪽입니다."

의원은 부목을 꺼내 내 왼쪽 다리에 대 주고는 일부러 큰 목소리로 말했다.

"정신이 드시면 말씀하십시오. 탕약을 지어 올리겠습니다."

이에 팔갑이 대답했다.

"알겠습니다요."

그렇게 나는 완벽하게 다리를 다친 환자가 되었다.

의원이 나가자 아버지와 어머니께서 객실로 들어오셨다.

"나와 네 어미밖에 없으니 이제 눈을 떠도 된다."

나는 눈을 뜨고 자리에서 일어나 고개를 숙였다.

"갑자기 이렇게 되어 송구합니다."

"후, 안 그래도 예상은 하고 있었다."

아버지께서 쓴웃음을 지으며 말씀하셨다.

"향옥이와 비무하는 게 참으로 부담스러웠을 테니 말이다."

"……."

"그리고 외총관이 그러더구나. 네 경지가…… 초절정이라고."

"……!"

나는 놀란 표정으로 아버지를 보았다.

내 경지는 그리 쉽게 알 수 있는 것이 아니다.

태음빙해신공의 특징이 외부로 경지가 드러나지 않는 것이니까.

그런데 외총관이 눈치채고 있었다니…….

전에 사부님과 외총관이 대화하는 모습을 본 적이 있는데, 혹시 그때 외총관이 사부님께 대화를 청한 이유가 내 경지에 대한 것이었던 건가?

"그래서 네 연승이 좋으면서도 내심 불안하던 참이었다. 네 경지가 밝혀지면 참으로 피곤한 일이 생길 테니 말이다."

나는 부모님께 고개를 숙였다.

"제 실력을 속이게 되어 송구합니다."

이에 어머니가 고개를 저었다.

"그런 것은 죄송해할 필요 없다. 자고로 무의 길을 걷는 자라면 함부로 본 실력을 드러내는 법이 아니니."

역시 미류검이라 불렸던 어머니다운 대답이다.

"그나저나 이제 며칠 동안 제대로 돌아다니지 못할 텐데 답답하지 않겠느냐?"

"괜찮습니다. 안 그래도 휴식이 필요했으니까요. 오히려 저 때문에 모임에 나가서 위로를 들으셔야 하는 점에 죄송할 따름입니다."

내 대답에 아버지께서 고개를 저으셨다.

"괜찮다. 이제 중요한 모임은 다 끝났고, 굳이 갈 필요가 없는 곳들만 남았으니 말이다. 어떻게 하면 좋게 불참할지 고민했는데 마침 잘됐구나."

아, 상단주들이 무림맹의 중진들에게 아부하는 모임이 남아 있었지.

나도 가장 가기 싫은 자리였다.

"네 핑계로 나도 불참하고 쉬어야겠구나."

"다만 서호야."

어머니가 진지한 표정으로 말씀하셨다.

"다음에 이런 일이 있으면 미리 귀띔이라도 좀 해 주거라. 이 어미는 가슴이 철렁했단다."

"정말 죄송합니다."

"그래도 그간의 네 행적을 생각해 보면 이 정도는 양호한 것 같기도 하구나."

"……."

뭔가 대답이 궁색해졌다.

민망해하는 나를 보셨는지 아버지께서 내 어깨를 가볍게 두드리며 일어나셨다.

"그럼 편하게 쉬거라."

"네."

그렇게 부모님이 나가신 후 나는 서향 소저를 불러서 부탁했다.

"밀린 서류를 좀 가져다주십시오. 이렇게 된 김에 업무라도 처리해 두어야겠습니다."

하지만 그녀는 곧바로 움직이는 대신에 빙긋 웃으며 말했다.

"서류를 가져다드리는 건 어렵지 않지만, 과연 그걸 살펴보실 시간이 있으실까요?"

"네?"

내 의문에 그녀가 말을 이었다.

"병문안을 오실 분들이 제법 되시거든요."

"얼마나 된다고 그러십니까?"

서향 소저는 대답 대신에 그저 미소만 지었다.

아니, 불안하게 왜 그러십니까?

서향 소저의 말은 현실이 되었다.

가장 먼저 병문안을 온 이들은, 같은 객잔에 머무는 이들이다.

우리 상단의 행수와 은풍대원들을 비롯한 모든 직원들.

그들만 해도 수가 상당했는데, 그 뒤를 이어 대녹 무사와 수암 무사가 찾아왔다.

그 다음으로 찾아온 사람은 바로 향옥 누님.

"야! 은서호!"

"누, 누님······."

"비무를 앞두고서 누가 그렇게 몸 함부로 하래?"

누님은 눈을 가늘게 뜨고 나에게 물었다.

"너 혹시, 나랑 비무하기 싫어서 일부러 그런 건 아니지?"

예리하시군.

하지만 그렇다고 대답했다가는 누님께 탈탈 털리겠지.

나는 최대한 속상하다는 표정을 지으며 말했다.

"누님, 그게 무슨 말씀이십니까? 그리 말씀하시면 제가 참 서운합니다."

"하긴, 그럴 리가 없지. 잠시나마 오해해서 미안해."

"괜찮습니다. 누님의 입장에서 그리 생각하실 만하니까요."

나는 향옥 누님에게 물었다.

"그래서, 비무는 어찌 되었습니까?"

"어찌 되긴. 네가 비무를 하지 못하게 되었으니 어쩔 수 없이 내가 지조의 우승자가 되었지."

"그러면 누님이 제갈유아 소가주와 우승을 놓고 겨루게 되겠군요."

"응, 그렇게 되었어."

향옥 누님이 한숨을 내쉬었다.

"어쩌다 보니 이렇게 되었네. 그런데 좀 민망해. 서문세가의 공자만 해도 나보다 강하거든."

누님의 말대로 서문일신 공자의 무위는 누님보다 높다.

"그런데 이면음마 때문에 그가 떨어지고 내가 올라가고…… 화재 때문에 네가 떨어지고 내가 또 올라가고……."

문득 그런 생각이 들었다.

하늘이 향옥 누님을 마음에 들어 해서 행운을 퍼 주는 게 아닌가 싶은…….

뭐, 그게 중요한 건 아니지.

"아, 그러고 보니 그 이면음마라는 녀석은 어떻게 된

일입니까? 대체 무슨 일이 있었기에 죽을 것을 각오하고 비무장에 난입해서 복수하려 한 것입니까?"

내 물음에 향옥 누님이 한숨을 내쉬었다.

"에휴, 그 새끼는 진짜……."

"……?"

"사실 그자를 제압하는 과정에서, 그자의 양물을 잘라 버렸거든."

"아……."

색마, 음마라고 불리는 이들은 대부분 기이하리만큼 자신의 양물에 집착하는 경향이 있지.

그런 이유로 목숨을 걸고 복수하려고 했군.

참 부질없네.

애초에 양물이 잘릴 짓을 해 놓고서 말이지.

그런데 그가 어떻게 이 무림맹의 중심이라 할 수 있는 낙양에 들어올 수 있었을까?

아무리 재주가 뛰어나다고 해도 순찰대의 감시를 뚫고 서문일신 공자를 납치해서 그 신분으로 위장해 비무에 참가한 것도 그렇고…….

그의 뒤에 조력자가 있는 게 분명하다.

"그나저나 네가 이번에 백천상단 사람들을 구했다면서?"

"아…… 네."

나는 고개를 끄덕였다.

솔직히 백천상단은 내 원수인 만큼 꼴도 보기 싫었지만, 창고에서 일하던 하인들에게 죄가 있는 건 아니니까.

그리고 백천상단의 사람들을 구함으로써, 내가 백천상단에 해를 끼치기 위해 움직이는 게 아닌가 하는 생각을 차단하려는 목적도 있었다.

 상식적으로 백천상단의 이들을 구하기 위해 목숨을 건 사람이 백천상단에 복수심을 가지고 있다고 생각할 수 있겠어?

 "축하해. 덕분에 너는 지금 낙양에서 화제의 중심이야."

 "네?"

 "선협미랑이 또 선행을 펼쳤다는 소식이 낙양 전체에 퍼졌거든."

 "……."

 "아무튼, 몸조리 잘해. 나는 내일 결승이 있어서."

 "네. 무운을 빕니다."

 그렇게 향옥 누님이 나가고, 나는 한숨을 내쉬었다.

 "왜 그러십니까요?"

 팔갑의 물음에 나는 멋쩍게 웃었다.

 "내가 지금 낙양에서 화제의 중심인 거, 알고 있었어?"

 "물론입니다요."

 "왜 말 안 했어?"

 내 물음에 팔갑이 말했다.

 "그걸 말씀드리면 도련님께서 분명 '내가 의도한 바는 아니었는데! 대체 왜 이렇게 된 거야! 내가 선협을 행하는 것이 취미도 아닌데!'라고 하실 거 아닙니까요?"

 "……."

할 말이 없었다.

"그럴 바에는 모르는 것이 약이라는 생각이 들었습니다요."

"그, 그랬구나."

곧이어 제갈유아 소가주와 가주님께서 병문안을 오셨다. 그들은 심심한 위로를 전했다.

조금 더 이야기를 나누고 싶은 눈치였지만, 내일이 비무의 결승이었기 때문에 짧게만 이야기를 나누고 돌아갔다.

나로서는 다행인 일이지.

그렇게 밤이 되었다.

후, 이제야 좀 쉴 수 있겠군.

그리 생각할 때 창문이 열렸다.

끼이이익.

"꾸이?"

금령이가 반가운 기색을 보였다. 금령이가 이런 반응을 보이는 자라면…….

"사부님."

창문을 통해 들어온 사부님께서 나에게 다가오셨다.

"이야기는 들었습니다. 오늘 화재 속에서 사람들을 구하다가 다리가 부러졌다고요. 걱정돼서 와 봤습니다."

"하하하."

나는 멋쩍게 웃으며 침상에서 내려왔다.

멀쩡하게 서 있는 나를 보며 사부님께서는 미소를 지으

셨다.

"나름 수를 쓰신 거군요."

"네. 그렇습니다. 미리 말씀드리지 못해서 송구합니다."

"아닙니다."

사부님께서는 고개를 저으셨다.

"자고로 적을 속이기 위해서는 아군부터 속여야 한다고 했으니까요."

사부님께서는 내가 본래 실력이나 무공을 들키지 않기 위해 이런 수를 썼다는 것을 단번에 간파하셨다.

"이렇게 건강한 모습을 보았으니, 됐습니다."

아, 이렇게 찾아오신 김에 궁금한 것을 여쭤봐야겠군.

"사부님. 여쭤볼 것이 있습니다."

"무엇이 궁금합니까?"

"일전에 정호 형을 호북성 본단까지 호위하신 후에 곧바로 낙양으로 오신 것입니까?"

내 물음에 사부님께서는 고개를 주억이셨다.

"그런 셈이군요."

"송구합니다. 제 부탁 때문에 하지 않아도 될 수고를 하시고……."

내 말에 고개를 저으셨다.

"아닙니다. 어차피 저도 표국에 볼일이 있어서 돌아가던 중이었습니다. 그리고 낙양에 일이 있어서 들른 것이고, 겸사겸사 비무도 구경한 것입니다."

낙양의 볼일이라면…….

"혹시, 황실의 일입니까?"

이번에는 대답해 주지 않으셨다.

하지만 무언은 긍정이라고 했다.

그렇다면 이 낙양에 황제가 은밀히 서신을 전할 자가 있다는 의미인데…….

누굴까? 궁금해지는데?

그런 내 생각을 아셨는지, 사부님께서는 내게 다가오셨고 어깨를 두들기셨다.

"궁금해하지 않아도 됩니다. 언젠가 알게 될 터이니."

"하하하."

"그럼, 다음에 뵙죠."

"네. 사부님."

나는 포권했다.

"부디, 몸조심하시고요."

사부님께서는 피식 웃으시고는, 창문을 통해 사라지셨다.

내 사부님이지만, 참 신출귀몰하시단 말이지.

후, 그럼 이제 진짜로 자야겠군.

.

.

.

날이 밝았다.

내가 병석에 누운 지 이틀째 되는 날.

드디어 오늘 백천상단의 행수가 나를 찾아왔다.

"백천상단의 행수 장을주라고 합니다. 상단주께서 보내셔서 왔습니다. 몸은 좀 어떠십니까?"

내가 백천상단의 이들을 구하려다가 다친 것인데, 이 정도면 남궁석 상단주가 직접 찾아와야 하는 것 아닌가?

여기가 그리 먼 곳도 아니고.

이렇게 행수만 보냈다는 것은 나에 대한 병문안이 상단주가 직접 올 정도의 일은 아니라고 판단했다는 뜻이겠지.

"걱정해 주신 덕분에 괜찮습니다. 제가 구한 이들이야말로 괜찮습니까?"

내 물음에 장을주 행수가 대답했다.

"물론입니다. 모두 큰 부상 없이 안전하게 탈출할 수 있었습니다."

"참으로 다행입니다."

"상단주님께서 감사하다는 뜻을 전하라고 하셨습니다."

"감사하다고 전해 주십시오."

그런데 왜 어제가 아닌 오늘 아침에야 왔을까?

혹시 불을 낸 게 내가 아닐까 의심해서 조사하느라 늦었을 수도 있겠군.

남궁세가라면 그러고도 남을 자들이니까.

하지만 이렇게 늦게라도 병문안을 왔다는 것은 나에 대한 의심이 풀렸다는 의미겠지.

"그런데 어제 불이 나기 전에 왜 갑자기 천막에 물을 뿌리고 물을 길어 놓으라고 하신 겁니까?"

음, 아직 의심이 안 풀렸나?

나는 태연하게 준비해 둔 대답을 꺼냈다.

"그야 날이 무척 건조했으니까요. 그런 상황에서는 천막을 고정한 밧줄이 바람에 의해 마찰하거나 주변에서 날아온 불똥이 튀는 것만으로도 화재가 발생할 수 있지 않습니까?"

"……생각해 보니 사방이 원인투성이였군요."

"예. 무엇이 원인이 될지 알 수 없으니 어쩌겠습니까. 예방이라도 철저히 해야지요."

나는 말을 이었다.

"그래도 많은 상단이 피해를 크게 보지는 않은 것 같아서 다행입니다. 백천상단에도 제가 행수를 보내서 말씀을 드렸던 걸로 기억합니다만……."

"……."

내 말에 장을주 행수는 아무 말도 하지 못했다.

그도 그럴 것이, 내가 보낸 행수의 말을 무시한 장본인이 바로 장을주 행수였으니까.

"피해가 크다고 들었습니다. 부디 빠르게 수습되길 바랍니다."

후후후, 아마 속 꽤나 쓰릴 거다.

내 말에 장을주 행수가 애써 미소 지으며 말했다.

"감사합니다. 그러면 저는 이만 가 보겠습니다."

그는 뒤도 돌아보지 않고 부리나케 객실을 나갔고, 곧 팔갑이 들어왔다.

"뭐라고 합니까요?"

"뭐라고 하긴, 고맙다고 하지."

"정말 고마우면 어제 찾아와야 하는 거 아닙니까요?"

"뭐, 기대도 안 했어."

내 대답에 팔갑이 웃으며 말했다.

"그럼 다음 병문안 신청자를 모셔도 되겠습니까요?"

"응? 다음 병문안 신청자라니?"

내 물음에 팔갑은 들고 있던 서책을 보여 주며 말했다.

"지금 아래에 도련님께 병문안을 하기 위해 방문하신 분들이 줄을 서서 대기하고 계십니다요. 이게 그분들의 명단입니다요."

"왜 명단까지 있는 건데?"

"어쩔 수 없었습니다요. 병문안을 하겠다는 분들이 구름떼처럼 몰려들어서 말입니다요. 하여 질서 유지를 위해 명단을 작성하고 순서대로 모셔오기로 했습니다요."

"아니, 병문안을 와 주신 건 감사한데, 뭘 이렇게까지······."

"병문안을 거절하니 모두 돌아가라고 말씀드리면 되겠습니까요?"

팔갑의 말에 나는 한숨을 내쉬었다.

내 병문안을 온 이들이 정말 나를 걱정해서인지, 아니면 다른 목적이 있어서인지는 모른다.

하지만 처음부터 병문안을 받지 않은 것도 아니고, 이대로 돌려보내면 내 평판이 나빠지겠지.

상인에게 평판은 아주 중요하다.

나는 천하제일상단을 목표로 하는 상인이니까.

그리고 한편으로, 누가 내게 호의적인지 구분할 수 있는 기회라는 생각이 들었다.

"모셔와……."

"알겠습니다요."

문득, 어제 서향 소저가 나에게 했던 말이 떠올랐다.

서류를 볼 시간이 없을 거라는 말.

대체 병문안을 올 분들이 얼마나 많기에 그러냐는 내 물음에 말없이 웃었지.

그 이유를 알 것 같았다.

.

.

.

병문안을 한참 받다 보니 어느새 점심시간이 되었다.

지씨세가의 가주와 소가주, 그리고 지경화 공자를 비롯해 해남파의 장문인과 청류 무사도 오전에 병문안을 왔다.

그 외에도 여러 사람들의 병문안을 받다 보니 나는 제대로 쉬지도 못한 채 녹초가 되어 침상 위에 널브러졌다.

"도련님. 괜찮으십니까요?"

"응……."

"점심은 드셔야 합니다요. 탕약 드셔야지요!"

"윽!"

나도 모르게 미간을 찌푸렸다.

그럴 수밖에 없는 게, 의원이 지어 준 가짜 탕약이 제법 썼기 때문이다.

진짜 치료를 위한 약은 아니고 피로 해소와 체력 증진에 도움이 되는 보약이었다.

덕분에 피곤하지는 않았지만, 육체적으로 피곤한 것과 정신적으로 피곤한 건 엄연히 다르다고.

찰싹! 찰싹!

나는 두 손으로 내 얼굴을 쳐서 정신이 돌아오게 한 후 팔갑에게 물었다.

"그래서, 병문안 인원은 앞으로 몇 명이나 남았는데?"

내 물음에 팔갑이 명단을 보여주었다.

"아직 한참 남았습니다요."

명단을 본 나는 기겁했다.

아까보다 명단이 더 늘었잖아!

"아니, 대체 왜 그렇게 많은 거야?"

내 투덜거림에 팔갑이 피식 웃었다.

"그야 도련님께서 지금 낙양의 최고 유명 인사시니 그런 거 아니겠습니까요?"

"아니, 내가 뭘 했다고 유명 인사인 건데?"

"정말⋯⋯ 모르셔서 하시는 말씀이십니까요?"

나는 멈칫할 수밖에 없었다.

낙양에서의 내 행적을 생각하니 할 말이 없었으니까.

이건 전적으로 내가 만든 결과고, 배부른 투정이다.

솔직히 상인으로서 이보다 좋은 일은 없다.

수많은 사람들에게 신뢰를 얻었고, 명성을 높였으니까.

좋기는 좋은데…….

나는 왜 눈물이 나는 걸까?

그때 문밖에서 서우 무사의 목소리가 들렸다.

"주군. 저 서우입니다."

"네."

문이 열리고 서우 무사가 들어왔다.

"방금 친선비무의 최종 비무가 끝났습니다."

"네. 결과는 어찌 되었나요?"

"제갈유아 소가주의 승리입니다."

예상대로였다.

향옥 누님도 부족하지는 않지만, 제갈유아 소가주의 재능은 그보다 한 수 위니까.

이전 삶에서 모든 기반을 잃은 채로 초절정에 오른 사람이다.

제갈세가의 소가주로서 풍족한 지원 속에 수련을 하고 있으니 이전 삶보다 훨씬 빠르게 강해지겠지.

그러면 제갈세가는 지금보다 훨씬 강해질 거다.

무림맹의 군사를 역임한 덕에 그 위상은 높지만, 무가로서의 위상은 상대적으로 낮은 편이다.

하지만 제갈유아 소가주 덕분에 이제는 그 위상이 높아질 터.

그때가 기대되네.

...

그날 오후.

내 병문안을 온 이들은 나도 놀랄 만큼 쟁쟁한 분들이었다.

친선비무가 끝나서 이제 내 병문안을 오신 듯하다.

그분들과 덕담을 나누며 새삼 내가 열심히 살았다는 것을 깨달았다.

그들 중에는 맹주님이 직접 보낸 사람도 있었다.

바로 맹주의 친위대라고 할 수 있는 호정대의 건만석 대주.

"몸은 좀 어떤가?"

"소상 은서호가 대주님을 뵙습니다. 이렇게 침상에 누워서 맞이할 수밖에 없음을 이해해 주십시오."

"그야 물론이지. 내 어찌 환자에게 그런 예를 바라겠나? 그러면 나쁜 놈이지. 하하하."

건만석 대주는 호탕하게 웃고는 봉투를 꺼내 내게 내밀었다.

"자, 받게나."

"이게 무엇입니까?"

"이번에 자네의 의기 있는 선협에 대한 포상이라네. 맹주님께서 병문안을 가는 김에 전하라고 하시더군."

"아, 감사합니다."

나는 봉투를 받아 열어 보았다.

안에는 만 냥짜리 전표 열 장이 들어 있었다.

"그런데 왜 하필 돈인가?"

"네?"

"좀 비싼 영약이라든지 기물을 원했어도 받을 수 있었을 거네. 그런데 왜 돈을 달라고 했는지 궁금하군."

나는 미소 지으며 대답했다.

"우선 제게는 말씀하신 영약이나 기물이 별로 필요가 없으니 결국, 돈으로 환산해야 할 물건에 불과합니다."

"허어, 그렇군."

"그러면 그것들을 팔기 위해 복잡한 과정을 거쳐야 합니다. 비싼 만큼 살 수 있는 사람도 적고, 그 과정도 위험합니다. 이래저래 신경 써야 할 게 많죠."

나는 봉투를 들어 보이며 말했다.

"하지만 이 돈이라는 것은 그 자체로 쓰임새가 다양합니다. 제게 필요한 게 생기면 사면 되니까요. 이 얼마나 편합니까?"

"듣다 보니 설득되는군."

건만석 대주는 고개를 끄덕였다.

"아, 그리고 맹주님께서 자네에게 위로와 함께 빨리 쾌차하기를 바란다고 전하라고 하셨네."

"감사하다고 전해 주십시오."

"그런데, 혹시 자네……."

뭐지?

"무림맹에서 일해 볼 생각 없는가?"
"쿨럭!"
순간 훅 들어온 그 말에 나도 모르게 사레가 들렸다.
"쿨럭! 쿨럭!"
"저런, 괜찮은가?"
"죄송합니다. 쿨럭쿨럭! 너무 갑작스러운 제안이라 그만 놀라고 말았습니다."
"이게 그렇게 놀랄 제안인가?"
"물론입니다. 그나저나 왜 갑자기 그런 제안을 하시는 겁니까?"

아무렇지 않은 척 물었지만, 속으로는 꽤나 긴장하고 있었다.

건만석 대주는 한숨을 내쉬고는 말했다.

"자네라서 하는 말인데, 무림맹에는 무림의 정의를 위해 싸울 이들이 필요하네. 하지만 당금 무림맹에서는 각자의 이득을 챙기기에 바쁜 이들이 너무 많네. 나는 그런 무림맹의 미래가 너무 걱정스러워."

"……."

"저번에 흑묘문과 관련된 일로 만났을 때도 느꼈지만, 자네와 같은 인재가 없어. 하여 내 이렇게 진지하게 권하는 것이네."

사실 건만석 대주는 참 괜찮은 사람이다.

공명정대할 뿐만 아니라 윗선에도 충성스럽고 아랫사람들에게도 잘 대해 주는 사람이지.

모든 건 이유가 있다 〈297〉

문제는 그의 충성이 향하는 대상이 맹주라는 것이다.

당시 건만석 대주가 흑묘문주를 거침없이 제거할 때의 눈빛에는 망설임 따위 없었다.

무림의 평화를 위한다는 본인만의 정의와 신념으로 똘똘 뭉쳐 있는 자.

나는 비로소 그가 왜 맹주의 친위대 노릇을 하는지 알 것 같았다.

맹주가 어떻게 구워삶았는지 모르겠지만, 지금 그는 맹주가 정의라고 믿고 있으며 다른 소리는 들리지 않을 것이다.

그런 자의 끝에 기다리는 것은 뻔하다.

그럼에도 웃으며 그 최후를 받아들이겠지.

죄송하지만, 저는 그런 최후는 싫습니다.

무림맹에 들어가서, 무림맹을 위해 일하는 척하면서 그 뒤통수에 짱돌을 박는 것도 나쁘지 않은 방법이긴 하다.

하지만 무림맹이라는 틀에 박힌 조직사회에서 일하는 건 내 성미에 맞지 않지.

그리고 나는 상인이지, 무인이 아니거든.

나는 잠시 말을 골랐고, 정중히 거절했다.

"대주님께서 저를 좋게 봐주셔서 그런 제안을 주신 것은 감사합니다만, 그 제안은 받아들일 수 없습니다."

"어째서인가?"

"저는 돈이 좋습니다."

"……그게 이유인가? 고작 그것 때문에?"

"고작 그것이라니요? 그것보다 큰 이유가 어디 있다고요?"

나는 열변을 토해 냈다.

"다른 자가 뇌물을 주면서 일을 무마해 달라고 하면 저도 모르게 그 제안을 받아들여 비리를 저지를지도 모릅니다."

"……."

"그럼 정말 큰일이지 않습니까? 그렇게 되면 저를 추천하신 대주님께서도 엮여 들어갑니다."

"그러면 그 뇌물보다 더 많은 돈을 주겠네."

"대주님께서는 욕심에 끝이 있다고 보십니까?"

"……."

"욕심에는 끝이 없고, 그 욕심을 채우는 건 불가능한 일입니다."

나는 말을 이었다.

"저처럼 욕심이 많은 자는 상인이 어울립니다. 그런 제가 무림맹에 들어갔다가는 괜히 그 이름을 더럽힐 수 있습니다."

"……."

"솔직히 제 능력에 다른 일을 못 하겠습니까? 하지만 그걸 제 스스로가 잘 알기에, 상인으로 머무는 겁니다."

"듣고 보니 그렇군, 자네는 자네의 그 욕심을 상인이라는 정체성을 통해 올바른 방향으로 이끄는 거군."

"네. 그렇습니다. 그러니, 그 청은 거두어 주셨으면 합니다."

아, 이 정도 말했으면 좀 알아들으라고!

이 꽉 막힌 자식아!

건만석 대주는 아쉬워하면서도 고개를 끄덕였다.

"자네의 뜻은 이해했네. 아쉽지만 제안을 거둬들여야겠군."

"감사합니다."

"하지만, 내 개인적으로 자네와 친분을 유지하고 싶다네. 그건 가능하겠는가?"

"제가 영광입니다."

그건 나로서도 나쁜 일이 아니다.

건만석 대주는 맹주의 최측근으로서 그의 비리를 가장 많이 잘 알고 있는 자다.

정의를 위한 일이라고 위장한 일들에 대해서.

만약 그를 전향시키기만 한다면, 맹주를 끌어내리고 무림맹을 뒤집는 데 큰 도움이 될 테지.

물론 이 사람을 전향시키기가 쉽지 않겠지만, 세상에 안 되는 일은 없다.

천천히, 아주 천천히 그 신념에 금이 가게 하면 된다.

솔직히 맹주의 꼭두각시로 살다가 버려지기에는 좀 아까운 인물이거든.

"아, 벌써 시간이 이리되었군. 나는 이만 가 보겠네. 어서 쾌차하길 바라고, 다음에 또 보도록 하지."

"살펴 가십시오."

그렇게 건만석 대주가 내 객실을 나섰고, 나는 팔갑을 불렀다.

"팔갑아!"

"네! 부르셨습니까요?"

"저녁 식사 후에 해남파의 장문인을 모셔와 줄래?"

"알겠습니다요."

.

.

.

저녁까지 이어진 병문안이지만, 저녁 식사 이후로는 오지 않았다.

너무 늦은 시간의 병문안은 실례이니까.

하지만 내가 따로 청한 손님은, 언제든 환영이지.

"주군. 해남파의 장문인께서 오셨습니다."

"어서 모시세요."

문이 열리고, 해남파의 장문인께서 들어오셨다.

"어서 오십시오."

"나를 불렀다고 들었네."

"맞습니다. 편히 앉으십시오."

곧 팔갑이 차를 가져왔고, 장문인께서 먼저 입을 여셨다.

"그래, 나를 보자고 한 이유라면 짐작하고 있네."

"제가 직접 찾아뵈어야 하지만, 다리가 이 모양이라서 송구합니다."

"아닐세."

장문인이 말을 이었다.

"일전에 자네가 했던 제안에 대한 답변을 듣기 위해 나를 부른 거겠지."

"네. 그렇습니다."

그는 난감한 표정으로 대답했다.

"자네의 제안을 받고 꽤나 고민을 많이 했네. 물론 나쁘지 않은 제안이야. 아니, 정확히는 좋은 제안이지. 하지만 문제가 있다네."

"관리들 말입니까?"

내 물음에 그는 고개를 끄덕였다.

"맞네. 자네도 알고 있군."

은해상단이 해남도에 진출하게 된다는 건 외부의 인력이 들어온다는 것이며, 그들의 비리가 드러날지도 모른다는 일이다.

그런 상황에서 그들이 가만히 있을 리가 없지.

아버지께서도 이 점을 우려하셨다.

"제가 이 점을 알고 있으면서도 장문인께 그 제안을 드리는 건, 제가 이를 해결할 수 있기 때문입니다."

"자네가 그걸 어찌…… 본문도 이를 해결하기 위해 백방 애를 썼지만, 전혀 해결하지 못했거늘."

"그건 제 영업 비밀입니다. 제가 그 부분을 해결할 수 있다면, 이 제안을 받아들이시겠습니까?"

장문인은 흔쾌히 승낙했다.

"물론이지. 그것만 해결할 수 있다면 본문으로서는 환

영해야 할 일이네."

"좋습니다."

나는 미리 준비해 두었던 계약서를 꺼냈다.

"여기에 수결해 주시면 됩니다."

장문인은 계약서를 꼼꼼히 읽어 보았다.

하지만 독소조항 같은 것은 없을 거다.

애초에 그런 것은 넣지 않았으니까.

계약서를 통해 이득을 보겠다는 건 얕은 생각이지.

"음, 서로에게 공정한 계약이군."

"물론입니다. 서로 상생해야 하지 않겠습니까?"

그렇게 우리는 훈훈한 분위기 속에서 계약을 맺었다.

"그런데 혹시 무림맹에는 도움을 청하지 않으셨습니까?"

내 물음에 장문인이 피식 웃었다.

"관무불가침이라고 아는가?"

"그 핑계를 댔군요."

나도 피식 웃을 수밖에 없었다.

그 누구보다 관에 관심이 많고, 관의 일에 관여하려고 애쓰는 게 맹주인데.

황궁에 끄나풀을 집어넣으려다가 황제로부터 경고까지 받지 않았던가.

물론 내가 열심히 일한 덕분이지만.

"아, 이거 받으십시오."

나는 그에게 봉투를 내밀었다.

"이게 무엇인가?"

"열어 보십시오."

그 안에는 만 냥짜리 전표가 하나 들어 있었다.

"갑자기 웬 돈인가? 이미 지난번에 주지 않았나?"

"생각해 보니 요즘 곡식값을 생각하면 저번에 드린 만 냥으로는 부족할 것 같아서 말입니다."

"……."

그는 감격한 표정으로 전표를 집어넣었다.

사실 마음 같아서는 이번에 받은 포상을 다 주고 싶지만, 지금은 안 된다.

오히려 해남도의 관리들에게 수탈당할 거다.

적당한 게 좋지.

"내가 더 해 줄 건 없나?"

"별로 없습니다. 그냥 은해상단이 좋은 상단이라고 주변에 말만 잘 해 주시면 됩니다."

# 132장. 황제 좋고 나 좋고

## 황제 좋고 나 좋고

 내가 이런 부탁을 하는 이유는, 우리가 해남도에 배 정박지를 만들고 운영하려면 현지에서 인력을 구해야 하기 때문이다.
 물론 핵심을 맡을 사람은 우리 은해상단에서 직접 해남도로 파견해야겠지만.
 어쨌든 현지인들이 우리 상단에 호의적이어야 인력 수급이 편하고, 빠르게 안정화가 되기 때문에 이렇게 부탁하는 것이다.
 내 말에 해남파 장문인이 씨익 웃었다.
 "그건 걱정하지 말게나. 하하하!"
 해남파는 해남도의 정신적인 지주와 같은 곳이니, 장문인이 나선다면 해남도에서 은해상단의 평판은 아주 좋아질 거다.

그런데…… 왜 불안하지?

나는 애써 불안감을 떨치며 말을 이었다.

"사실, 하나 더 해 주실 것이 있습니다."

.

.

.

다음 날.

향옥 누님이 나를 찾아오셨다.

"아! 누님!"

"몸은 좀 어때?"

"다행히 빨리 낫고 있습니다."

근데 내 기억에 오늘 아침은 누님의 면회 순서가 아닌데?

"누님. 죄송하지만 지금 다른 분들이 면회를 위해 기다리고 있어서 시간을 오래 할애할 수 없습니다."

"어, 나도 알아."

누님이 알고 있다는 듯 고개를 끄덕였다.

"그래서 명단에 이름을 적으려고 했는데, 사람들이 그냥 들어가라고 하더라고."

"아……."

하긴 사적으로는 내 사촌이기도 하지만, 친선비무 준우승자인 사람에게 순번을 기다리라고 할 사람은 없겠지.

"그리고 처음부터 네 시간을 오래 뺏을 생각도 없었어."

"그렇군요."

"이번에는 일이 이렇게 되어서 너와 비무를 하지 못하게 되었지만, 괜찮아. 기회는 다음에도 또 있으니까."

누님은 씩 웃었다.

"그러니까 기대해. 다음에 반드시 너와 비무를 할 거니까."

"누님, 궁금해서 그런데…… 왜 저와 비무를 하고 싶으신 겁니까? 보통의 경우라면 비무를 하지 못하게 되어도 '어쩔 수 없지'라며 넘어가기 마련입니다. 그런데 누님께서는 저와의 비무에 집착하시는 것 같습니다."

내 의문에는 향옥 누님도 명확히 대답하지 못했다.

"뭐; 그냥 그러고 싶으니까?"

"네?"

"너를 볼 때마다 묘하게 나보다 강자라는 생각이 든단 말이지. 그걸 확인하고 싶은 마음이랄까?"

예전부터 느끼지만, 누님이 이런 면에서 참 예리하단 말이지.

"하하하."

나는 뭐라 말하기가 애매했기에 그저 멋쩍게 웃고 말았다.

"이따가 친선비무의 시상식이 끝나면 우리는 곧바로 사천으로 돌아갈 거야. 그래서 미리 작별 인사를 하러 온 거야. 몸 잘 챙기고, 잘 살고 있어. 백부님과 백모님께서 걱정하신다."

"물론입니다. 그건 걱정하지 마십시오. 그리고 나중에

시간 괜찮으십니까?"

내 부탁에 누님은 고개를 갸웃했다.

"갑자기 왜?"

"누님께서 도와주실 일이 하나 있거든요."

"무슨 일인데?"

"아직 자세히 말씀드리긴 그렇습니다. 하지만 누님이 가장 적임자라서요."

"뭐, 네가 어련히 알아서 잘하겠지. 알았어."

누님은 선선히 고개를 끄덕였다.

역시 시원시원하시다니까.

"그럼 살펴 가십시오."

"응."

그렇게 향옥 누님이 객잔을 나간 것을 확인하고 나서야 나는 한숨을 내쉬었다.

내가 향옥 누님을 두려워하는 데는 여러 가지 이유가 있지만, 그중 하나가 아까 그 예리한 감 때문일지도 모른다.

"도련님. 제갈유아 소가주께서 오셨습니다."

"응?"

누님의 뒤를 이어 병문안을 온 이는 제갈유아 소가주.

"지금이 아니면 시간이 나지 않을 것 같아서요."

"그러셨군요. 방금 향옥 누님께서 나가셨는데……."

"봤어요. 인사도 했고요."

"그랬군요. 우승 축하드립니다."

"감사해요. 하지만 다리를 다치지 않으셨으면 소단주가 우승했겠죠."
"제가 우승해서 뭐 합니까?"
"……그런가요?"
"승자는 소가주니, 그 기쁨을 만끽하십시오. 그게 그리 오래 가지 않습니다. 죄책감이니 미안함 같은 생각을 했다가는 나중에 후회하게 될 겁니다."
내 말에 그녀는 살포시 웃었다.
"정말 소단주는 특이해요. 저랑 몇 살 차이도 안 나는데, 아버지 같은 말씀을 하신단 말이죠."
그야 제가, 몇십 년을 더 살았던 놈이라 그렇습니다.
그렇게 조금 더 시간을 보낸 그녀는 나에게 작별 인사를 하고 돌아갔다.
그나저나 오늘이 시상이면, 우리도 슬슬 철수하겠군.
본선에 진출한 자에게는 상금과 함께 보검이 주어진다고 했다.
혹시, 내가 시상에 참석하지 않았다고 나에게 그걸 주지 않는 건 아니겠지?
내가 무엇 때문에 친선비무에 참가했는데!

.

.

.

혹시나 싶어 걱정했지만, 다행히 내 몫의 상금과 보검은 무사히 받을 수 있었다.

이전에 병문안을 왔던 건만석 대주가 내게 그것들을 가지고 왔기 때문이다.

"대주님을 뵙습니다."

"몸은 좀 어떤가?"

"염려해 주신 덕분에 빠르게 낫고 있습니다."

"다행이군. 여기 받게나. 이번 본선 진출자에게 주는 상금과 보검이네."

나는 그것들을 받았다.

상금은 은자 오십 냥.

내가 쓰는 금액이 크다 보니 적어 보이지만, 일반적으로 상당한 거금이다.

"보검도 꽤 멋지군요."

"당연하지! 무려 그 추치(鎚治) 영감이 만든 보검이니까."

망치를 다스리는 자라는 의미가 담긴 추치라는 명호로 불릴 정도로 유명한 장인이다.

그가 만드는 일반 철검도 보검 축에 들 정도의 인물이었으니까.

"이번에 실력 발휘를 좀 하셨지."

"아주 좋군요."

하지만 나에게는 이미 은무검이 있다.

"이거 팔아도 됩니까?"

"응?"

내 말에 건만석 대주는 깜짝 놀라 반문했다.

"그게 무슨 소리인가? 그것을 팔다니?"

"비싼 거니까요?"

"……."

내 말에 그는 한숨을 내쉬었다.

"돈을 좋아한다는 말이 그냥 하는 말인 줄 알았는데 진짜였군."

"저는 허튼 말은 하지 않습니다."

"보검을 팔지 말라는 규정 같은 건 없네만, 그 검날에 보면 이미 각인이 되어 있어서 팔릴지 모르겠군."

그 말에 나는 검날을 확인해 보았다.

"……."

건만석 대주의 말대로 그 검날에는 내 이름과 명호, 이번 무림대연회 친선비무의 본선 진출 기념이라는 각인이 있었다.

"못 팔겠군요."

나는 그것을 내려놓으며 말했다.

"집에 두고 장식용으로 쓰겠습니다. 저를 상인이라며 함부로 하는 이들에게 보여 주면 괜찮겠군요."

"제발 그렇게라도 써 주게나."

그리 말하는 표정을 보니, 그걸 판다는 내 말에 잠시나마 충격을 먹은 듯했다.

음, 그게 그렇게 충격을 먹을 일인가?

"그리고 대주님께서 오셔서 다행입니다. 안 그래도 맹주님께 드릴 서신이 있었는데, 이걸 어찌 전해야 할지 고민하던 참이었습니다."

나는 미리 써 놓은 서신을 건넸다.

그 서신에는 맹주님의 기대에 부응하지 못해서 죄송하다는 내용이 적혀 있다.

내 마음은 그렇지 않지만, 좋은 인상은 계속 유지해야지.

솔직히 저 서신을 쓰다가 몇 번이나 분노를 가라앉혀야 했다.

"그런 거라면 걱정하지 말게. 내가 전해 드리지."

"감사합니다."

그렇게 그는 내가 건넨 서신을 받아 돌아갔다.

그럼 이제 슬슬 돌아갈 준비를 해 볼까?

\* \* \*

무림맹 맹주전.

맹주는 은서호에게 보냈던 건만석 대주로부터 보고를 듣고 있었다.

"……해서 제가 얼마나 식겁했는지 모릅니다."

그 보고에 맹주는 피식 웃고 말았다.

보통 무인이라면 그런 징표로 받은 보검을 팔 생각은 하지 않는다.

그런데 그것을 팔아도 되겠냐고 묻다니, 정말로 은서호는 상인이라는 생각이 들었다.

'여하간 재미있는 녀석이군.'

그는 웃음기 가득한 표정으로 말했다.

"함께 일하자는 자네의 제안을 거절해서 아쉽겠군."
"솔직히 그렇습니다만, 이번에 확실히 알았습니다. 그는 인물 됨됨이는 괜찮지만 무림맹에 어울리는 자는 아닙니다."
"나도 같은 생각이다."
"아, 그리고 그가 이것을 맹주님께 전해 달라고 했습니다."

맹주는 그에게서 서신을 받아 곧바로 펼쳐 보았다.
"음……."
이번에 기껏 추천해 주었는데, 그 기대에 부응하지 못해 죄송하다는 말을 구구절절 쓴 서신이다.
"그렇군. 이만 나가 보도록."
"네."

건만석 대주가 나가고, 맹주는 피식 웃었.
말로는 죄송하다고 하지만, 빈말로도 다음에 또 추천해 달라는 말은 절대 하지 않았으니까.
마치 깔끔하게, '안녕히 계세요. 저는 제 일상으로 떠납니다. 다시는 찾지 마세요.'라고 말하는 듯.
사실 그가 은서호를 친선비무의 본선 진출자로 추천한 것은 즉흥이 아니었다.
왠지 그에게서 위험하다는 느낌을 받아서, 그의 무공이나 무위를 확인해 보기 위해서였다.
천류공을 익혔다고 해도 너무 기운이 맑고 깨끗했으니까.

그가 알기로 그 정도로 깨끗한 기운을 지닌 자들은 북해에 터를 잡고 있던 자들뿐.

하지만 그들은 이미 이십여 년 전에 철저하게 지워 버렸다.

자신의 계획에 가장 큰 걸림돌이 될 이들이었으니까.

그래도 혹시 모르는 일이니, 은서호를 비무를 통해 두 번째로 시험해 본 것이다.

하지만 비무에 임한 은서호에게서는 그들의 흔적을 찾지 못했다.

화재 현장에서 사람들을 구하다가 다리를 다치는 바람에 비무를 끝까지 하지는 못했지만, 이 정도면 충분했다.

'이 이상으로 녀석에게 더 신경 쓸 필요는 없겠지.'

은서호에 대한 일 말고도 그를 골치 아프게 하는 일은 태산이었으니까.

\* \* \*

시간이 지나면서 내 병문안을 오는 이들도 서서히 줄어들었다.

우리 은해상단의 임시상점도 정리를 했고, 아버지께서 이번 임시상점의 수입을 알려 주셨다.

"네? 정말이요?"

"그래. 이번에 임시상점을 두 개를 운영한 보람이 있구나. 하하하하!"

아버지께서 저렇게 호탕하게 웃으실 만큼 만족스러운 실적이다.

그리고 이번 친선비무에서 두각을 드러낸 이들과의 연결고리도 만들어 두었다.

그렇게 낙양에서의 일이 마무리되었다.

다음 날.

우리 은해상단이 낙양을 떠나는 날이다.

아버지와 어머니께서는 곧바로 호북성 본단으로 돌아가신다.

돌아가셔서 이번 성과를 은월각의 일원들과 공유하고, 낙양지부에 대해 논의하실 예정이다.

그리고 진호 형이 나와 함께 북경으로 가기로 했다.

진호 형에게 열심히 먹인 영약급의 약재들 덕분에 늑골이 부러진 것도 거의 나았고, 나와 일행들만 북경으로 향하는 것에 대해 부모님이 걱정하셨으니까.

"제가 안아서 옮겨 드리겠습니다요."

"고마워."

팔갑은 나를 안아서 마차에 태워 주었다.

다리가 부러졌다는 설정인데, 벌써 나 혼자서 말을 타면 이상하니까.

나와 진호 형은 부모님과 인사를 했고, 부모님께서 먼저 출발하셨다.

"그럼 출발합니다!"

마차가 움직이기 시작했고, 나는 창문을 통해 낙양의 모습을 보았다.

거의 한 달 동안 참으로 많은 일이 있었다.

그러니까, 제발 무림맹과 엮이는 일이 다시는 없었으면 좋겠네.

아, 진짜 피곤했다고.

.

.

.

곧 우리는 북경에 도착했다.

낙양과 북경 사이에 관도가 있기에 편안하고 빠르게 북경으로 향할 수 있었다.

그사이, 나는 다리의 부목을 풀었다.

이쯤 했으면 됐지. 뭐.

다른 이들이 이상하게 생각하면 영약을 먹고 나았다고 하면 되니까.

"소단주님 오셨습니까?"

"소단주님!"

북경의 이들은 나를 격하게 환영해 주었다.

"소식을 들었습니다. 이번 친선비무에서 높이 올라가셨다고요!"

"아쉽게도 화재 현장에서 사람들을 구하다가 부상을 당해서 기권하셨다고 들었습니다.

"몸은 괜찮으십니까?"

"괜찮습니다."

그나저나 우리 은해상단의 정보력이 진짜 좋아졌네.

벌써 이걸 다 알고 있다니.

"그럼 그동안의 보고를 듣겠습니다."

나는 집무실로 향했고, 여창의 부국주에게 그동안의 보고를 들었다.

그리고 갈현 부관이 서류를 가지고 왔다.

"헉…… 많군요."

"오랫동안 자리를 비우셨으니까요."

할 말이 없군.

나는 곧바로 서향 소저와 갈현 부관의 도움을 받아 서류를 처리해 나갔다.

"아, 그러고 보니 이번 가을에 영구진 장인의 혼사가 있다고 했지요."

내 말에 갈현 부관이 대답했다.

"네. 맞습니다. 이번 달 말에 예정되어 있습니다."

어디 보자…….

나는 책력을 보고 날짜를 따져 보았다.

다행히 그의 혼인은 보고 떠날 수 있겠군.

그렇게 급한 일을 모두 처리한 나는 이필 무사에게 서신의 전달을 부탁했다.

수신인은 진영 대협이다.

내가 북경에 돌아왔다는 것을 알고 계시겠지만, 그래도 보고는 드려야지.

그리고 황제 폐하를 뵈어야 하는 일도 있고.

다음 날 저녁.
진영 대협이 방문하셨다.
"오랜만에 뵙습니다."
"그래, 오랜만이군. 이번 무림대연회 친선비무에서 눈부신 활약을 했다지?"
"하하하. 쑥스럽습니다."
"그런데 다리를 다쳤다고 하던데, 멀쩡해 보이는군."
"꾀병이었습니다."
"음?"
"더 했다가는 제가 황궁무공을 익혔다는 사실이 드러날 것 같았습니다."
"아! 그래서……."
내 말에 진영 대협은 납득한 표정이다.
사실 내가 꾀병을 한 가장 큰 이유는 따로 있지만 그걸 진영 대협에게 밝힐 수는 없으니까.
그래서 진영 대협에게 가장 타당하게 들릴 이유를 댄 것이다.
"거동이 가능하다니 다행이군. 폐하께서 부르시네."
"네. 바로 준비하겠습니다."

곧 나는 황궁에 입궁해 황제를 만났다.
극상의 예를 올리자, 황제가 심통이 난 얼굴로 물었다.

"그래서, 낙양에서 무림인들하고 노니까 좋더냐?"
"아뇨. 힘들었습니다."
나는 미소 지었다.
"제가 오죽했으면 다리가 부러졌다고 꾀병까지 앓았겠습니까?"
"말은 잘하는구나. 그래서, 무슨 일로 나를 보자고 청한 것이더냐?"
이에 나는 얼른 다시 무릎을 꿇으며 말했다.
"자비롭고 공명정대하시며, 제국민들의 아버지가 되시어 그들을 자애로써 살피시는 황제 폐하!"
"대체 무슨 일이길래 그리 미사여구를 잔뜩 붙이고 시작하는 게냐?"
"제가 이번에 해남도 해남파의 장문인께 들은 이야기가 너무나도 참담하여 밥이 잘 넘어가지 않았습니다."
"그런 것치고는 신수가 훤하구나."
아…… 몇 끼 굶고 올 걸 그랬나?
나는 얼른 황제의 말에 답했다.
"하지만 황제 폐하께서 이 일을 해결해 주실 거라는 것을 깨달으니 금세 입맛이 돌았습니다."
"짜식, 말은 잘 해요."
네, 제가 말은 잘합니다.
"그래서 무슨 일이기에 이리도 서론이 긴 것이냐?"
"이번에 해남도의 태풍으로 인한 피해를 복구하라고 내려 주신 돈이 대부분 애먼 사람의 주머니에 들어갔다는 사실을 아십니까?"

"뭐라?"

내 말뜻을 바로 알아들은 듯, 황제의 눈이 커졌다.

"누군가 구휼금을 착복했다는 것이냐?"

"네."

"그걸 네가 어찌 아느냐?"

"이번 친선비무에 해남파의 장문인과 그 제자가 참가했는데, 그들이 나누는 이야기를 우연히 듣게 되었습니다."

나는 말을 이었다.

"상금인 은자 만 냥이 필요하여 참가했다는 말에 호기심이 생긴 저는 그 사정을 물었고, 이번 태풍으로 피해를 입은 주민들을 돕기 위해 그 돈이 필요하다는 것을 알게 되었습니다."

"……."

황제는 내 말을 묵묵히 들어 주었다.

계속하라는 뜻이겠지.

"하여 저는 해남파의 장문인에게 물었습니다. 분명히 그 정도의 피해라면 황궁에서 복구를 위한 자금을 지원했을 테고, 그 지원이라면 피해 복구가 어렵지 않았을 텐데 왜 여기까지 와서 이러고 있냐고요."

내가 그리 물었을 때 장문인의 답변은 이랬다.

"제국 전역이 흉년으로 인해 계속 힘든 상황이 아닌가. 그러다 보니 큰 지원을 바라긴 어렵네. 게다가 그 지원금이 중간에서 사라지는 경우도 적잖고."라고.

하지만 나는 적당히 각색해서 전달했다.
"위에서 돈을 내려 주는 것은 맞지만, 그 돈을 꿀꺽하는 이들이 있기에 정작 주민들은 그 지원을 제대로 받지 못한다고 합니다."
"누가 꿀꺽한단 말이냐?"
"관리들입니다."
"흐음……."
황제는 침음을 흘리고는 태감을 불렀다.
"태감."
"네, 폐하."
"삼에 육에 서른두 번째 서류를 가지고 오거나."
그 명에 태감은 부리나케 움직여 옆의 방 안으로 들어갔다.
잠시 후 나온 그의 손에는 서책 한 권이 들려 있었다.
"읽어 보아라."
나에게 하는 말이지?
나는 태감에게 서책을 건네받았다. 서책의 제목이 쓰여 있는 곳에는 그저 숫자만이 적혀 있었다.
삼-육-삼십이.
이게 뭐지?
뭔지는 모르겠지만, 아무 의미 없는 것을 황제가 읽어 보라고 할 리는 없을 터.

나는 차분히 그 서책을 펼쳐 보았다.

[……해남도로 향하던 배가 전복, 수송 중이던 미곡 전량 소실]
[……해남도로 향하던 배가 갑작스러운 태풍으로 실종, 수송 중이던 미곡 및 포목 역시 찾을 수 없음]
[조세를 싣고 황궁으로 떠난 배가 침몰, 하여 세수에 결손이 발생]

어? 설마 이거?
내가 깜짝 놀라 고개를 들자, 황제가 무겁게 고개를 끄덕였다.
"그래, 나도 이미 그 일에 대해 알고 눈여겨보고 있었다. 하여 누구를 보내서 이 일을 해결해야 할지 고민하던 참이었다."
"……."
"헌데 이렇게 침식을 잊을 정도로 이에 대해 걱정하는 충신이 있었다니!"
그랬다.
황제는 이미 알고 있었다.
무지하게 수상하다는 것을!
그래서 이를 어찌할까 고민하던 차에 내가 황제에게 이에 대해 고한 것이다.
아주 공교롭게도. 젠장.

그러나 당황한 것도 잠시, 나는 얼른 머리를 굴렸고 입을 열었다.

이대로 황제의 명을 받아 해남도로 떠난다면 내가 고생하는 보람이 없어진다.

물론 황제가 따로 챙겨 주는 것이 있겠지만, 지금 내가 원하는 건 따로 있다고!

"황제 폐하. 이 일은 소상에게 맡겨 주시옵소서."

"음, 네가 이렇게 순순히 일을 맡겠다고 하다니, 무슨 생각이냐?"

역시 황제다.

바로 눈치채셨군.

하지만 그렇다고 여기서 겸양하거나 아무것도 아니라면서 물러나면 안 된다.

그러면 황제는 '그러냐. 그렇다면 잘 다녀오거라.' 하면서 축객령을 내릴 거다.

그럼 내가 원하는 건 얻지 못하지.

그리고 내가 처음 이 말을 꺼내기 전부터 이 일에 대한 그림은 그려지고 있었다.

"황제 폐하. 이번 일을 논하기 전에는 그 원인을 파악해야 한다고 생각합니다."

"네가 생각하는 원인이 무엇이냐?"

"이런 말씀을 드리는 것이 송구합니다만, 해남도는 수도와 거리가 멀고 또 섬이라는 특성상 통제력이 많이 약한 것이 사실입니다. 하여 이런 일이 벌어진 듯합니다.

물론 황제 폐하께서 누구보다 잘 알고 계시는 문제이기도 합니다."

"음, 그렇긴 하지."

"그렇기에 제가 이번 일을 해결한다고 해서, 또다시 이런 일이 없을 거라고 장담할 수 없습니다. 그런 지리적 특성을 지닌 지역이니 말입니다."

"인정하고 싶지는 않지만, 그렇겠지."

"그래서 이를 영구적으로 해결할 수 있는 방안을 말씀드리고자 합니다."

"그게 무엇이냐?"

"해남도는 제국 최남단에 있습니다. 그 말인 즉, 동쪽이나 남쪽, 서쪽까지 자유롭게 진출할 수 있는 위치라는 뜻입니다."

"그렇지."

"당금의 제국은 매우 평화롭고 강력하며, 이는 황제 폐하의 은덕이옵니다."

"아부는 그만하고, 그래서 무슨 말을 하고 싶은 것이냐?"

"그러나 아직 일부 해안가나 섬에는 황제 폐하의 은덕이 미치지 못하고 있습니다. 바로 왜구와 해적들 때문입니다."

"……"

황제 폐하는 아무 대답도 하지 않았다.

그 역시 이 문제를 잘 알고 있으니까.

"그들이 해안가의 주민들을 유린하는 이유는, 해군이

너무 멀리 있기 때문입니다."

나는 말을 이었다.

"현재 해군은 북경과 상해 주변에만 주둔하고 있기에 해남도 같은 곳이 생기는 것입니다."

이제 용의 눈에 눈동자를 찍을 차례다.

"그러니, 황제 폐하. 해남도에 해군기지를 세우십시오."

순간 번뜩이는 황제 폐하의 눈빛.

미끼를 물었다.

"해군기지라?"

"그렇습니다. 해남도에 해군기지를 세우게 되면 해남도와 주변 해안가의 제국민들을 구제할 수 있으며, 또한 관리들의 부정부패 역시 억제할 수 있습니다."

"호오…… 좋은 방법이긴 하군. 하지만."

뭐지?

"이 제안을 한 자가 너라는 것이 걸린단 말이지?"

황제는 씩 웃었다.

"그래서 네가 원하는 게 뭐냐?"

이렇게 자리를 펼쳐 주셨는데 빼는 것도 예의가 아니다.

"저희 은해상단은 해남도에 선박의 정박지를 설치할 예정입니다. 그 와중에 해군기지의 건립도 같이 하면 여러모로 좋지 않겠습니까?"

"그게 목적이었군."

황제는 피식 웃었다.

해군기지 건설 이야기 속에 은해상단의 정박지 건설을

슬쩍 끼워 넣었는데, 황제는 곧바로 그 목적을 알아차렸다.

해남도에 해군기지를 설치하자는 제안을 왜 내가 할까?

이유는 간단하다.

그곳에 해군기지가 설치되면 우리 은해상단의 배들도 그들이 지켜주기 때문이다.

해적이나 왜구가 감히 해군기지가 있는 곳에 쳐들어오겠어?

게다가 정박지의 기반 공사를 황궁에서 하게 된다면, 우리 은해상단이 생각했던 공사 비용은 예상했던 것보다 훨씬 적게 들 것이다.

아무것도 없는 곳에 기반 공사를 하는 게 티가 잘 나지 않지만 상당히 돈을 많이 잡아먹거든.

그렇다고 기반 공사를 하지 않으면 반드시 탈이 나지.

기묘한 침묵이 흘렀고, 나는 긴장되는 표정으로 고개를 숙인 채 서 있었다.

그렇게 얼마나 시간이 흘렀을까?

"하지만 문제는 예산이지."

"그건, 부패한 관리들이 지금까지 먹은 거 다 털어내면 됩니다."

모르긴 모르지만, 해군기지 하나 정도는 거뜬히 지을 수 있을 정도일 거다.

"좋다. 네 청을 받아들이마. 하지만 조건이 있다."

"네, 폐하. 말씀하십시오."

"첫째, 그 서책의 비리에 대해 명명백백히 밝혀라! 둘째, 그 비리를 통해 얻은 불의한 이득을 모두 탈탈 털어라! 셋째, 그 돈으로 해남도에 해군기지를 건립하도록 해라. 어떠냐? 할 수 있겠느냐?"

"물론입니다."

특히 두 번째는 제 전문이거든요.

"그래서, 언제 출발할 예정이냐?"

"북경에서 할 일이 조금 남아서, 그 일을 처리하면 떠날 수 있습니다. 열흘이면 충분합니다."

"알겠다. 그렇게 하도록 해라."

나는 인사를 하고는 서책을 반납하고 황제 앞에서 물러났다.

후우, 오늘도 무사히 끝났군.

황제를 마주하는 건 상당한 심력을 소모하지만, 그래도 그만큼 큰 이득을 얻을 수 있다.

그렇기에 수명이 줄어드는 기분을 감수하고 황제 폐하를 대면하는 것이다.

후, 내가 은해상단을 천하제일 상단으로 만들려고 진짜 별 고생을 다 하네.

\* \* \*

황제는 은서호가 물러난 자리를 바라보며 피식 웃었다.

"참으로 재미있는 놈이란 말이지."

"그리 마음에 드십니까?"

"이렇게 내 마음에 쏙 드는 이야기만 하니, 내 마음에 들지 않을 리가 있나?"

태감이 걱정스럽게 말했다.

"이번에는 무사히 해결할 수 있을지 걱정이 됩니다. 벌써 사라진 자가 일곱이나 되니 말입니다."

황제가 해남도의 관리들이 수상하다는 것을 알아차리고 금의위와 동창을 파견한 것만 해도 벌써 몇 번째.

하지만 하나같이 오래지 않아 소식이 끊겼다.

매우 불쾌하고 찝찝한 상황.

그래서 이를 어찌해야 하나 고민하던 중에 은서호가 찾아와 "제가 해결하겠습니다."라고 자원한 것이다.

그런 상황이었기에 은서호가 기특하게 느껴졌고, 하여 그가 원한 것을 들어 준 것이다.

"이번에는 다를 것이다. 그 녀석의 능력은 제법 출중하니까."

"그야 그렇습니다만……. 폐하."

태감이 조심스럽게 말을 이었다.

"그가 이 일을 해결할 능력이 있다고 해도, 그 일의 대가로 제국의 해군을 이용하는 것은 선을 좀 넘는 게 아닌가 싶습니다."

"그건 괜찮다."

"네?"

"그 해군기지를 통해 은해상단만 얻는 것이 있을까? 그들을 통해 우리도 얻는 것이 있다."
 즉, 서로가 서로를 돕게 되는 상부상조다.
 그래서 은서호의 청을 흔쾌히 수락한 것이기도 하다.
 황제는 씨익 웃으며 붓을 들었다.

* * *

 나는 영구진 장인의 혼사에 참석하기 위해 병부시랑 댁으로 향했다.
 영구진 장인의 신부가 될 사람이 병부시랑의 딸이니까.
 그의 가문인 선주 영가 사람들과 처가인 병부시랑 댁의 사람들이 손님을 맞고 있었다.
 사실, 신부가 될 병부시랑의 딸에게는 광증이 있었다.
 비만 오면 자해하는 광증이.
 그런데, 영구진 장인이 만든 백로주를 마신 후로 그녀의 광증은 싹 사라졌다.
 이에 병부시랑은 자신의 딸과 혼인해 줄 것을 그에게 정식으로 청했고, 이렇게 혼인을 하게 된 것이다.
 신랑의 예복을 입은 영구진 장인의 신수가 아주 훤했다.
 "왜 그리 뿌듯한 표정이냐?"
 내 물음에 맹현이 얼른 나에게 인사했다.
 "소단주님 오셨습니까?"
 맹현은 영구진 장인에게 백로주 빚는 법을 전수해 준 영감의 손자다.

그리고 영구진 장인의 동업자이기도 하지.
"그야, 멋지니까요."
나는 그의 머리를 쓰다듬어 주었다.
"아! 소단주님 아니십니까?"
나를 반갑게 부르는 이는 영구진 장인의 친우인 동혁수 대협.
"동 대협을 뵙습니다."
"그렇게까지 예의를 차리실 건 없습니다."
"대협께서는 종오품의 부천호이신데 제가 어찌 예의를 차리지 않을 수 있겠습니까?"
나 역시 감찰어사의 직을 받은 관리지만, 그보다 품계가 낮기도 하고 감찰어사는 함부로 드러내서는 안 되니까.
그리고 사적으로도 서향 소저의 오라버니기도 하다.
"언제 오셨습니까?"
"지금 막 도착했습니다."
그러곤 그는 내 뒤에 서 있는 서향 소저를 보았다.
이미 신기변용술로 분위기를 바꾼 그녀다. 얼굴을 바꾸는 건 이미 늦은 감이 있었으니까.
하지만 그것만으로도 인상이 확 달라져 보였다.
"……."
그녀의 싸늘한 눈빛에 그는 입술을 깨물었다.
진짜 서향 소저라면 자신을 그런 눈으로 볼 리가 없다고 생각하는 걸지도.

미안하지만, 그렇게 생각해 주면 바랄 게 없는데…….
그때였다.
휘잉-!
바람이 불었고, 뭔가가 날아왔다.
"아! 너울이!"
방에서 나오려던 신부의 붉은 너울이 바람에 날아간 것!
신방에 들어가기 전에, 신부는 너울을 벗을 수 없다. 그 전에 사람들에게 얼굴을 보이면 좋지 않은 일이 생긴다고 하거든.
그녀는 얼른 다시 방 안으로 들어갔지만, 아직 너울은 공중에서 춤추고 있었다.
절대 일반적인 방법으로는 저것을 잡을 수 없다.
물론 이 자리에는 저것을 잡을 수 있는 사람들이 제법 많지만, 문제가 있다.
신부의 너울을 처음으로 만질 수 있는 남자는 신랑뿐이라는 것이다.
그 전에 외간 남자가 만져서는 안 된다.
나는 동 대협과 서향 소저를 힐끗 보았다.
저 차가운 분위기와 싸늘한 눈빛에도 아직 미련을 버리지 못한 듯하니, 이 김에 완전히 의심을 벗어 버려야겠다.
나는 서향 소저에게 전음을 보냈다.
- 저 너울을 잡는 모습을 동 대협에게 보여 줍시다. 그러면 생각이 바뀔 겁니다.

내 전음에 서향 소저는 작게 고개를 끄덕이고는 곧바로 바닥을 박차고 뛰어올랐다.

탓-!

그녀는 가볍게 너울을 잡아채 착지했다.

생각보다도 더 날래군.

그녀의 무공 재능은 나도 놀랄 정도였다.

오성이 뛰어난 것은 물론이고, 빙정안을 가지고 있는 덕분이었다.

그래서 음기의 무공과 무척 상성이 좋았고, 고작 이 년 만에 일반적인 사람들로서는 상상도 할 수 없는 성취를 보인 것이다.

그녀는 신부를 돕는 여인에게 그것을 건넸다.

"여기 있습니다."

"감사합니다! 정말 감사합니다."

그리고 나에게 다가와 말했다.

"말없이 움직여서 송구합니다."

"잘하셨습니다."

내 지시로 움직인 것이었음에도 불구하고 그녀가 저렇게 말하는 이유는 내가 전음으로 시켰다는 것을 숨기기 위해서다.

그녀의 무공을 본 동혁수 대협은 입을 떡 벌렸다가 다급히 정신을 차렸다.

그런 그의 눈빛에서는 이제 미련이 보이지 않았다.

그가 아는 서향 소저는 무공을 모르니까.

그제야 자신이 잘못 생각했다고 인정한 것이겠지.

다행이지만, 한편으로는 안타까웠다.

죄송합니다.

이는 모두 서향 소저, 아니 동자령 소저를 살리기 위함입니다.

.

.

.

영구진 장인의 혼례가 무사히 끝났고, 나는 떠날 준비를 했다.

이제 슬슬 해남도로 떠나야 하니까.

황제에게 말한 열흘의 말미가 끝나는 날 저녁.

"진영 대협께서 오셨습니다요."

팔갑의 말에 나는 접빈실로 향했고, 진영 대협을 맞이했다.

"어서 오십시오."

"이야기 들었네. 해남도로 간다면서."

진영 대협의 말에 나는 선선히 고개를 끄덕였다.

숨길 이유가 없으니까.

"네. 그렇습니다."

"조심하게나."

진영 대협의 표정이 심각해졌다.

"해남도로 갔다가 실종된 자들이 벌써 일곱 명째네."

네?

그런 이야기는 못 들었는데요?

그러니까 해남도의 일을 조사하기 위해 갔다가 실종된 자가 일곱 명이라는 거지?

이거 생각보다 심각한데…….

진영 대협의 반응을 봐서는 그 실종자가 민간인이나 문관일 리가 없다.

즉, 파견된 금의위나 동창이 일곱 명이나 실종, 아니 제거되었다는 의미.

무공을 익히고 특수 훈련까지 받은 이들이 그리되었다는 것은…… 이번 일이 내 생각보다 더 위험하다는 뜻이다.

"여기 받게나."

진영 대협이 나에게 두루마리 하나를 건넸다.

"정식 명령서네."

"……."

이거, 안 받으면 안 되나?

하지만 이미 낙장불입인 상황이다.

여기서 내가 '저 안 가겠습니다'라고 하면, 이후에 벌어질 상황은…….

생각도 하기 싫군.

나는 고개를 흔들어 상념을 떨치고는 두루마리를 공손히 받아들었다.

하지만 속으로 투덜거리는 것은 어쩔 수 없었다.

젠장, 그런 좀 미리 말씀해 주시면 안 됩니까?

"그리고 이것도 받게."

"이건 무엇입니까?"

"자네를 도와줄 금의위에 대한 정보네. 이 자리에서 외우고 바로 태워 버리게."

"알겠습니다."

극비리에 임무 중인 자의 정보라면 응당 그래야지.

혹여나 그의 정보가 새어 나갔다가는 그가 위험해지니까.

내가 그것을 읽고 태우자 진영 대협이 재차 당부했다.

"이번 일에 대한 황제 폐하의 기대가 크시네. 부디 몸 조심하고."

"네. 그리하겠습니다."

"그럼 잘 다녀오게나."

진영 대협은 바쁜지 용건만 마치고 곧바로 돌아가셨다.

나는 그를 배웅하고는 한숨을 내쉬었다.

"후……."

나에게 다가온 팔갑이 물었다.

"왜 그러십니까?"

"그런 게 있어. 막대한 이득을 얻을 수 있는 영초를 발견해서 그걸 내가 가져오는 대신 영초 값의 반을 받기로 했는데 하필이면 그 영초가 천 길 낭떠러지인 절벽에 매달려 있다는 것을 알게 된 기분이랄까?"

"한마디로 ×된 상황이라는 겁니까?"

"……어."

"하지만 도련님께서는 절벽에서 떨어지셨어도 멀쩡히 살아 돌아오셨습니다요."

아······.

그랬지.

진호 형을 구해 오는 길에 갑자기 지진이 일어나서 진호 형을 올려보내고, 내가 대신 절벽 아래로 떨어졌던 적이 있었지.

그때 나는 구사일생으로 살아났다.

어떻게 된 일인지, 아직도 잘 모르겠지만.

그리고 그곳에서 은무검을 얻었고 금령이를 만났지.

나는 옷소매에 손을 넣어 금령이의 보드라운 털을 쓰다듬었다.

이러니 조금 마음이 안정되네.

나는 차분하게 이번 계획에 대해 고민했다.

음, 아무래도 약간의 수정이 필요하겠군.

"팔갑아."

"네."

"엄청나게 화려한 옷 좀 준비해 놔. 그리고 마차도 좀 화려한 것으로 준비하고."

나는 다시 집무실로 돌아왔다.

서향 소저는 서류를 살피다가 나를 보고는 살짝 고개를 숙였다.

처음에는 내가 들어올 때마다 일어나서 인사를 했지

만, 그러면 일의 능률이 떨어지지.

하여 가볍게 묵례하는 것으로 대신해 달라고 부탁했다.

나는 서향 소저가 지금 보는 서류에 대한 일을 마치기를 기다렸고, 그녀는 곧 서류를 나에게 내밀었다.

"소단주님, 검토 및 결재 부탁드립니다."

"감사합니다."

나는 그것을 받아 서탁에 내려놓고는 말했다.

"곽 부관님, 제가 부탁드릴 것이 있습니다."

"네. 말씀하세요."

"저와 같이 해남도로 가 주셨으면 합니다."

사실 이번에 서향 소저는 북경에 남을 예정이었다.

해남도행은 시간도 오래 걸리고, 그 여정도 꽤 힘드니까.

내 말에 서향 소저는 당황하지 않고 고개를 끄덕였다.

"이미 알고 있었어요."

"아, 그렇습니까?"

"아까 일할 때 보였거든요."

나는 그녀에게 자세한 상황을 설명해 주었다.

"……하여, 그런 위험한 상황에 곽 부관님을 데리고 가는 것이 저어됩니다만 그러기에 더더욱 곽 부관님의 능력이 필요합니다. 그리고 위장도 필요하고요."

나는 말을 이었다.

"제가 돈 많은 부잣집의 할 일 없는 도련님으로 위장할 생각이거든요. 그래서 말인데…… 부관이 아닌 제 여인으로 위장해 주셔야 할 것 같습니다."

.

.

.

　나는 서향 소저와 이야기를 나누고는 방으로 돌아와 씻고 침상에 누웠다.
　내일 아침에 출발해야 하니 일찍 자야 한다.
　그런데…….
　왜 눈앞에 서향 소저가 아른거리지?
　사실 서향 소저의 능력이 필요한 거라면 정기적으로 금령이를 보내서 조언을 받아오면 된다.
　하지만 그 지역 관리들에게 의심을 받지 않기 위해 위장을 택한 것이다.
　그렇다면 옆에 여자를 데리고 다니면 더할 나위 없지.
　그래서 은풍대의 여자 무사나 정보대의 여자 정보원을 데려갈까도 고민했지만, 이내 그 생각을 접었다.
　다른 여자가 내 몸에 손대는 걸 생각하면 알 수 없는 거부감이 느껴져서 말이지.
　나도 모르게 불쾌감이 드러나기라도 하면 낭패다.
　하지만 서향 소저라면 괜찮다.
　거의 항상 옆에 붙어 있어서 그런지, 그녀가 나에게 닿아도 생리적인 거부감은 없으니까.
　그래서 그런 부탁을 했고, 그녀는 허락했다.
　"그럼, 좀 예쁘게 꾸며야겠네요."

그리 말하며 웃는 그녀의 얼굴이 계속 눈앞에 아른거리는 것이다.

에휴…….

잠자기 그른 것 같으니, 계획이나 한 번 더 검토해야겠네.

.

.

.

다음 날 새벽.

나는 침상에서 일어났다.

그래도 피곤하니, 잠이 오긴 오더라고.

한 시진 반 정도 잤나?

가볍게 운기조식을 하니 정신이 좀 맑아졌다.

끼이익.

문을 열고 나가니 서늘한 바람이 느껴진다.

어느새 시월 말이다.

이제 곧 생일인데, 그러면 스물네 살이 되는 건가?

벌써 새 삶을 살게 된 지도 구 년째가 다 되어 간다.

그사이 내가 이뤄낸 것들은 상당히 많다.

하지만 아직 멀었다.

은해상단을 천하제일상단으로 만드는 것도, 백천상단과 무림맹에 복수하는 것도.

그 모든 일을 이루기 전까지, 내 발걸음을 멈출 수는 없지.

잠시 후.

채비를 마친 나는 차장으로 향했다.

내 요청대로 화려한 마차가 준비되어 있었다.

마차에는 나와 서향 소저의 주강마가 매여져 있었다.

"히이잉!"

뭔가 불만스러운 표정.

그도 그럴 것이, 콧대 높은 주강마다. 자신이 마차나 끄는 몸이 아니라는 거지.

사람을 태우나 마차를 끄나 그게 그거 아닌가?

그때 금령이가 내 소매 안에서 나오더니, 도도도 달려가 주강마들 중 하나의 머리에 살포시 앉았다.

그리고 한마디 했다.

"꾸이?"

"……."

이제 얌전해졌군.

방금 금령이가 한 말은…… 그냥 나만 알고 있는 게 낫겠군.

금령이가 내게 돌아와 어깨에 앉아 꾸이거렸다.

잘했냐고?

"잘했지, 그럼."

"꾸이!"

그러면 돈 달라고? 먼 길을 가려면 잘 먹어 두어야 한다고?

저기 금령아?

너는 그냥 내 소매 안에서 편하게 가는데?

살짝 어이가 없었지만, 웃으며 은자를 하나 꺼내 주었다.

금령은 그 은자를 날름 물고는 다시 소매 안으로 들어갔다.

그냥, 뭐, 귀여우니까.

그리고 금령이가 주강마들의 기강을 잡아 놓은 덕분에 고생하지 않고 갈 수 있게 되었고.

사실 마차 사고라는 것이 제법 위험하거든.

그때 옆에서 서향 소저의 목소리가 들렸다.

"제가 좀 늦었나요?"

"아닙니다."

그리 말하며 고개를 돌린 순간, 나는 말을 잇지 못했다.

내 요청대로 화려하게 꾸민 것이기는 하지만, 눈부시게 아름다웠으니까.

어…… 이거 좀 위험한 거 아니야?

그녀는 나에게 다가와 물었다.

"요청하신 대로 좀 꾸며 봤는데, 이상한가요?"

"아닙니다. 잘하셨습니다."

솔직히 이래도 되나 싶지만, 내가 화려하게 꾸몄는데 내 여자로 따라가는 그녀가 수수하게 꾸민다는 건 말이 안 되지.

뭐, 솔직히 수수하게 꾸며서 가려질 미모도 아니고.

우리는 진호 형과 북경지부장님, 그리고 현풍국 사람들에게 배웅을 받으며 해남도로 향했다.

．
．
．

우리는 한 달 가까운 여정 끝에 광동성에 도착했다.

원래라면 더 오래 걸릴 만한 거리지만, 사람이 없을 때는 주강마를 통해 속도를 높였기 때문이다.

그렇게 속도를 내면 마차가 부서질 수 있었으니, 그럴 땐 잠시 마차를 비고에 보관했다.

아무튼, 이곳까지 오는 길에 내 생일도 있었기에 도시에 들러 풍성하게 연회도 치르는 등 사람들 눈에 띄는 행동을 하면서 다녔다.

이제 광동성이니 해남도가 코앞이다.

우리의 옷차림은 출발할 때와 판판이었다.

북경에서 출발할 때만 해도 쌀쌀한 가을 날씨로 인해 두꺼운 옷을 입고 있었지만 이곳은 따뜻한 봄 날씨다.

광동성은 같은 제국이지만 북경과는 기후가 전혀 다르다.

그래서 북경을 비롯한 하북 일대에서는 보기 힘든 것들도 많다.

대표적으로 여지(리치)라는 과일 같은 것들.

지금은 수확할 시기가 지나서 생과는 먹기 어렵겠지만, 말린 거나 설탕에 절인 것은 구할 수 있겠지.

"상당히 덥습니다요."

팔갑의 말에 나는 피식 웃었다.

"지금이니까 이 정도지, 여름에 왔으면 쪄 죽을 정도였을걸? 특히 해남도는 더 덥지. 운남성보다 더 더워."

"에이, 아무리 그래도 어떻게 날씨가 그 정도입니까요?"

운남성의 날씨를 겪어 본 팔갑이기에 그리 웃으며 말했다.

그가 겪어본 가장 더운 날씨가 운남성 날씨니까.

이에 서향 소저가 웃으며 말했다.

"소단주님의 말씀대로랍니다."

장강 이남이 고향인 그녀이니, 풍문을 통해서라도 들어봤을 터.

이에 팔갑이 고개를 갸웃했다.

"그런데 도련님이 그걸 어찌 아십니까요? 도련님께서는 해남도에 가 보신 적이 없지 않습니까요?"

없긴 왜 없어?

내 이전 삶에, 해남도에 갔었다가 더운 날씨에 제법 고생했었지.

그때는 지금처럼 태음빙해신공에 능숙한 것도 아니어서 꽤 고생했던 기억이 났다.

하지만 그리 말할 순 없으니 얼른 둘러댔다.

"서책에서 봤어."

"또 서책이십니까요? 참 이것저것 많이 보셨습니다요."

"많이 보면 좋지. 자자! 그럼 이제 다시 출발하자!"

"네."

우리가 향하는 곳은 진영 대협이 알려 준 조력자가 머

무는 곳이다.

그리고 이제부터는 다른 사람들과 비슷한 속도로 움직일 거다.

"아주 느긋하게 가자고."

"알겠습니다요."

돈 많은 팔자 좋은 도련님이, 급박하게 움직인다는 건 말이 안 되지.

나는 마차에 탄 채로 부채를 팔랑이면서 창문 너머로 경치도 구경하고, 맛있는 것도 먹어 가면서 이틀 정도 이동했다.

그렇게 도착한 곳은 광동성 해안가에 위치한 객잔이었다.

[해가객잔]

바다의 노래라는 이름이군.

"어서 오십시오."

내가 탄 마차가 객잔에 멈추자마자 점소이 두 명이 나와 우리를 맞아 주었다.

나는 마차에서 내렸고, 뒤돌아서 손을 내밀었다.

내 손을 잡고 서향 소서가 마차에서 내렸다.

아주 자연스럽게 내 옆으로 끌어당기며 점소이에게 말했다.

"오늘 여기서 묵고 갈 예정입니다."

"안으로 모시겠습니다."

우리는 객잔에서 가장 좋은 방을 잡았다.

방을 안내해 준 점소이가 우리에게 물었다.

"식사는 어떻게 하시겠습니까? 방으로 가져다 드릴까요? 아니면 식당에서 드시겠습니까?"

"이곳에서 먹죠."

"알겠습니다."

"아, 특별한 음식을 주문해도 됩니까?"

"물론입니다. 숙수가 만들 수 있는 요리고, 재료가 있다면 가능합니다."

"그럼 저는 싱싱한 물고기의 배 안에 쌀 세 숟가락을 넣고 찐 물고기찜과 고정차를 주십시오."

"알겠습니다."

"서향이는 뭐가 먹고 싶어?"

서향 소저를 그리 부르는 것이 어색했지만, 이건 연기니까.

내 물음에 서향 소저 역시 교태 섞인 연기를 하며 대답했다.

"저는 이 지역의 일미라는 것을 먹어보고 싶어요."

"그래, 그걸로 하지."

광동식 음식이 제법 유명하니까.

나는 고개를 들어 팔갑과 호위무사들을 보았다.

"여러분들은 알아서 시키세요."

"그리하겠습니다. 주군."

그렇게 각자 음식을 주문했고, 점소이는 주문을 받아서 방을 나섰다.

그리고 잠시 후.

"주군, 점소이가 주문을 다시 받아야 할 것이 있다고 해서 찾아왔습니다."

"들이세요."

문이 열리고 점소이가 들어왔다.

하지만 아까 주문을 받은 점소이가 아니다.

"쌀 세 숟가락을 넣고 찐 물고기찜을 주문하신 분이 누구십니까?"

"접니다."

내 말에 그는 내게 다가오더니 이내 표정이 바뀌었다.

"이거, 놀랐습니다. 윗전으로부터 이야기는 들었지만, 솔직히 이런 행색으로 찾아올 거라는 건 예상하지 못했습니다."

그렇다.

이곳은 금의위에서 관리하는 객잔 중 한 곳이며, 내가 방금 말한 특별한 음식에 대한 주문은 내가 황제의 명을 받아 온 자라는 암호다.

나는 자리에서 일어나 포권했다.

"처음 뵙겠습니다. 황제 폐하께 명을 받고 온 은서호라고 합니다."

"금의위 소속 장원이라고 합니다."

"놀라게 했다면 죄송합니다. 현재까지 일곱 명이 실종된 일이라고 하여 이런 식으로 위장해 보았습니다."

"확실히, 그런 모습이면 그 누구도 대협을 폐하께서 보낸 자라고 생각하지 못할 것입니다."
"대협이라니요!"
"은해상단의 선협미랑 대협 아니십니까?"
"그렇게 불리긴 합니다만……."
"이미 해남도뿐만 아니라 이곳까지 소문이 자자합니다. 하하하."
호탕하게 웃는 장원 대협의 말에 내가 고개를 갸웃했다.
"네? 소문이라니요? 무슨 소문을 말씀하시는 겁니까?"
"이번 무림대연회 친선비무에서 아주 우수한 성적을 거두었다고요. 그리고 결승에 진출할 수 있었지만, 불이 난 현장에서 사람들을 구하던 중에 부상을 당하는 바람에 결국 더 위로 올라가지 못했다고 들었습니다."
"……정확하게 알고 계시는군요. 낙양에서 벌어진 일이 벌써 여기까지 소문이 퍼진 겁니까?"
그가 고개를 끄덕였다.
"무림대연회에 참석했던 해남파가 돌아왔고, 그들의 입을 통해 이 소문이 퍼졌습니다. 그리고……."
그리고 뭐지?
"해남파에서 식량을 잔뜩 사 왔고, 해남도의 주민들에게 나누어 주면서 선협미랑이 해남도의 사연을 듣고 눈물을 흘리며 기부를 했다고 하더군요. 그래서 지금 해남도에서 은해상단과 선협미랑에 대한 칭송이 아주 자자합니다."
"……네?"

아, 아니, 장문인……

제가 부탁한 건 은해상단에 대한 좋은 소문인데, 왜 저까지 끼워 넣으신 겁니까?

(은해상단 막내아들 27권에서 계속)

환상이 숨쉬는 공간 파피루스 blog.naver.com/gnpdl7

서생, 제갈현몽은 꿈을 꾸었다
무와 협이 아닌, 마법과 모험이 공존하는 신세계를!

『무림 속 마법사로 사는 법』

제갈세가 방계 중의 방계로서
표국의 문사로 일하던 제갈현몽

꿈에서 깸과 동시에 마법을 깨우치고
비범한 활약을 통해 명성을 떨치며
감당하기 힘든 별호를 얻게 되는데

"무후재림께서 오셨다! 무후재림 만세!"
"아…… 아아……."

세상은 영웅을 원하고, 출사표는 던져졌다
고금제일의 마법사, 제갈현몽의 행보를 주목하라!

# 무림속 마법사로 사는 법

김형규 신무협 장편소설

환상이 숨쉬는 공간 파피루스 blog.naver.com/gnpdl7

율운 스포츠 판타지 장편소설

# 역대급 뱀직구로 슈퍼에이스!

**뱀 한 마리 구해 주고 패스트볼의 신이 되었다**
**『역대급 뱀직구로 슈퍼에이스!』**

밋밋한 포심, 애매한 변화구
혹사에 이은 수술, 그리고 입대까지
높아져만 가는 프로의 벽에 절망하던 구강혁

어느 날 고통받던 뱀을 구해 주고
문신과 함께 신비한 야구 능력을 얻게 되는데

**"구속도 구속인데 무브먼트가……. 마치 뱀 같은데?"**

타격을 불허하는 뱀직구를 앞세워
한국을 넘어 메이저리그까지 제패하겠다
**전설을 써 내려갈 구강혁의 와인드업이 시작된다!**